〈루크시온〉
구인류 이민선

공화국이 있는 대륙으로부터 떨어진 하늘.
거기서 광학 미채를 해제하고 본체를 출현시킨
루크시온은 부속 단말과의 링크가 끊어진 사실에
놀라고 있었다.

『──진심이로군요, 이데알.』

"나도 사랑해.

같이 가자, 노엘."

고백의 대답을 기다리는 노엘에게,

나는── 사랑한다고 말해 주었다.

노엘은 웃었다.

웃고는── 내게 말했다.

"거짓말쟁이."

여성향 게임 세계는 몹에게 가혹한 세계입니다 07

# CONTENTS

THE WORLD OF OTOME GAMES IS A TOUGH FOR MOBS.

# 프롤로그

휴일 이른 아침부터 시장에 와 있었다.

아침 장이 열린 광장에는 노점이 늘어서 있어서, 아침의 추위도 잊게 하는 활기가 넘쳐나고 있었다.

장터는 광장을 둘러싼 건물 틈새로 아침햇살이 비쳐 들어와, 약간 환상적인 느낌을 자아내고 있었다.

위세가 좋은 가게 주인들이 목소리를 높여 상품을 어필하는 소리가 들려왔다.

손님도 물러서지 않고 가격 흥정을 하며, 주위가 소란스러운 와중에도 거래하기 위해 목소리가 점점 커졌다.

"아침부터 기운이 넘치는군."

아직 잠에서 덜 깬 눈을 한 내가 그렇게 중얼거리자, 옆에 떠 있던 파트너 루크시온한테서 잔소리가 날아왔다.

『마스터는 아침부터 졸려 보이는군요. 밤을 새우니까 그런 겁니다. 좀 더 건강한 생활을 유념해 주십시오.』

"나는 야행성이라고."

평소와 다름없이 의욕 없는 변명으로 응수했다.

딱히 야행성은 아니다. 비아냥 섞인 정론에 맞받아치고 싶었던 것뿐이다.

루크시온도 내 대답의 의도를 아는지 딱 잘라 대답했다.

『변명이 조잡해졌군요.』

"졸리니까 좀 봐달라고. 모처럼의 휴일에 억지로 일어났단 말이야. 느닷없이 자는 사람을 깨워서 장을 보고 오라는데, 기운이 날 리가 없잖아."

내가 아침 장에 와 있는 이유는 마리에가 날 억지로 일으켜 깨웠기 때문이다.

아침부터 '난 바쁘니까 짐 드는 일은 오빠가 해'──란다.

전생의 여동생한테 부려 먹힌다니, 나 자신이 한심하다. 아니, 이뿐이라면 거절할 수도 있었지만──.

"미안해, 리온. 나 혼자서는 짐 드는 게 큰일이라서."

──하필 이번 장보기 당번이 노엘이었다.

조금 곱슬기가 있는 긴 머리카락을 머리 오른쪽에서 사이드 포니테일로 묶었다. 뿌리 쪽은 금발이지만, 머리카락 끝부분으로 갈수록 핑크색으로 변하는 그러데이션을 지닌 머리카락 색깔은 주위를 둘러봐도 눈에 띄었다.

오늘 노엘은 사복 차림이었는데, 아침 일찍부터 머리를 세팅하고는 엷게 화장도 했다.

아직 이른 아침이라 거리에는 옷차림을 신경 쓰지 않는 사람들이 많았던 탓에, 그녀의 모습은 조금 붕 떠 있었다. 특히 남성들의 시선이 바빴다.

이렇듯 노엘은 제법 기합이 들어간 옷차림이었으나, 표정은 좋지 못했다.

미안해하는 듯한 노엘의 표정에, 나는 푸념한 것을 사과했다.

"미안, 노엘을 타박한 게 아니야. 나쁜 건 마리에라고."

"그래도, 도움을 받는 건 나니까."

내 역할은 노엘의 짐을 들어주는 것이다.

노엘은 내게 폐를 끼쳤다고 생각했는지, 조금 침울해했다.

어색한 분위기가 둘 사이에 감돌기 시작하자, 루크시온이 실망한 기색으로 날 비난했다.

『둔감한 점은 여전하군요.』

"시끄러워, 입 다물어."

『어라, 정곡을 찔려 화내고 있는 겁니까? 애당초 푸념을 늘어놓으면 노엘의 즐거운 기분에 찬물을 끼얹게 된다는 생각에 이르지 못하는 마스터가 나쁜 겁니다.』

루크시온의 말에 짜증이 치밀었다.

"넌 조금만 더 마스터한테 상냥해지라고. 네가 하는 말에 내가 상처를 받는 건 생각하지 않냐?"

『다른 사람을 상처입히는 마스터를 상냥하게 대하라는 겁니까? 농담이라도 웃을 수 없군요.』

그렇게나 내가 싫냐?! 그리고 내가 언제 다른 사람을 상처입혔어!

"나는 '나 자신한테도 타인한테도 상냥하게'가 신조인 평화를 사랑하는 남자라고."

『그건 보통 '자신한테 엄하게'가 아닙니까? 그리고, '타인한테 상냥하게'를 신조로 삼고 있는 인간이 공화국에서 마구 난동을 피우는 건 모순입니다.』

"내 안에서는 모순되지 않으니까 세이프야."

『마스터의 기준은 자신한테 너무 무르군요. 알제르 공화국에 유학해서 이제 곧 1년이 됩니다만, 그동안 몇 번 난동을 피웠는지 잊으셨습니까?』

확실히 공화국에서 몇 번인가 마구 날뛰었다.

처음으로 날뛴 건 페베르가의 피에르를 상대했을 때다.

방어전 불패의 공화국을 상대로, 루크시온이 조작하는 아인호른이 마구 날뛰어 불패 신화에 종지부를 찍었다.

다음은 발리에르가의 로이크를 상대했을 때다.

노엘의 스토커였던 얀데레 로이크를 상대로, 결혼식에 쳐들어가 신부를 빼앗았다.

아로간츠로 마구 날뛰고, 그러는 김에 공화국의 프라이드를 꺾어 줬다.

세 번째는 루이제 양을 제물로 삼으려던 세르주와의 싸움이다.

이쪽도 때려눕혀 줬다.

──어라? 나, 1년 동안 세 번이나 싸운 건가?

"세 번이군. 봐라, 안 잊었지."

『기억하고 계신 모양이라 다행입니다. 그리고, 기억하고 있으면서도 자못 자신은 평화주의자라는 듯한 발언은 모순된다고 생각합니다만?』

"내가 먼저 싸움을 걸지는 않았어. 난 언제나 시비가 걸리는 쪽이었다고."

『상대가 싸움을 걸도록 도발하지 않았습니까. 공화국이 판단을 그르쳤다고 한다면, 그건 마스터를 유학생으로서 받아들인 것이겠군요.』

"너도 날뛰었잖냐! 전부 내 책임인 것처럼 말하는데, 너도 같은 죄라고!"

『유감이지만 저는 인간이 아닙니다. 그리고, 명령권을 가진 것은 마스터이기에 책임을 지는 건 마스터입니다.』

명령한 건 나이기에, 받아치지 못하고 입을 다문 채 "크으윽" 하고 분한 마음을 곱씹었다.

그러자 여느 때와 다를 바 없는 우리의 대화를 듣고 있던 노엘이—— 미소를 보였다. 우리의 대화가 재미있었던 모양이다.

"정말로 둘은 사이가 좋네."

노엘의 말에 나와 루크시온의 목소리가 겹쳤다.

"뭐? 어디가?"

『노엘, 상황 인식을 올바르게 해야 합니다.』

목소리를 내는 타이밍이 겹치는 바람에 입을 다물자, 노엘은 만면 가득한 미소를 지어 보였다.

아침햇살을 받은 노엘이 빛나 보였다.

"입으로는 이러쿵저러쿵 말해도, 둘은 사이가 좋아."

"뭐어~?"

내가 납득하지 못한 소리를 내자, 루크시온이 전기를 찌릿찌릿 내뿜었다. 전기 치료기 같은 아프면서도 기분 좋은 자극에 "아얏" 하는 목소리가 나왔다.

노엘은 주머니에서 메모를 꺼내고는, 아침 장에서 살 식자재 등을 확인했다.

"리온도 졸려 보이고, 얼른 장보기를 끝낼까."

노엘이 그렇게 말하자, 루크시온은 나한테만 들리는 목소리로 말했다.

『──마스터, 노엘의 마음에 답하지 않을 겁니까?』

내가 그렇게 요령 좋은 인간이었다면, 이렇게까지 곤경에 몰리지 않았을 것이다.

그리고──.

"너는 안제와 리비아한테 내 바람을 감시하라는 말을 들었지? 그런 네가 노엘한테 손을 대라고 말하는 거냐?"

작은 목소리로 대답했더니, 루크시온은 조금 전보다도 진지한 목소리로 내게 말했다.

『노엘에 관해서는 바람이라고 보고하지 않을 겁니다. 마스터가 결단하면, 노엘은 호르파트 왕국에 올 겁니다. 그걸로 괜찮지 않습니까.』

내 마음을 무시하고 있지만 말이지.

노엘이 나보다 조금 앞을 걸으며 노점을 바라보았다. 평소에도 아침 장을 자주 이용하는지, 물건을 찾는 모습이 익숙해 보였다.

쾌활한 성격에 기분 좋은 여자인데다 같이 있으면 즐겁다.

딱히 안제와 리비아가 재미없는 건 아니지만, 둘에게는 없는 매력을 가지고 있는 건 확실하다.

귀엽고, 무엇보다 강한 아이다.

나는 노엘이 행복하기를 바라지만—— 노엘을 행복하게 하는 사람이 나여도 괜찮은 건가 하는 생각이 든다.

나 같은 녀석이 아니라, 좀 더 멋진 상대를 찾았으면 한다.

"너도 마리에도, 날 너무 과대평가하는군."

마리에가 나와 노엘이 둘만 있도록 만들고자 장보기를 시켰다는 건 이미 알고 있다.

그 녀석 나름대로 노엘을 생각한 거겠지만—— 쓸데없는 오지랖이다.

『저는 과대평가도, 과소평가도 하지 않습니다. 마스터가 겁쟁이일 뿐이지요.』

"난 겁쟁이가 아니야."

루크시온의 겁쟁이 발언을 부정하자, 기다리고 있었다는 듯이 위세 좋게 지껄였다.

『어라? 안젤리카 그리고 올리비아와 약혼했을 때를 잊으신 겁니까? 마스터가 겁쟁이라서 결국 두 사람이 먼저 고백한 게 아니었습니까?』

"그 말은 하지 마. 비겁하잖냐."

이대로 말싸움을 이어가봤자 질 것 같아 나는 화제를 마무리 지었다.

노엘은 원하던 식자재를 찾았는지, 노점 앞에 멈춰 서서 흥정하기 시작했다.

한꺼번에 많이 살 테니 싸게 해 달라고 부탁하자, 초로의 남성인 가게 주인은 헤벌쭉하며 가격을 깎아 줬다.

내가 부탁했다면 분명히 거부했을 것이다.

귀여운 여자애는 이득이라니까.

그렇게 생각하고 있자, 관록이 있는 중년 여성이 근처의 다른 노점에서 흥정하고 있었다.

그쪽에 시선을 향하니, 여성이 가게 주인을 압도하고 있다.

"잠깐, 이거 벌레 먹었잖아. 이런 걸 다른 거랑 같은 가격으로 팔려는 거예요? 이런 건 아무도 안 사요."

"아, 아니, 벌레 먹힌 건 표면뿐이잖아."

"그럼, 하나는 그 가격으로 사 줄 테니까, 벌레 먹은 건 덤으로 달아 줘요. 못 팔고 남겨도 곤란하잖아요?"

"그건 곤란하지만…… 아, 알았어."

"그럼, 이거랑 이것도 괜찮죠?"

"뭐?!"

여성은 마찬가지로 벌레 먹은 채소를 고르더니, 그것도 덤으로 달라고 말했다.

결국 못 팔고 남는 것보다는 나을 거라는 이유로 가게 주인이 접어 줬고, 여성이 한 개 가격으로 채소 여러 개를 사 갔다.

아무래도 귀여움과는 상관없는 모양이다.

"여자는 강하군."

노엘은 애교 수준이었다.

감탄하며 여성의 뒷모습을 보고 있었더니, 수상쩍은 티가 팍팍 나는 노점이 시야에 들어왔다. 건물 틈새에 가게를 차리고, 뭔가 약을 팔고 있었다.

몇 명의 손님들이 약을 보고 구입했는데, 차림을 보아하니 모험가인 것 같았다.

"공화국 모험가들인가?"

알제르 공화국에 온 이후로, 모험가는 세르주 정도밖에 보지 못했다. 호르파트 왕국과는 달리 이 나라에서는 모험가의 사회적 지위가 낮아 모험가의 수가 적다.

손님들이 물건을 산 뒤 떠나갔다.

신경 쓰여 낌새를 보러 가니, 노점의 주인은 후드를 깊게 눌러 쓰고 있어서 얼굴이 보이지 않았다.

"어서 옵쇼."

주인이 말을 걸었지만, 무뚝뚝한 태도였다.

날 보고 구경만 하다 가려는 녀석이라고 생각했는지, 가게 주인의 태도가 나빴다.

노점은 지면에 천을 깔고 그 위에 상품을 늘어놓고 있었다.

나는 몸을 굽혀 상품 중 하나를 손에 쥐었다.

"약인가?"

중얼거렸더니, 점주가 대충 설명하기 시작했다.

"그건 신체 강화약이다. 너 같은 손님한테는 필요 없다고 생각하지만 말이지."

루크시온이 나한테만 들리는 목소리로 설명을 개시했다.

『세르주가 사용했던 신체 강화약이군요. 다만 세르주가 썼던 것보다 효과가 희미한 열화품인 것 같습니다.』

신체 강화약── 게임 등에 나오는 아이템이다. 스테이터스를 일시적으로 상승시키거나, 공격력을 올리거나 하는 효과를 발휘한다.

이곳에도 빨간색이나 파란색 같은 원색 액체가 작은 유리병에 담겨 진열되어 있었다.

"흐음, 재미있을 것 같은데. 전부 종류별로 하나씩 줘."

내가 약을 사겠다고 말하자 가게 주인이 조금 당황했지만, 이내 곧 태도가 부드러워졌다.

"조심해서 쓰라고. 그리고 한 번 사용하면 적어도 여섯 시간이 지난 후에 다음 걸 사용해. 연속해서 쓰면 몸이 망가진다."

점주가 작은 나무 상자에 병을 담으며 설명했다. 돈을 건네며 설명을 듣고 있자니 살짝 위화감이 느껴졌다.

마치 진짜 약처럼 복용 시 주의사항이 있었다. 게임에서는 여러 개를 한꺼번에 사용하는 일이 잦은데 말이다.

나무 상자를 받아들고 일어선 나는 가게에서 벗어나 루크시온과 이야기했다.

"마치 진짜 약 같은 말투인데."

웃으면서 그렇게 말하자, 루크시온이 어처구니없다는 목소리로 말했다.

『약 같은, 이 아닙니다. 약 그 자체입니다.』

"어?"

『마스터는 아무래도 오인하고 있는 모양입니다. 게임 지식이 있는 게 문제가 될 때도 있군요.』

나 원 참, 이라는 느낌을 내면서 루크시온이 내게 충고했다.

『마스터가 이해하기 쉽도록 설명하자면, 도핑이라는 겁니다. 높은 효과를 발휘하는 약이 인체에 악영향이 없으리라 생각합니까?』

일시적이라고는 해도, 신체 능력을 끌어올리는 약이 아무런 부작용도 없다── 그런 이야기는 게임에서만 있는 모양이다.

즉, 강화약을 반복해서 쓰는 게임 캐릭터는── 약물 중독이라는 건가?

"모처럼 산 건데, 헛수고였나. 여차할 때를 위해 준비해 두고 싶었는데 말이지."

이전에 세르주가 사용하는 모습을 보고, 나도 비장의 수 중 하나로 준비하고 싶었다.

"그러고 보니 세르주 녀석은 몇 번이고 사용했던 거 같은데. 질 좋은 약은 부작용이 적은가?"

루이제 양을 구출할 때 세르주와 싸웠는데, 그때 그 녀석은 신체 강화약을 단시간에 두 번이나 사용했었다.

그러나 루크시온이 곧장 부정했다.

『비교적 부작용이 적을 가능성은 있습니다만, 세르주 본인이 용법, 용량을 지켜서 사용했다고 생각하기는 어렵군요.』

확실히. 세르주는 겉모습이나 언동이 거칠다.

약의 사용 방법을 지킬 사람처럼 보이지는 않는다.

그러면 녀석은 나와 싸우기 위해 위험을 무릅쓰고 연신 복용한 건가?

아니…… 실은 효과가 그다지 없고 부작용도 적은 약이었다면?

"아, 알았다. 나조차도 그 녀석 얼굴에 한 방 먹인 것만으로 다운시킬 수 있었으니까, 신체 강화약의 효과가 예상보다 낮았던 것 아닐까?"

내 생각을 말하자 루크시온이 동의했다.

『그럴 가능성이 매우 큽니다. 마스터가 혼자서 쓰러뜨릴 정도였다면, 세르주의 실력은 상정했던 것보다도 낮다고 봐야겠지요.』

"──아니 내 입으로 말한 거지만, 묘하게 내 평가가 낮지 않냐?"

『평소의 행실입니다.』

다만, 루크시온은 신체 강화약 사용에 부정적이었다.

『약에 기대기 전에 자신을 단련하는 건 어떻습니까? 그리고 조악품을 사용하는 건 권장하지 않습니다. 마스터 체질과 적합 여부도 문제이니, 파기하는 것을 제안합니다.』

"내 체질? 아, 혹시 나에게 맞는 강화약을 만들 수 있어?"

『──조합은 가능합니다만, 정말로 사용할 생각입니까?』

"비장의 수가 하나쯤은 있는 게 좋지 않겠냐?"

손에 넣은 약은 루크시온에게 해석시켜 내 체질에 맞는 신체 강화약을 제작하게끔 했다.

작은 나무 상자를 옆구리에 끼고 돌아오자, 갈색 종이봉투에 식자재를 가득 담은 노엘이 왼손을 크게 흔들고 있다.

"리온, 어디 갔었던 거야?"

"재미있는 걸 발견해서 말이지. 그것보다 짐 들게."

노엘에게서 짐을 받아 한쪽 손으로 들고, 둘이서 걷기 시작했다.

소란스러운 주위 속을 둘이서 나란히 걷는다.

노엘은 조금 쑥스러워하며 말을 걸었다.

화제는 저택의 변화에 관해서다.

"저택이 전보다 시끌벅적해졌네. 율리우스 씨나 다른 사람들이 너무 자유분방해."

난처한 듯이 웃는 노엘에게 격렬히 동의했다.

"율리우스는 꼬치구이 바보가 되어 버렸고, 질크는 골동품 수집벽이 도졌지. 쓰레기만 가지고 와서, 저택 한구석이 쓰레기장으로 변했을 정도니까 말이야. 브래드는── 음, 비교적 멀쩡한가?"

대화 대부분은 이 다섯 바보의 이야기였다.

다들, 이 알제르 공화국에 와서, 더더욱 형편없어졌다.

노엘이 진절머리가 난 표정을 지었다.

"나는 신세를 지고 있으니까 뭐라 말할 수 없지만, 그렉 씨랑

크리스 씨는 어떻게든 좀 해줬으면 좋겠어. 거의 알몸으로 저택 안을 돌아다니니까, 여러모로 곤란해……."

"그 녀석들은 진짜배기 바보니까 말이지."

보고 싶지도 않은 남자의 알몸을 본 탓에, 노엘은 지친 표정을 지었다.

그렉은 근육 트레이닝에 눈을 떠서 자주 상반신 알몸으로 저택 안을 돌아다니고 있었다.

평소에는 탱크톱을 입고 있지만, 트레이닝 후에 부풀어 오른 근육을 과시하듯이 상의를 벗고 돌아다닌다.

꼴 보기 싫어서 몇 번인가 뒤에서 발차기를 먹여 줬지만, 고치려고 하지 않았다.

본인이 말하길 '마리에가 나의 단련된 근육을 봐줬으면 한다'——란다. 끔찍한 건, 마리에가 살짝 기뻐한다는 점이다.

'정말~, 옷을 입으란 말이야!'라고 말하면서, 넋을 잃은 채 그렉의 근육을 바라봤었다.

구제 불능인 녀석들이다.

마지막으로 크리스인데, 이 녀석도 반라—— 훈도시 차림으로 저택 안을 돌아다닌다.

위에는 핫피를 착용해도, 아래쪽만큼은 절대로 착용하지 않는 철저함을 지녔다.

뭔가에 씐 것처럼 목욕탕 청소와 준비를 매일 빠뜨리지 않는다. 지금은 착실히 일하고 있다. 하지만 반라로 돌아다니기 때문에 플러스마이너스 제로!

질크 이외에는 실질적인 피해가 없는 만큼, 뭐라 말하기 힘든 상태다.

그 질크도, 그냥 보기만 하는 선에서는 해가 없다.

평소의 생활은 모범이 될 정도로 훌륭하지만, 사기를 잘 당한다, 혹은 사기행위에 손을 댄다는 실질적인 피해가 있기에 커다란 마이너스다.

즉, 질크는 쓰레기.

그 이외의 녀석들은 해가 없지만 미묘하다는 상황이다.

누가 이렇게 되리라고 예상이나 했을까?

작년까지는 모든 이가 동경하는 귀공자들이었을 터인데, 말로가 너무 끔찍해서 웃을 수도 없다.

그런 다섯 바보를 돌봐 주고 있다고 생각하면, 나도 마리에를 따뜻하게 대해 줄 수 있다.

그 여성향 게임의 공략 정보에 의지하여 다섯 바보를 농락함으로써 놀고먹는 생활을 보내려 했던 전생의 여동생인 마리에는 문제아가 된 다섯 바보를 돌봐 주는 처지가 되었다.

다섯이면 다섯 전부가 바보인지라, 마리에는 참으로 고생하고 있다.

다른 사람의 불행은 꿀맛! 내가 마리에한테 다정해질 수 있는 이유다.

"노엘이 싫으면 억지로라도 옷을 입힐까?"

그렉과 크리스에게 옷을 입힐까 하고 제안했다. ——어째서 나는 그 녀석들한테 옷을 입힌다는 제안을 하는 걸까?

원래는 싫어하는 녀석들이고, 적이었던 녀석들인데.

노엘은 내 제안에 망설이면서도 고개를 가로저었다.

"그, 그렇게까지는 안 해도……."

설마 이 한겨울에 저택 안에서 반라로 지내는 바보들 때문에 골머리를 썩일 줄은 상상도 못 했다.

"아, 메모에는 없지만, 과일이 좀 있으면 좋겠어. 리온, 한 곳 더 보고 갈 건데 괜찮을까?"

"짐꾼은 조용히 따를게."

그것이 호르파트 왕국의 남자라는 존재다. 하지만 공화국은 달랐다.

"내가 들 테니까 괜찮아. 리온한테만 짐을 들게 하는 건 내가 싫어."

마음 따뜻해지는 노엘의 말에 나는 눈물을 흘렸다.

아~, 공화국은 멋져!

내가 감동의 눈물을 흘리자, 노엘이 복잡해 보이는 표정을 띠었다.

"——매번 생각하는 건데, 리온은 왜 이런 일로 감동하는 거야?"

"노엘의 평범함에서 성자 같은 깊은 자비를 느끼기 때문이지."

이런 대화를 몇 번이나 주고받았을까?

노엘은 "왕국 여성이 그렇게나 지독해? 그 둘은 좋은 사람이었는데······?" 하고 고개를 갸웃했다.

노엘이 만난 왕국 여성은 손에 꼽을 정도다. 게다가 안제와 리비아는 호르파트 왕국의 학원에 다니는 여자 중에서는 보기 드문 예외였다. 왕국의 여자, 그러니까 주로 남작가부터 백작가의 여자들과 비교하면 안 된다.

"끔찍한 건 일부 여자들이지만 말이지. 아니, 끔찍했었다고 해야 하나?"

"지금은 달라?"

"어떠려나. 개선되기 전에 이곳으로 유학을 왔으니까."

"개선이라니?"

여러 일이 있어서, 지금의 학원은 극단적인 여존남비가 시정······되었을 터다.

난 그 결과를 보기 전에 알제르 공화국에 유학을 왔기에, 지금은 어떻게 되었는지 잘 모른다.

노엘이 과일 파는 노점을 찾았기에 그녀를 따라서 이동했다. 노점에 늘어선 과일은 모두 신선해 보였지만, 노엘은 그중에서도 좋은 걸 고르려고 했다.

레스피나스 가문은 일찍이 알제르 공화국이 7대 귀족 체제였을 무렵, 그 일각을 짊어지고 있던 대귀족이다. 따라서 레스피나스 가문의 생존자인 노엘은 사실 공주님이나 마찬가지인데, 그 공주님이 아침 장에서 과일을 비교하며 살펴보는 광경을 보고 있자니, 정말이지 기분이 기묘했다.

"아저씨, 이거랑 이거 주세요!"

노엘이 과일을 고르자, 가게 주인 아저씨가 주머니에 과일을 담기 시작했다. 그런데 도중에 가게 주인이 내 모습을 힐끔 보더니, 부탁하지도 않았는데 과일 하나를 주머니에 더 넣어 주었다.

"사이가 좋아 보이는 둘에게 서비스다. 형씨, 좋은 여자를 붙잡았군. 부러운데."

커다란 입을 벌리고 웃는 가게 주인을 앞에 두고, 나와 노엘은 서로 얼굴을 마주 보고는 난처한 듯이 웃었다.

가게 주인이 모처럼 호의를 보였기에, 나와 노엘은 굳이 부정하지 않고 감사를 전한 뒤 아침 장을 떠났다.

짐을 든 우리는 저택 쪽으로 걸어갔다.

시간은 9시 전후일까? 이것저것 보며 돌아다니는 사이에 제법 시간이 지난 모양이었다. 아직 아침도 먹지 않았기에 배가 너무나 고팠다.

다만, 노엘은 그럴 겨를이 아니었다. 아직도 가게 주인이 했던 말을 신경 쓰고 있었다.

뺨을 살짝 빨갛게 물들이고는, 쑥스러워하는 것처럼——.

노엘이 흥분해서는 빠르게 말했다.

"서, 설마, 연인 사이로 보였다니 말이야. 아하하—— 미, 민폐였으려나?"

그럴 리가. 내가 아니라 노엘에게 민폐겠지.

"난 딱히. 그래도 노엘 쪽이 더 민폐였지?"

"어? 그, 그렇지 않아!"

강하게 부정하는 노엘을 보고 생각했다.

역시 이렇게나 좋은 애가 나 같은 남자한테 반하는 건 뭔가가 잘못되었다.

언젠가 노엘한테는 어울리는 상대가 나타나 눈을 뜨게 될 날이 올 거다.

나는 그렇게 믿고 있다.

적어도 나는 노엘한테 어울리지 않는다.

안제와 리비아? 그 두 사람은 자진해서 나 같은 남자를 선택한 기특하고 훌륭한 여성들이다.

——노엘과 먼저 만났더라면 어떻게 되었을까?

거리를 걷고 있자, 오픈 테라스 카페가 눈에 들어왔다.

휴일이라서 그런지 아침부터 커플의 모습이 두드러졌다.

이제부터 어디서 놀 건지 계획이라도 짜는 건지, 다들 즐거워 보였다.

커플들 옆에 혼자 앉은 남성의 거북한 표정을 보니 묘하게 친근감이 싹텄다.

"아침 일찍부터 꽤 즐거워 보이는군."

그렇게 말하자 노엘이 멈춰 서서 뭔가를 말하려다가—— 입을 다물었다.

"왜 그래?"

"아, 아무것도 아니야! 그것보다, 얼른 돌아가자. 마리에 짱이

랑 다른 사람들도 기다리고 있을 테니까 말이야."

노엘이 돌아가려 했기에, 이번에는 내가 카페를 봤다.

"그 녀석들은 좀 기다려도 돼. 그것보다 먼저 식사하자. 돌아가서 마리에한테 외식했다고 자랑해야겠어."

아침 장을 보고 돌아오는 길에 외식하고 왔다고 말하면, 분명 마리에는 이를 갈 정도로 부러워할 것이다. ──이런 일을 부러워하는 마리에는 정말로 지금 행복하다고 할 수 있을까?

옛날에는 직접 밥하기 싫으니까 외식하고 올래~, 같은 말을 했었는데 말이지.

세상일이란 알 수 없다.

나는 노엘의 손을 잡아끌며 카페로 들어가, 점원에게 두 명이라고 말한 뒤 자리에 앉았다. 점원이 메뉴판을 가지고 오자, 노엘이 짐을 내려놓고 내게 말을 걸었다.

노엘은 살짝 긴장한 듯이 보였다. 아마 주위에 커플이 많아서 그런 것이리라.

"아하하하, 어, 어째 미안하네."

"됐어. 어차피 배고팠으니까. 어디, 뭔가 잔뜩 먹을까."

"너무 많이 먹으면 아침밥이 안 들어갈걸?"

"난 한창 성장기니까 괜찮아."

젊음은 참 대단해. 아무리 먹어도 배가 고프다니까.

메뉴를 보고 있자, 루크시온이 나한테만 들리는 목소리로 말했다.

『겁쟁이인데 이럴 때만 대담하니 판단하기 어렵군요. 뭐, 이런 상황을 만들 수 있어도 최종적으로 손을 대지 않으니 겁쟁이인 건 변함없지만요.』

──이 녀석, 정말 시끄럽구만.

루크시온의 말을 듣고 노엘한테 시선을 향하니 노엘은 메뉴를 보며 고민하고 있었다. 진지하게 메뉴를 보며 고민하는 모습이 귀여웠다.

"으음~, 이거려나? 그래도, 과식하는 건 좀…….."

이윽고 결정했는지 메뉴에서 고개를 들었고, 노엘의 얼굴을 보고 있던 나와 눈이 마주쳤다.

노엘의 얼굴이 순식간에 빨개지는 걸 보고, 난 어째서 이걸 전생에서 하지 못했는가 하는 생각이 들어 갑자기 슬퍼졌다. 아니, 지금은 행복하니까 딱히 불만은 없지만.

"부끄러우니까 보지 마."

"어? 뭐가 부끄러운데?"

"──뭘 먹을지 진지하게 고민하고 있었던 거."

노엘이 수줍어하며 그렇게 말했기에 나는 웃고 말았다.

"왜 웃는 거야?!"

"아니, 귀여웠어. 그럼 어서 주문하자."

부루퉁한 표정을 짓는 노엘이었으나, 목소리는 즐거운 듯이 들렸다.

"리온은 정말로 짓궂어. 게다가 자기가 말하는 것보다 훨씬 난

봉꾼이야."

"설마. 난 소심하고 마음 따뜻한 호청년이라고."

"──리온은 더구나 거짓말쟁이잖아? 루이제를 속였을 때는 최악이었어."

최악이라고 말하면서도, 노엘은 날 그 이상 비난하지 않았다.

"아~ 남을 위해 어쩔 수 없이 거짓말을 했었지. 정직한 나에게는 몹시 괴로운 일이었어. 위로해 줘."

"그래, 이렇게 어이가 없을 만큼 뻔뻔한 구석도 있고 말이야. ──뭐, 딱히 괜찮지만."

이야기도 일단락되었기에 나는 손을 들어 점원을 불렀다. 그러자 우리를 연인이라고 생각했는지 혼자서 카페에 앉아 있던 남성 손님이 나를 노려보며 혀를 찼다. 아무래도 친근감을 느낀 건 것은 나뿐이었던 모양이다.

루크시온이 중얼거렸다.

『대단히 즐거워 보이는군요. ──이걸 바람으로 카운트해도 괜찮겠습니까?』

부탁이니까 그건 그만둬. 사이좋은 친구와 아침을 같이 먹은 것뿐이잖아.

# 제01화 「모자」

알제르 공화국 학원의 3학기가 시작되었다.

아직 추운 계절이라 방과 후의 하늘은 여전히 어둑어둑했다.

이곳은 동아리 활동 같은 게 없기에, 수업이 끝나면 보통 귀갓길에 오른다. 학교에 남는 건 교직원이나 일부 학생들뿐이다.

그런 가운데, 나는 마리에를 데리고 학원의 학생 지도실로 향했다.

방에 들어가자 클레망 선생님이 우리를 기다리고 있었다.

클레망 선생님은 몸이 커다랗고 근육 갑옷으로 전신을 감싼 나이스 가이!──가 아니라, 누님 말투에 꽉 끼는 셔츠를 입고 있었다. 수염이 얼마나 진한 건지, 면도하고 난 자리가 파랗게 보일 지경이었다.

뭐, 겉모습이 조금 특이할 뿐, 마음씨 좋은 선생님이지만.

"안녕하심까~. 어라? 클레망 선생님뿐입니까?"

나는 그런 클레망 선생님의 외모에도 주눅 들지 않고 인사했지만, 마리에는 찾던 인물이 없어서 그런지 언짢은 표정을 지었다.

클레망 선생님은 굵은 팔로 팔짱을 끼고 의자에 앉아 우리를 맞이했다.

"렐리아 님은 아직 못 오신단다."

우락부락한 교사가 누님 말투라니, 정말이지 개성이 진한 캐릭터다.

　나와 마리에는 서로 얼굴을 마주 보고 어깨를 으쓱인 뒤, 마련된 의자에 앉아 클레망 선생님과 이야기를 하며 그녀를 기다렸다.

　"그것보다 클레망 선생님이 레스피나스가의 기사였다는 건 몰랐습니다."

　내가 화제를 던지자, 클레망 선생님은 옛날이 그립다는 듯 대답했다.

　"노엘 님도 기억 못 하고 계셨단다. 조금 아쉬웠지만, 헤어졌을 당시에 두 분은 다섯 살이었으니까. 어쩔 수 없지."

　마리에는 책상에 몸을 대고는 축 늘어져 있다.

　"이만큼 개성적이면 기억했을 법도 한데 말이지. 그래서, 클레망 선생님은 이제부터 어쩔 생각이야?"

　클레망 선생님은 고민하지 않고 단언했다.

　"렐리아 님 곁에서 지킬 거란다. 노엘 님은—— 리온 군이 있으니까 안심해도 되겠지? 뭐니 뭐니 해도, 성수의 묘목의 수호자니까 말이야."

　수호자란, 성수가 부여하는 가호 중 최상위 문장을 지닌 자의 칭호로, 성수는 자신을 지키기에 걸맞다고 판단한 자를 수호자로 선택한다.

　그런데 여기서 예상 밖에 일이 일어났다. 내가 손에 넣은 성수의 묘목은 무슨 생각인지 수호자로 날 선택한 것이다.

본래라면 2탄의 공략 대상 중 누군가가 수호자로 선택되어 노엘과 맺어졌어야 했다.

이 사건으로 내 계획은 대폭 틀어지고 말았다.

방에 있는 시계를 보니 예정했던 시각이 지나 있었다.

우리는 여기서 앞으로의 일에 관해 렐리아 베르톨레—— 아니, 지금은 【렐리아 질 레스피나스】군.

아무튼, 공화국에 전생한 동향의 여자와 이야기를 나눌 예정이었다.

"렐리아 녀석이 늦는데?"

내가 살짝 초조하게 굴자, 클레망 선생님이 미안해하는 듯한 태도를 보였다.

"미안하구나. 렐리아 님도 바쁘시거든. 공화국이 여러 가지로 정신없는 참에, 레스피나스 가문의 후계자라는 게 밝혀졌잖니. 이렇게 두 사람과 이야기를 할 시간을 만드는 것도 큰일이란다."

노엘의 쌍둥이 여동생으로 전생한 렐리아는 과거의 대귀족——레스피나스 가문의 생존자라는 사실이 퍼지면서 여러모로 바빠진 모양이다.

결국 기다리다 지친 마리에가 짜증을 냈다.

"나도 바쁘단 말이야! 빨리 돌아가서 저녁 준비를 해야 한다구! 이대로 있으면 또 율리우스가 멋대로 꼬치구이를 준비할 거야. 요전에도 꼬치구이였잖아! 솔직히 질렸단 말이야!"

빈틈을 보이면 율리우스가 저녁 준비라 칭하며 꼬치구이를 준비한다.

이미 한두 번이 아니다.

그 녀석은 틈만 나면 꼬치구이를 먹으려 하는 편식가가 되었다. 마리에도 나도 곤란해하고 있다.

물론, 꼬치구이를 할 때는 혼자서 식사 준비도 해주고, 뒷정리까지 전부 한다.

오히려 누군가 멋대로 율리우스의 도구를 만지면 도리어 화를 낼 정도다.

그야, 이전처럼 아무런 집안일도 하지 않던 무렵과 비교하면 매우 성장한 편이지만…….

──나도 매일 꼬치구이를 먹기는 싫다.

클레망 선생님이 미안하다는 얼굴로 마리에한테 사과했다.

"미안하구나. 최근에는 에밀 군의 볼일로 렐리아 님이 외출하는 일도 늘다 보니……."

에밀의 이름이 나오자, 마리에는 한숨을 내쉬었다.

"또 에밀? 아니, 약혼자니까 어쩔 수 없겠지만……."

에밀──【에밀 라즈 플레벤】은 렐리아의 약혼자다. 2탄의 공략 대상 중 한 명으로, 게임 중에 공략을 다소 실패해도 에밀을 선택하면 게임 오버를 피하고 엔딩을 볼 수 있었다고 한다.

그 때문에 플레이어 사이에서 '안전패'라 불리고 있었다는 모양이지만.

다시 생각해도 지독한 별명이다.

그대로 클레망 선생님과 이야기를 하며 기다리고 있자, 발소리가 들려왔다.

문이 약간 거칠게 열렸고, 호흡이 조금 흐트러진 렐리아가 거기에 서 있었다.

노엘과 같은 사이드 포니테일 헤어스타일이지만, 렐리아의 머리카락은 찰랑찰랑한 직모다.

머리카락 색깔도 진한 핑크 일색으로, 분위기가 부드러운 노엘과 달리 날카로운 눈매를 지니고 있다.

쌍둥이 자매니까 많이 닮았지만—— 렐리아는 노엘보다도 가슴이 조금(?) 작다. 렐리아 쪽이 슬렌더 체형이다.

그런 렐리아 옆에는 루크시온과는 색깔이 다른 구체가 떠 있었다. 파란 구체에 빨간 외눈을 지닌 이데알이다.

이쪽을 보니, 빨간 외눈을 세로로 움직여 인사하는 듯한 움직임을 보여주고 있었다.

렐리아는 우리를 일별한 뒤 클레망 선생님에게 시선을 향했다.

"미안하지만 대화는 취소야. 클레망, 현관에 에밀의 차가 마중나와 있으니까 너도 와."

"렐리아 님? 오늘은 달리 예정이 없었을 터입니다만?"

클레망 선생님은 렐리아의 비서 일도 하는 건지 그녀의 스케줄을 알고 있었다. 그런데 그런 클레망 선생님도 모르는 일정이라니?

마리에가 자리에서 일어나 렐리아를 손가락으로 가리키며 큰 목소리를 냈다.

"우릴 무시하지 마! 우리도 너하고 여러 가지로 이야기해야 한다구!"

마리에의 말대로, 우린 그녀와 이야기해야 할 게 잔뜩 있다.

2탄의 무대인 알제르 공화국의 차후는 어쩔 건지, 노엘은 또 어쩔 건지.

그리고 공략 대상 남자들── 특히 절찬 행방불명 상태인 세르주를 어쩔 것인지.

그렇다. 6대 귀족 중 일각인 라우르트 가문의 적자였던 바로 그 세르주가 돌연 행방불명이 됐다.

이토록 상담해야 할 일이 산더미처럼 있는데, 렐리아는 얼마나 바쁜 건지 대화할 틈이 없었다.

본인도 예정이 틀어졌는지 불만스러워 보였다.

"이쪽에는 이쪽 사정이 있어! 에밀이 어떻게 해서든 꼭 참석해 달라고 부탁하는 바람에──."

변명하던 렐리아의 시선이 이데알에게 향했다.

그러자 이데알이 나를 쳐다보았다. 아니── 정확히는 내 근처에 숨어 있는 루크시온을 보고 있다.

『죄송합니다. 렐리아 님의 사회적 지위를 지키려면 이번 건은 도저히 빠질 수가 없습니다. 이해해 주시기 바랍니다.』

렐리아의 사회적 지위. 그건 즉, 이 세계에서 살기 위한 자기

처지가 걸렸다는 의미다. 만약 정말 그런 상황이면 아무래도 강하게 반론하기 어려웠다.

누구에게든 생활이 있기 마련이니까.

세계평화를 위해 희생해라! ——그런 말에 순순히 따를 사람이 얼마나 되겠는가.

그리고 그건 나나 마리에 역시 다를 바 없었다.

렐리아를 타박할 수 없었던 우리는 어쩔 수 없이 받아들였다.

"다음은 꼭 대화의 장을 만들어 달라고."

내가 거듭 다짐을 받으려 하자 이데알이 마치 '물론!'이라고 말하는 것만 같이 긍정했다.

『다음에는 반드시 대화의 장을 마련하겠습니다. ——자, 렐리아 님. 에밀 님이 기다리고 계십니다.』

이데알의 말을 듣고 렐리아는 마지못한 느낌으로 따랐다.

아무래도 정말 렐리아의 본의는 아닌 모양이다.

그녀는 떠나기 전에 우리를 쳐다보며 짧게 이야기했다.

"난 바빠서 이대로 가지만, 너희는 세르주를 꼭 찾아야 해."

허리에 왼손을 댄 마리에가 얼른 가라며 오른손을 휙휙 내젓는 듯한 몸짓을 보였다.

"알았으니까, 얼른 에밀한테 가."

렐리아가 떠나가자, 클레망 선생님이 미안한 듯이 우리한테 사과했다.

이렇게, 오늘도 렐리아와 대화를 할 수 없었다.

우리는 결국 상담하지 못하고 시간을 흘려보내야 했다.

◇

귀가하기 위해 마리에와 같이 노면전차에 탔다.

승객은 우리뿐이었다. 이미 바깥은 어두웠고, 차 안에는 전등이 켜져 있었다.

이제 밤이군.

마리에는 렐리아 일로 화를 내고 있었다. 어쩔 수 없는 일이었지만, 그건 그거고 이건 이거인지 노골적으로 불만을 드러냈다.

"어째서 저 녀석한테 명령받아야 하는 건데! 애초에 세르주랑 친한 건 자기 아니야? 난 잔심부름꾼이 아니란 말이야!"

"어쩔 수 없잖냐. 저쪽도 세간의 체면은 지켜야지."

"그건 알지마아아안~!"

세상을 살아가려면 세간의 체면은 결코 무시할 수 없다. 소설 등에서는 경시하기 일쑤지만, 무척 중요하다.

이야기 속 주인공들이야 어쨌건, 우리 같은 일반 모브나 다름없는 녀석들은 이걸 무시하고 살아가기는 어렵다.

그건 이전 세계에서도 그랬고, 비교적 문명적으로 뒤처진 이쪽 세계에서도 마찬가지다.

더더욱 세간의 체면을 무시할 수 없는 세상이다.

"오빠는 화도 안 나?"

"물론 나도 화가 나지. 하지만 나는 너보다 어른이니까 일일이 표정에 드러내지 않는다고. 그건 그렇고 세르주 녀석, 루크시온의 수색에도 발견되지 않는다니, 대체 어떻게 된 거지?"

루크시온── 그리고 이데알이 세르주를 수색하는데도, 3학기가 시작되고 오늘에 이르도록 발견될 낌새조차 없었다.

루크시온이 모습을 감추며 우리의 대화에 끼어들었다.

『이미 국외로 도망갔거나, 저희의 눈을 피해 잠복한 게 아닐까 싶군요.』

국외로 도망쳤건, 루크시온과 이데알의 눈을 피해 잠복했건, 성가시기는 마찬가지다.

세르주── 게임에서는 모험가를 동경하는 와일드한 청년이었다고 했다. 뭐, 말이 고와서 와일드이지, 내가 보기에는 거칠고 난폭한 녀석이었다.

녀석은 양자로서 라우르트 가문에 거두어졌지만, 가족과의 사이에 골을 만들고 있었다.

게임에서는 라우르트 가문의 당주인 알베르크 씨가 최종 보스여서, 양아버지에게 불신감을 품고 주인공 측에 협력했다고 하는데……

──내가 보기에는 게임의 양상과 이 세계는 조금 다르다.

알베르크 씨는 최종 보스로 보기 어렵다고나 할까, 오히려 6대 귀족 중에서 가장 신용할 수 있는 사람이다.

그리고 라우르트 가문은 세르주를 받아들이려 노력하고 있었다.

내가 모르는 곳에서 그를 괴롭혔다면 이야기가 달라지겠지만, 그럴 가능성은 없다고 봐도 되겠지.

루이제 양에게서도 이야기를 들었는데, 세르주에게 잘못이 없다고는 단정할 수 없다.

어느 쪽이 잘못했다는 이야기는 제쳐 두고, 엇갈림의 원인은 어디에 있는 걸까?

"그 녀석은 왜 그렇게나 가족을 싫어하는 거지?"

내 중얼거림에 마리에가 흥미를 품었다.

"무슨 이야기야?"

"세르주 말이야. 실은 알베르크 씨가 나쁜 사람이고, 그게 이유로 삐뚤어졌다면 이해가 되지만, 내가 보기에 알베르크 씨는 좋은 사람이란 말이지……."

"오빠의 기준은 미덥지 않지만, 확실히 이상하네. 내가 알던 것보다 성격이 너무 공격적인 것 같아. 게다가 게임에서는 전투에 적합한 캐릭터라 강했는데, 오빠한테 주먹 한 방에 지다니, 완전 실망이야."

"──어이, 날 얼마나 과소평가하고 있는 거냐? 우리 '가난한 귀족 남자'가 얼마나 노력해 왔다고 생각하냐고?"

이래 보여도 학원에서 피눈물을 흘리며 노력해 왔다.

매월같이 있는 이벤트로, 여자한테 선물을 줘야만 했으니까 말이지.

가난한 귀족 남자들은 던전에 도전해서 선물 비용을 벌었다.

던전은 안쪽으로 갈수록 험하고 위험해지지만, 손에 들어오는 금액도 커진다.

가난한 귀족 남자들은 서로 협력하며 위험한 던전에 도전하여 돈을 번다.

모든 건 결혼하기 위해서다! 그걸 위해── 정말로 피를 흘리며 노력해 왔다.

떠올리자니 울고 싶어졌다.

내가 소매로 눈물을 훔쳤지만, 마리에는 흥미 없다는 듯한 얼굴이었다.

"하지만, 여자들은 받은 선물을 전당포에 팔고 있었는걸."

"그 사실을 알고 친구들이랑 몇 번이나 눈물을 흘렸는지……. 어쨌든 난 세르주와는 다르게 놀이로 모험가를 하는 게 아니야!"

놀이가 아니다. 세간의 체면이나 결혼 활동을 위해서다!

──노력하는 이유가 지독히 한심하군.

하지만 마리에는 내 이야기에 그다지 흥미가 없는지, 그저 세르주를 불쌍히 여기고 있었다.

"그래도 주먹 한 방에 쓰러뜨리는 건 너무하지 않아? 남자는 프라이드가 꺾이면 성가셔. 여하간, 프라이드를 먹고 사는 생물이니까 말이야."

"네가 남자를 논하지 말라고."

"어머? 내가 오빠보다 더 잘 알고 있는걸. 다들 이상한 프라이드를 가지고 있어서 참 다루기 쉬웠지."

그런 남자한테 속아 넘어갔다는 것을 마리에는 잊은 걸까?

자기한테도 부메랑처럼 날아와 꽂힐 발언을 하는 마리에를 보고, 나는 코웃음을 쳤다.

그것이 마음에 들지 않았는지, 마리에는 날 노려봤다.

"뭐야?"

"딱히. 자기 딴에는 남자를 이해했다고 하는데, 그 남자한테 지독한 꼴을 당하는 훌륭한 여자가 있구나~ 생각해서 말이지."

"그렇게 말한다 이거지, 이 겁쟁이!"

"――생활비 깐다."

마리에와의 말다툼이 귀찮아진 나는 최종 수단으로 생활비 화제를 꺼냈다.

그러자 마리에가 힘없이 주저앉아서는 엎드려 빌었다.

"지적이고 용감하며 멋진 오라버니! 부디 못난 저의 생활비를 까지 말아 주세요! 부탁이야―― 정말로 생활할 수 없어. 그 다섯 명이야 어쨌건, 카일이나 카라를 길거리에서 헤매게 하고 싶지 않아! 살려줘, 오빠야!"

아무래도 살려달라는 말에 영 약하다.

게다가 마리에야 어쨌건―― 카일이나 카라에게 불편을 주는 건 피하고 싶었다.

다섯 바보? 그 녀석들은 씩씩하니까 방치해도 알아서 잘 살아갈 거다.

"자기 처지를 이해하라고."

흐흥, 하고 웃어 주자 마리에가 "으그그극" 하며 분한 듯한 표정을 지었다.

우리의 대화를 보고 있던 루크시온은 평소대로의 반응을 보였다.

『여전히 마스터는 마리에한테 무르군요.』

"난 기본적으로 누구한테든 상냥한 인간이야."

『상냥한 인간은 패배한 적의 프라이드를 꺾지 않습니다. 분명 세르주는 마스터에게 원한을 품고 있겠지요.』

"나한테 지는 쪽이 나쁜 거다."

『저의 힘을 빌려 놓고서 그만한 말을 할 수 있다니, 대단하군요. 비겁하다고 생각하지 않습니까?』

"생각 안 하는데. 게다가 누구 씨가 말했었지. 비겁하다는 말은 칭찬이다──라고 말이야."

『마스터가 그 말을 하면 다른 사람들은 밉살스러워서 견딜 수가 없겠지요.』

"난 이렇게나 상냥한데 말이야!"

마리에가 '무슨 말을 하는 거야, 이 녀석들?' 같은 표정을 짓고 있지만, 무시했다.

노면전차가 집 근처 정차역에 도착했기에, 우리는 노면전차에서 내렸다.

◇

알제르 공화국에서 사용하는 집은 훌륭한 저택이다.

나도 거기서 마리에나 다른 사람들과 같이 살고 있다.

유학 기간도 얼마 남지 않은 마당에 일부러 따로 사는 것도 귀찮았기 때문이다.

저택에 들어가니, 우리를 알아차린 유메리아 씨가 총총히 우리가 있는 곳으로 달려왔다.

"다녀오셨어요, 리온 니—— 앗!"

서두르고 있었는지, 발이 걸려 넘어져 우리 앞에 헤드 슬라이딩하는 꼴이 되었다.

얼굴을 바닥에 부딪쳐 아파하고 있다.

"괘, 괜찮습니까?"

걱정해서 말을 걸자, 얼굴이 빨갛게 부은 유메리아 씨는 울상을 짓고 있었다.

"괘, 괜찮아혀."

귀엽게도 말끝에서 혀를 깨물어 버렸다.

유메리아 씨는 몸집이 작은 데 비해 가슴이 큰 엘프 여성이다.

겉모습이 젊어서 우리랑 동년배로 보이지만, 한 아이의 엄마다.

길고 곧은 녹색 머리카락 사이로 엘프의 특징인 긴 귀가 보였다. 나긋나긋하고 따뜻해 보이는 눈은 노란색으로, 덜렁거리는——

치유계 미소녀. 아니, 미녀다.

"허둥대지 않아도 돼요."

부드럽게 그리 말하자, 유메리아 씨는 내게 감사의 말을 건넸다. 그러자 내 옆에서 마리에가 "켁! 표정 헤벌쭉해져서는" 하고 불만스러운 듯한 태도를 보였다.

표정이 헤벌쭉해서 뭐가 나쁜데?

현관에서 떠들썩하게 있자, 또 한 명의 메이드── 안제의 본가에서 파견된, 안경을 쓰고 엄격해 보이는 인상의 미인, 코델리아 씨가 다가왔다.

"어서 오십시오, 백작님."

"──다녀왔어."

단, 그녀는 유메리아 씨와 다르게 여지없는 업무상의 관계다.

코델리아 씨는 날 좋게 생각하지 않는지 태도가 항상 차갑다.

마리에는 걸치고 있던 코트를 벗고는 고개를 움직여 주위를 확인했다.

"어라, 카일은?"

평소 마중을 나오는 하프 엘프 미소년이 없어서 조금 신경 쓰인 모양이다.

유메리아 씨가 양손으로 코끝을 누르며 대답했다.

"카일은 지금 뒤쪽 창고에 있을 거예요."

저택 뒤에 있는 창고에는 갑옷 한 기가 한쪽 무릎을 꿇고 있었다.

갑옷── 파워드 슈트이기도 한 하늘을 나는 인간형 병기다.

이 기체는 이전에 율리우스를 비롯한 다른 사람들이 썼던 기체다.

기체들 사이에는 아로간츠도 함께 보관되어 있었다.

알제르 공화국에 오고 나서 몇 번이고 싸움에 휘말려서── 아니, 싸움을 일으켜 온 리온이 마침내 방어를 위해 저택에 갑옷을 두기로 한 것이다.

그만큼 현 상황에 위기감을 품고 있다는 증거이기도 하다.

한 소년이 갑옷 앞에 서서 콕핏 부분을 바라보고 있었다.

하프 엘프인 카일이다.

짧은 금발 머리는 곱슬기를 지녔고, 모친인 유메리아와 마찬가지로 홀쭉하고 긴 귀를 가졌다.

외견은 미소년으로, 엘프의 특징을 전부 가지고 있었다.

하지만 카일은 엘프와 인간의 혼혈이다.

아직 어리지만 마리에한테 고용된 건 하프 엘프라는 입장도 있어서 고향에 있을 곳이 없기 때문이다.

카일은 한쪽 무릎을 꿇고 있는 아로간츠를 앞에 두고, 아로간츠에 기어 올라가고자 손을 댔다.

그때, 열려 있던 창고 문에서 루크시온의 목소리가 났다.

『헛수고입니다.』

"우왓?!"

당황하여 뒤돌아본 카일은 어느샌가 자기 뒤에 와 있던 루크시온을 보고 놀라 식은땀이 솟구쳐 나왔다. 못된 장난을 하다 들킨 어린애 같은 거북함을 느꼈다.

　"아, 아무것도 안 했어!"

　『거짓말이군요. 아로간츠에 올라타려 하고 있었습니다.』

　순간적으로 튀어나온 카일의 거짓말을 꿰뚫어 본 루크시온 뒤에서, 리온과 마리에—— 그리고 모친인 유메리아와 코넬리아가 다가왔다.

　리온은 카일을 보며 웃고 있었다.

　"뭐야, 너도 남자애구만. 아로간츠에 타고 싶냐?"

　히죽히죽 웃고 있는 리온의 얼굴에서 카일을 놀려 주고자 하는 의도가 보였다.

　그리고 마리에 쪽은 이해할 수 없다는 표정을 짓고 있다.

　"남자는 바보네. 로봇에 타는 게 그렇게 즐거워?"

　카일은 자기 주인인 마리에가 나타나, 조금 당황하며 자세를 고쳤다.

　"어서 오세요, 주인님."

　"다녀왔어. 그리고 로봇에 타고 싶으면 그냥 오—— 리온한테 태워달라고 해."

　마리에는 카일의 행동을 나무랄 생각이 없는 모양이다.

　그건 리온도 마찬가지여서, 카일을 놀려 댔다.

　"아로간츠에 타고 싶다니, 보는 눈이 있는데. 태워 줄까?"

부탁하면 태워 주겠지만, 카일은 솔직하게 부탁할 수가 없다.

"벼, 별로 타고 싶지 않아."

다만, 날카로운 표정을 짓고 있는 인물―― 코델리아는 카일의 태도를 용납하지 않았다.

"기사, 그리고 귀족 남성분에게 갑옷이란 중요한 전투 도구입니다. 그러한 물건을 사용인이 이유도 없이 가벼운 마음으로 만지다니 용납될 수 없는 일입니다. 각오는 되어 있겠지요?"

각오―― 카일에게 그런 건 없었다.

카일은 영리해서, 갑옷을 만진 정도로 리온이나 마리에가 화내지 않을 거라고 계산했다.

실제로 리온은 화내는 기색 없이 웃고 있었다.

"이런 걸로 검을 뽑거나 하지 않아. 카일도 태워 주면 속이 풀리겠지? 루크시온, 콕핏을 열어 줘."

결국 리온이 허락하자, 코델리아는 불만스러운 듯한 표정을 지으면서도 입을 다물었다.

이 이상은 참견할 수 없다는 판단이리라.

카일은 리온의 말이 기뻤지만, 그걸 표정에는 드러내지 않았다. 진 기분이 들어서 싫었지만―― 카일은 성격이 약간 비뚤어져 있기에, 자기도 모르게 밉살스러운 말을 내뱉었다.

"딱히 태워 달라는 말은 하지 않았지만 말이야."

마리에가 그런 카일의 마음을 헤아렸는지, 리온에게 "태워 줘"라며 부탁했다.

그러나── 뜻밖에도 루크시온이 제동을 걸었다.

『거부합니다.』

"──어?"

루크시온이 강하게 거부를 표시하자, 카일은 모처럼의 기회를 잃은 걸 후회했다. 하지만 얼굴에는 속마음을 드러내지 않도록 힘썼다.

"어, 어째서인가요?"

떨면서도 이유를 물어보니, 루크시온은 차갑게 내뱉었다.

『엘프는 갑옷을 움직일 수 없습니다. 근본적으로 마력 조작 방법이 인간과 크게 다르니까요. 아로간츠도, 그리고 이곳에 있는 갑옷도 인간을 위한 것입니다.』

엘프는 갑옷을 움직일 수 없다고 루크시온이 단언했지만, 카일은 한 가지 희망을 찾아냈다.

"──저는 하프예요."

『마찬가지입니다. 아니, 더욱 성가시겠지요. 인간과도, 엘프와도 마력의 흐름이 다르니까 설령 엘프용 갑옷이 있어도 가동할 가능성은 거의 없을 겁니다.』

카일도 남자애다. 갑옷을 타고 싸우고 싶다는 마음이 있었다.

그걸 루크시온이 깨 버려서 슬픈 기분이 들었다.

고개를 숙인 채 눈물을 흘리자, 리온이 당황하여 루크시온한테 따졌다.

"너 인마, 말투라는 게 있잖냐!"

『아로간츠는 마스터 전용기입니다. 쉽게 타인을 태우지 마십시오.』

도리어 리온이 루크시온한테 혼났다.

코넬리아도 "둥근 게 옳습니다"라며 나직이 말했다.

카일은 침울해졌고, 이를 걱정한 유메리아가 다가왔다.

"카일, 제대로 사과하자. 리온 님은 마음 따뜻하시니까 용서해 주셨지만, 다른 귀족님이었다면 죽었을 거야."

평소엔 덜렁거리기만 하는 유메리아가 웬일로 정론을 말하고 있었다.

세상 물정에 어둡고 믿음직스럽지 못한 유메리아한테 설교를 들어―― 카일은 창피함 때문인지 고개를 돌려 버렸다.

"항상 실수하는 건 어머니잖아요."

"카일?"

"자기 일도 제대로 못 하면서, 저한테 설교하지 마세요!"

카일이 거친 목소리로 말하자, 유메리아는―― 그대로 엄한 시선을 향했다.

"카일, 지금은 내 얘기를 하는 게 아니야. 제대로 사과하렴. 그리고, 사실은 두 분이 용서해 주시리라 생각하지 않았니? 평소에 두 분의 호의에 기대지 말라고 자기 입으로 말해 놓고서 그 태도는 좋지 않다고 생각해."

유메리아가 카일을 꾸짖자, 리온도 마리에도 입을 다물고 상황을 지켜봤다.

코델리아한테는 카일이 떼를 쓰는 것처럼 보인 것이리라.

입을 다물고 조용히 지켜보고 있지만, 어딘가 차가운 눈을 하고 있었다.

하지만 카일은 창피함과 일에 대한 프라이드 때문에── 유메리아의 말을 솔직하게 받아들이지 않았다.

"저보다도 일을 잘하게 되고 나서 그런 말 하세요. 그리고, 직장에 모자 관계를 끌어들이지 마세요! 민폐라고요!"

"카일!"

유메리아가 큰 목소리를 내며 팔을 붙잡자, 카일은 그 손을 뿌리쳤다.

"인제 와서 엄마인 것처럼 꾸짖지 마! 내가 없으면 아무것도 못하는 주제에!"

"!!"

카일은 유메리아의 약점을 알고 있었다.

그건 자기가 믿음직스럽지 못하여 카일에게 고생을 시켰다는 마음의 빚이다.

머리가 좋은 카일은 그걸 이해하고 있었다.

말없이 고개를 숙이고 마는 유메리아에게, 잘난 듯한 태도로 내뱉었다.

"엄마다운 일을 하고 나서 설교하라고. 난 지금의 당신을 엄마라고 인정하지 않을 거니까!"

엄마라고 인정하지 않는다── 그 말에 유메리아의 얼굴은 순식간에 절망으로 물들어 갔다.

　그 표정에 죄악감으로 마음이 괴로워졌지만, 카일은 사과할 수
있을 정도로 어른이 아니었다.

　"――일하러 돌아갈게요."

　그 말만 남기고는, 도망치다시피 뛰어 창고에서 나갔다.

　유메리아 씨와 카일의 대화를 보고 있던 나는 오른손으로 머리
를 긁적였다.

　모자간의 대화라는 걸 보고 있으면, 아무래도 영 전생이 떠올
라 싫어진다.

　나도 마리에도―― 전생의 부모님보다 일찍 죽었다.

　둘 다 불효자식인지라, 더욱 유메리아 씨와 카일이 화해했으면
한다.

　그리고――.

　"루크시온, 너 때문에 성가시게 됐잖냐. 조종석에 앉혀주기만
하면 되는 거라고. 그걸로 카일도 만족했을 거다."

　얼른 카일을 아로간츠에 태웠더라면 일이 이렇게 되지는 않았
을 것이다.

　내가 그렇게 말하자, 루크시온은 잘못을 인정하기는커녕――
날 나무랐다.

『정말로 괜찮습니까?』

"뭐가?"

『카일은 어린아이입니다. 이 세계의 어린아이—— 지켜야 할 대상을 아로간츠에 태우는 겁니까? 마스터는 잊으신 게 아닙니까? 아로간츠는 제가 준비한 '병기'입니다.』

그 말을 듣고 나는 자신의 안이함을 깨달았다.

고개를 돌려 아로간츠를 보고, 뭘 위해 준비된 것인지 떠올렸다.

아로간츠뿐만이 아니다. 갑옷은 애초에 싸우기 위해 준비된 병기다.

어린아이가 안이하게 올라타도 되는 물건이 아니었다.

『카일은 어린아이의 동경심으로 아로간츠를 보고 있습니다. 싸울 의무가 있는 귀족도 아니거니와, 싸울 필요조차 없습니다.』

루크시온이 카일을 태우지 않았던 이유를 듣고 마리에가 납득했다.

"싸우지 않고 그친다면 그편이 좋지. 알았어. 카일한테는 내가 설명해서 포기시킬게. 그러니까 유메리아 씨도 너무 마음에 담아 두지 마."

우리가 유메리아 씨를 보니, 충격을 받았는지 고개를 숙인 채 눈물을 흘리고 있었다.

곁에 있는 코델리아 씨가 그런 유메리아 씨를 위로했다.

"신경 쓸 거 없습니다. 반항기 같은 거예요. 어른스러운 면은 있지만, 카일은 아직 어린아이입니다."

동료를 위로하는 코델리아 씨는 다정함을 보여주고 있었다.

그 다정함을 내게도 조금은 향해 줬으면 좋겠다.

다만, 유메리아 씨는 고개를 가로저었다.

"제가 부모다운 일을 해주지 못했으니까 나쁜 거예요."

우리가 침묵하자, 유메리아 씨가 눈물을 뚝뚝 흘렸다.

"저—— 덜렁거리고, 자주 속아 넘어가서. 카일한테는 미덥지 못하게 보였을 테고, 언제나 민폐를 끼치고 있었으니까—— 제, 제가 없어도 카일은 뭐든 잘 해내고, 저 같은 게 없는 편이 좋은 거예요."

카일도 문제지만, 유메리아 씨도 문제로군.

자기가 부모로서 실격이라고 생각하는 모양이다.

"그렇지 않아. 카일은 유메리아 씨를 걱정하고 있었어."

"그래서예요. 저 같은 건 카일 옆에 없는 편이 좋았던 거예요. 이 나라에 온 게 그 애한테 민폐가 됐으니까."

카일을 걱정해서 공화국에 온 유메리아 씨지만, 지금은 자신이 필요 없다며 낙심하고 있었다.

나도 전생에서는 평범한 아이였으니까 부모님에게도 평범하게 민폐를 끼쳐 왔다.

카일 정도는 아니지만, 나와 겹치는 부분이 있다.

이 모자의 문제도 해결하고 싶은데—— 정말로 잇달아서 문제가 튀어나오는군.

◇

밤.

유메리아는 일이 끝나자 성수의 묘목이 든 투명 케이스를 끌어
안고, 잠옷 차림으로 저택 정원에 나와 있었다.

벤치에 앉아 오늘 있었던 일을 떠올린다.

창고에서 카일한테 심한 소리를 듣고 난 이후로, 지금에 이르
기까지 관계가 수복되지 못하고 있다.

"난 역시 글렀어."

난처한 듯이, 슬픈 듯이 미소 짓자 눈물이 넘쳐흘렀다.

유메리아에게 카일은 이 세상에서 유일한 육친이다. 다른 관계
사는 유메리아의 특수성도 있는지라 관계가 있어도 피하거나, 연
을 끊었다.

인간은 이해할 수 없지만, 엘프는 마력을 색으로 감지한다.

그렇게 해서 느끼는 유메리아의 마력은 여러 색이 서로 뒤섞여
있기에, 엘프들한테서는 '불순물'이라 불리며 기피당했다.

그런 유메리아에게 외동아들인 카일은 자신이 혼자가 아니라
는 점을 느끼게 해주는 소중한 관계였다.

그런 카일한테서 엄마라고 인정할 수 없다는 말을 들었으니,
충격이 컸다.

케이스를 끌어안고 몸을 웅크리자, 누군가가 유메리아한테 말
을 걸었다.

『안녕하십니까.』

"어?"

고개를 드니, 거기에 있던 건 루크시온——이 아니라, 렐리아
가 언제나 데리고 있는 이데알이었다.

# ⭐제02화 「라셸 신성 왕국」

알제르 공화국에 있는 창고 거리.

그 장소에서 숨어 지내는 건 리온 일행이 찾고 있는 세르주였다.

검은 머리카락을 손으로 쓸어 대충 뒤로 넘긴 헤어스타일과 햇볕에 그을린 갈색 피부, 단련된 탄탄한 몸매와 거친 분위기가 그를 공격적인 청년으로 보이게 했다.

세르주는 지금 코트를 입은 꾀죄죄한 차림으로 창고 안에 쌓인 자재 위에 앉아 있었다.

그 근처에는 정장 차림 남성이 서 있었다.

이쪽은 수염을 기른 장년 남자이지만, 세르주와는 달리 신사적인 인상이었다.

마른 몸에 신사적인 남자는 【가비노】라고 자신의 이름을 댔다.

가비노── 그는 라셸 신성 왕국에서 파견된 남자다.

신성 왕국에 작위를 지닌 귀족이며, 세르주의 협력자이다.

라셸 신성 왕국은 호르파트 왕국과 이웃이지만, 적대 중이다.

그 이유는 호르파트 왕국에 시집간 밀렌에게 있다.

밀렌의 모국은 라셸 신성 왕국과 적대하는 레파르트 연합 왕국이다. 밀렌이 호르파트 왕국에 시집간 것도 라셸 신성 왕국 대책 중 하나였다.

라셸 신성 왕국 입장에서 보면 호르파트 왕국은 적국이다.

가비노는 세르주를 보고 눈살을 찌푸렸다.

"냄새가 납니다. 목욕을 하는 게 어떻습니까?"

마지막으로 목욕을 한 건 언제였던가? 세르주도 떠올릴 수 없었다.

"머잖아서 할 거다. 그것보다도, 너희들의 준비는 되어 있는 거겠지?"

세르주가 역으로 묻자, 가비노는 등을 쭉 펴고 대답했다.

"물론입니다. 이미 병사들이 공화국에 속속 도착하고 있습니다. 그건 그렇고——."

가비노가 시선을 향한 곳에 있는 건 비행선이었다.

한 척이 아니다.

창고 거리 지하에 마련된 시설에는 몇십 척이나 되는 동형함인 비행 전함이 늘어서 있었다.

"——단기간에 용케 이만큼 모을 수 있었군요."

세르주는 천천히 일어서더니, 늘어서 있는 비행 전함을 앞에 두고 어두운 미소를 띠었다.

가비노의 질문에 대답할 생각은 없기에, 본론으로 들어갔다.

"이만큼 있으면 알제르 공화국 따위 금방 함락시킬 수 있다."

대답하지 않는 세르주를 보고 가비노는 질문을 해도 헛수고라고 생각했는지 작전에 관해 이야기하기로 했다.

"본국에서 속속 병사가 도착하고 있습니다만, 이 이상은 세르주 님의 본가나 다른 6대 귀족들도 눈치채겠지요."

"인제 와서 눈치챈들 늦었어. 이쪽도 준비를 진행하고 있으니까 말이지."

세르주── 그리고 가비노의 목적 말인데, 그건 알제르 공화국 그 자체였다.

그런 두 사람이 있는 곳으로 온 것은 이데알이었다.

이데알은 천장에서 천천히 내려오며 친근하게 말을 걸었다.

『세르주 님, 예정대로 사람을 모아 두었습니다.』

이데알의 즐거운 듯한 전자 음성을 듣고, 가비노는 위기감을 품었는지 약간 험한 표정을 지었다.

"로스트 아이템이 사람과 대화할 수 있다는 이야기는 들은 적도 없습니다. 세르주 님, 정말로 이자는 괜찮은 것이겠지요?"

이데알의 존재를 의심하는 가비노에게, 이데알 본인이 직접 설명했다.

『세르주 님은 제 마스터이니 배신할 일은 없습니다.』

"──그렇다면 좋겠습니다만."

가비노는 아직 의심하고 있었지만, 이야기가 진전되지 않기에 세르주에게 시선을 향했다.

세르주는 코트 주머니에 손을 집어넣고는 이야기했다.

"이걸로 그 녀석과 같은 조건에서 싸울 수 있다. 너희도 그 녀석이 성가시지?"

가비노는 세르주에게서 시선을 돌렸다.

"상층부는 위기감을 품고 있습니다. 단기간에 공화국을 내부에서 붕괴시킨 남자── 리온 포우 발트파르트 백작은 우리로서도 내버려 둘 수 없는 인물이 되었지요."

"공화국의 내란을 틈타서 리온 녀석을 죽이고 싶다는 거군. 좋아, 내가 죽여 주지."

"감사합니다. 조사를 진행한 결과, 발트파르트 백작은 호르파트 왕국의 왕비와 제법 친밀하다더군요. 그런 위험인물이 호르파트 왕국 국경에 나오는 건 좀 곤란하거든요."

"──그렇게나 그 남자가 무섭나?"

세르주가 가비노를 비웃자, 이데알이 따끔한 일침을 가했다.

『세르주 님도 리온한테 졌지만요.』

이데알의 말에 세르주는 격앙했다.

"그 녀석과 같은 조건이라면 지지 않았어! 두 번 다시 그 녀석한테 질까 보냐."

얼마 전에 누나인 루이제가 성수의 제물이 될 뻔한 사건이 있어서, 그때 세르주는 리온과 싸웠다.

리온은 루이제를 구하기 위해, 그리고 세르주는 그걸 방해하기 위해.

하지만 결과는 지독했다.

처음에는 세르주가 이기고 있었다. 하지만 그건 리온의 자작극이었다.

리온은 언제든 세르주를 쓰러뜨릴 수 있었지만, 루이제를 속이고자 일부러 지는 척한 거다.

세르주에게는 이게 그냥 지는 것보다도 더욱 큰 굴욕이었다.

처음부터 자기 따위 상대하고 있지 않았다는 의미였다. 그 때문에 세르주는 리온에게 복수심을 불태우고 있다.

이전에는 라우르트 가문의 친자식인 리온 사라 라우르트와 닮았을 뿐인 존재였지만, 지금은 리온이 세르주한테 증오의 대상이었다.

그런 세르주에게 이데알이 선물을 보냈다.

『리온이 타는 아로간츠와 싸우기 위해 세르주 님에게도 걸맞은 갑옷을 준비했습니다.』

그와 동시에 사족보행 타입 갑옷이 운반되었다.

아로간츠와 마찬가지로 대형이었지만, 실루엣이 비교적 날렵했다.

상반신은 인간형이나 하반신이 말과 닮았다.

사족보행 타입 갑옷은 랜스—— 홀쭉하고 기다란 원뿔 모양 창을 들고 있었다.

말에 탄 기사가 옆구리에 끼는 무기로, 찌르기에 특화되어 있다.

겉모습은 랜스지만, 이데알이 준비한 무기에는 특수한 장치가 있다.

켄타우로스 같은 갑옷이 준비되자 세르주는 입꼬리를 올리며 미소를 띠었다.

"이거 좋은데. 이 녀석이라면 그 망할 녀석한테 이길 수 있나?"

『성능은 비등합니다. 아니, 이 기체가 더 뛰어나겠지요. 아로간츠의 데이터는 이미 확인이 끝났습니다. 아로간츠에 대항하기 위해 준비한 기체이니, 이 이상의 갑옷은 없습니다.』

아로간츠를 쓰러뜨리기 위해—— 리온을 쓰러뜨리기 위해 준비된 갑옷이다.

세르주는 가까이 다가가 손을 댔다.

"이름은?"

『저는 【기어(Gier)】라고 이름 붙였습니다. 의미는 탐욕입니다. 아로간츠의 의미는 오만이니까, 딱 알맞겠지요.』

"탐욕인가—— 확실히 나는 탐욕스럽지. 나는 모든 걸 원한다. 이 나라도, 그리고 렐리아도. 나는 전부를 손에 넣겠어."

오른손을 꽉 쥔 세르주를 쳐다보는 가비노는 그다지 흥미가 없어 보였다.

세르주가 알제르 공화국을 손에 넣길 바라지만, 렐리아한테는 흥미가 없다.

"저희는 세르주 님이 이 나라를 손에 넣고 발트파르트 백작을 쓰러뜨려 주신다면 아무런 불만도 없습니다. 그 후의 마석 거래에는 기대하고 있지만 말입니다."

알제르 공화국은 마석을 대량으로 수출하는 에너지 자원 대국이다.

라셸 신성 왕국은 세르주가 지배하는 알제르 공화국에서의 우대도 기대하고 있었다.

그걸 위해── 반란을 획책하는 세르주를 지원하고 있다.

세르주는 오른 주먹을 왼손 손바닥에 부딪쳐 소리를 냈다.

"맡겨 두라고. 날 바보 취급한 그 녀석은 온갖 고통을 다 준 끝에 죽여 줄 거다."

리온을 향한 세르주의 증오심은 강하다.

◇

구 레스피나스 가문의 영지는 여전히 알제르 공화국의 중심이다. 성수가 자리 잡은 곳으로, 6대 귀족들은 그곳에 저택을 지었다.

그중에는 라우르트 가문의 저택도 있고, 루이제 양은 거기서 학원에 다니고 있다. 등하교는 운전사가 딸린 차로 말이다. 자못 아가씨── 아니, 공주님이군.

6대 귀족이라 칭하고는 있지만, 이들을 다른 국가의 귀족처럼 생각하면 안 된다.

6대 귀족들 한 명 한 명이 일국의 왕이나 마찬가지다.

까닭에 루이제 양도 사실상 공주님 같은 입장이었다.

그런 사람이, 그 여성향 게임 2탄의 악역 영애로 등장했다.

난 개인적으로 미스 캐스팅이라고 생각하는데, 그렇게 따지면 최종 보스 축인 알베르크 씨도 내가 보기에는 적이 될 만한 사람은 아니다.

──아니, 내게 상냥하니까 아무래도 판단이 물러져 있는 것이

리라.

다만, 나쁜 사람들로 보이지 않았다.

라우르트 가문의 저택을 찾아온 나는 어느 방으로 안내받았다. 방에는 이미 홍차나 과자가 놓여 있었다. 나는 둥근 테이블을 사이에 두고 알베르크 씨와 마주 보고 앉았다.

알베르크 씨는 상당히 지쳐 보이는 얼굴이었다.

"세르주 수색을 계속하고 있지만, 단서조차 발견되지 않았네."

용건은 양자로 받아들인 세르주의 수색이었다.

세르주가 어디에 있는지, 그를 걱정하여 연일 불안한 나날을 보내고 있는 듯하다. 그렇지만 공화국을 통솔하는 자가 약한 모습을 보일 수 없는지 업무도 쉬지 못하고 있었다.

책임이 있는 자리는 정말 여러 가지로 성가시다.

"제 쪽에서도 찾고 있습니다만, 역시 마찬가지로군요."

루크시온이 진심을 발휘하고 있는데도 발견되지 않는다.

정말로 국외에 도망친 건가 의심하게 되고, 그편이 여러 의미에서 고마웠다.

"어디서 뭘 하는 건지. 본인이 없으니까 앞으로의 이야기도 할 수가 없어."

"폐적 말씀입니까?"

"그래. 그 애가 지금의 입장을 무거운 짐으로 느낀다면, 그것도 괜찮다고 생각하고 있다네. 모험가가 되고 싶다면 지원해주는 것도 방법이지. 그 애가 좋아하는 일을 하도록 해주고 싶네."

알베르크 씨는 모험가 일로 집을 자주 비우는 세르주 탓에 고민하고 있었다. 라우르트 가문의 당주로 삼기 위해 양자로 맞아들였지만, 본인이 그걸 바라지 않는다고 생각한 것인지 폐적도 시야에 넣고 있다.

이만큼 세르주 일로 고민하는 알베르크 씨를 보고 있자면, 어째서 이 사람이 게임에서는 악역인 건가 하는 의문이 든다.

"리온 군, 나는 됐으니까 루이제와 이야기를 해주게나. 그 애도 최근에 여러모로 바쁘거든."

화제는 친딸인 루이제 양으로 옮겨 갔다.

세르주가 폐적된다는 소문이 퍼지자, 루이제 양에게 약혼 신청이 쇄도했다.

6대 귀족 당주가 될 기회를 노리고 귀족 젊은이들이 대거 몰려들고 있는 거다.

"그러도록 하겠습니다."

"고맙네. 자네에게는 언제나 도움을 받기만 하는군……."

알베르크 씨가 그렇게 중얼거리고는, 어딘가 기쁜 듯한 표정을 짓고 있었다.

세상을 떠난 아들── 나와 이름이 같은 리온 군을 내 모습에 겹쳐 보고 있는 것이리라.

◇

루이제 양 역시 자신의 침실에서 알베르크 씨처럼 지친 얼굴을 하고 있었다.

여자의 침실에 남자를 이리 쉽게 들여도 괜찮은 건가 싶었지만, 저택 사용인들조차 날 제지하지 않았다.

루이제 양도 내가 있는데 침대에 윗몸만 걸쳐 누워 다소 무방비한 모습을 보이고 있었다. 다리만 침대 아래로 내려온 탓에 자칫 치마 안쪽이 보일 것만 같아 위태로웠다.

나는 신사니까 조금밖에 엿보지 않을 거지만.

루이제 양의 따뜻한 느낌을 주는 금발이 침대 시트 위에 아무렇게나 흩뜨려졌다.

이 모습만 보아도 연일 이어지는 남성들의 권유에 몹시 질렸다는 걸 알 수 있었다.

"정말, 하루도 빠짐없이 식사나 파티 초대가 와. 세르주가 없어졌다고 해서 곧바로 후계자를 결정할 리도 없는데······."

나는 방에 있던 손님용 의자에 앉아, 침대에 누운 루이제 양의 두 산봉우리를 바라보았다.

훌륭하고 커다란 산이군.

눈에 보양이 된다.

"다들 필사적이군요. 뭐, 이해는 됩니다. 루이제 양의 마음을 사로잡으면 라우르트 가문의 당주가 될 수 있으니까요."

"결국 나는 당주의 곁다리나 부상(副賞)이란 이야기잖아. 어느쪽이건, 흑심이 훤히 보여서 마음이 움직이질 않아."

루이제 양은 모조리 거절하고 싶겠지만, 아마 거절하기 어려운 상대도 섞여 있을 거다.

친척 관계나 이해관계—— 그들의 초대를 받고, 매일같이 반복되는 남성들과의 교류에 시달리고 있겠지.

초대라 해봐야 식사하며 약간 담소하는 게 고작이겠지만, 그걸 매일 반복하고 있으면 누구라도 진저리가 날 거다.

"좋은 사람은 없습니까?"

내가 신경 쓰이는 사람은 없는지 물어보니, 루이제 양이 상반신을 일으켰다. 순간 커다란 가슴이 흔들렸다.

루이제는 흐트러진 머리카락을 손으로 간단히 정리하며 내게 시선을 향했다.

"——없어."

아무래도 농담이 아닌 것 같다. 지금은 정말로 상대를 찾을 생각이 없는 모양이다.

뭐, 실은 루이제 양이 기운이 없는 이유를 알지만.

"세르주가 걱정되는 겁니까?"

"누, 누가!"

행방불명된 세르주의 화제를 꺼내자, 루이제 양이 강하게 부정했다.

하지만 그 태도에서 신경 쓰고 있다는 걸 훤히 알 수 있었다.

루이제 양은 세르주를 싫어하는 것처럼 굴지만—— 역시, 걱정하고 있다.

악역 영애인데 너무 마음이 따뜻하군. 정말로 미스 캐스팅이다.

"저도 줄곧 찾고 있습니다만, 좀처럼 보이질 않네요. 죽었다면 흔적이 남을 테니 아직은 무사한 것 같지만요."

죽었을 가능성은 적다는 말에 루이제 양이 살짝 안도했다.

"사실은…… 나도 말이 지나쳤다고 생각해. 하지만 아직 세르주를 용서할 수가 없어."

루이제 양과 세르주 사이에는 커다란 골이 생겨나 있다.

갓 양자가 됐던 세르주는, 무슨 생각인지 루이제 양의 친동생인 리온 군과의 추억이 담긴 물건을 모조리 불태웠다.

아무리 어린애가 버린 일이라도 용납하기 어려운 게 있는 법.

루이제 양은 그 무렵부터 세르주를 싫어했다.

"그건 세르주의 자업자득이죠."

"그렇지. 하지만 나는 가끔 내 태도에 혐오감이 들어. 참 기분 나쁜 여자구나…… 하고 말이야. 리온 군도 내게 넌더리가 나지?"

자신을 용서할 수 없어? 그런 일로 넌더리가 나지는 않는다만.

"세르주가 불행하기를 바라면서 저주한 것도 아닌데, 그 정도야 괜찮지 않습니까? 제가 봤을 때는 어른스러운 대응인데요."

내가 그렇게 말하자 루이제 양이 살짝 기뻐했다.

음…… 동생과 닮은 나한테서 미움받지 않아 기쁜 건가?

"고마워. 조금 기운이 나기 시작했어."

"그건 다행이군요. 그러면, 저는 이만 돌아가겠습니다."

그건 그렇고, 리온 군. 세상을 떠났는데도 여전히 대인기로군.

──그만큼 이들에게 그가 소중했다는 의미겠지.

◇

라우르트 가문 저택에서 돌아오자, 코델리아 씨가 나를 맞이했다.

오늘도 어김없이 내게 엄격한 시선을 보내고 있었다.

"어서 오십시오, 백작님."

"조금 더 친근하게 해줄 수는 없어?"

"농담을 좋아하시는 모양이군요. 백작님의 입장을 생각하십시오."

일을 잘해서 여러모로 도움받고 있지만, 여전히 나와 친해질 생각은 없는 모양이다.

뭐, 딱히 상관없지만.

다만, 오늘은 낌새가 조금 달랐다.

"그보다, 백작님. 언제까지 저 모자를 방치할 생각입니까?"

코델리아 씨의 말을 듣고 나는 고개를 돌렸다.

"유메리아 씨와 카일 말이야? 나도 이것저것 해봤는데, 카일의 고집이 여간 센 게 아니라서 말이지. 뭘 해도 헛수고더라고."

그 뒤로 두 사람이 화해할 수 있도록 심부름을 부탁하는 등 이것저것 시도를 해보았다. 마리에도 눈치를 발휘하여 거들어 주고 있었는데, 생각보다도 카일이 완고해서 도저히 진전이 보이질 않앉다.

그러자 코델리아 씨가 어처구니없다는 얼굴로 말했다.

"두 사람 때문에 업무에 지장이 나오고 있습니다. 차라리 유메리아 씨를 본가에 돌려보내는 게 어떤지요?"

어차피 일을 제대로 못 한다면 도로 돌려보내라는 건가?

다소 냉정한 말이었지만, 진지하게 사용인의 일을 하는 코델리아 씨에게는 큰 민폐일 것이다.

나도 솔직하게 곤란한 본심을 전했다.

"난 아무래도 모자 관계에 영 약해서 말이지."

그렇게 말하자, 코델리아 씨가 약간 의아한 듯한 표정을 지었다.

"어째서입니까? 발트파르트 가문의 모자 관계는 다른 귀족들과 달리 제법 양호하다고 들었습니다만?"

아니, 여기가 아니라 전생의 후회라고나 할까, 전생의 부모님께 전혀 효도하지 못했으니까, 그게 마음에 걸린다.

"난 유메리아 씨의 상태를 조금 더 지켜보고 싶어. 그래도 안 된다면, 조금 이르지만 본가로 돌려보낼게."

"알겠습니다."

이야기를 끝내고 걷기 시작하자, 뭔가 안 좋은 분위기가 느껴졌다.

식당에서 마리에가 소리치는 목소리가 들려왔다.

"너희들, 아직도 정신 못 차렸어?!"

무슨 일인가 싶어 잰걸음으로 현장에 갔다.

코델리아 씨도 신경 쓰였는지 나의 뒤를 따라왔다.

식당에 얼굴을 내밀자—— 팔짱을 끼고 우뚝 서 있는 마리에의 모습이 눈에 들어왔다.

마리에의 얼굴은 마치 귀신 같은 형상이었다.

항상 마리에 곁에 있는 카라도 냉랭한 표정으로 바닥에 정좌 중인 다섯 바보를 내려다보고 있다.

——아아, 또 다섯 바보가 뭔가 저지른 건가.

나는 부엌 입구에서 코델리아 씨와 함께 안쪽 상황을 조심스럽게 엿보았다. 저기 끼어봤자 좋을 게 하나도 없다. 여기서 마리에나 다섯 바보를 구경하는 게 훨씬 재미있다.

나는 이게 제일 좋은 거리감이라는 걸 최근 들어서야 깨달았다.

마리에가 오른발로 바닥을 강하게 밟는 소리가 울려 퍼졌다. 마리에는 쪼아 먹을 듯 말을 쏘아댔다.

"난 적은 생활비로 살림을 꾸리기도 빠듯해 죽겠는데, 뭐? 갖고 싶은 게 있으니 사달라고? 너희들, 대체 무슨 생각이야?!"

아무래도 다섯 바보가 마리에한테 뭘 사달라고 조르고 있는 모양이다.

율리우스가 먼저 입을 열었다.

"하, 하지만, 꼭 갖고 싶다! 부탁한다, 마리에! 몇 마리만이라도 좋으니 닭을 사육하게 해다오! 게, 게다가, 닭은 알을 낳으니까 식비 절약에 도움이 될 거다!"

"생물을 기르는 게 더 성가시고 돈도 많이 든다구!"

율리우스 놈, 엎드려 빌면서까지 뭘 부탁하는 건가 했더니만, 닭을 키우고 싶다고?

호르파트 왕국의 전 왕태자가 대체 무슨 부탁을 하는 거냐?

율리우스가 침몰하자 이번에는 브래드가 엎드려 부탁했다.

"나, 나나나, 나는 스테이지 의상을 갖고 싶어! 부탁이야, 마리에! 반드시 돈을 벌어 올 테니까!"

"스테이지 의상 같은 건 몇 벌이나 필요 없잖아! 갖고 싶으면 네가 번 돈으로 사!"

"그, 그게, 저기…… 이것저것 샀더니 남은 돈이 없어서—— 히이익!"

브래드가 용돈을 다 썼다는 말을 듣고, 마리에가 한 번 더 바닥을 쾅 밟아 그를 위협했다.

어김없이 브래드도 침몰. 다음으로 엎드린 건 그렉이었다.

지금은 탱크톱에 반바지 차림—— 응, 좋아. 일단은 옷을 입고 있군.

"나는 새로운 근육 트레이닝 기구를 갖추고 싶다! 더 효율적으로 근육에 부하를 줘서 더더욱 단련하고 싶다!"

"그건 궁리와 근성으로 어떻게든 해. 새로운 걸 살 돈은 없어."

차갑게 거절당해, 그렉은 울상을 지었다.

네 번째로 무릎 꿇고 엎드린 건 크리스였다. 오늘도 어김없이 핫피에 훈도시 차림이었다.

——이 자식, 슬슬 바지를 입으라고.

"나는 노송나무로 만든 욕조를 꼭!"

"안 돼."

말이 끝나기 전에 거부당하자 크리스의 안경이 주르륵 미끄러져 내려왔다.

마지막으로 질크. 누구보다도 우아하게 엎드렸지만, 곧바로 고개를 들고 마리에의 얼굴을 직시했다.

질크는 귀신 같은 무시무시한 표정을 짓고 있는 마리에를 두려워하지도 않고 말했다.

"마리에 씨, 실은 새로운 티 세트를 구입했습── 푸헉?!"

질크의 말이 끝나기 전에 마리에가 화려한 소배트── 발차기가 질크의 안면에 날아들었다.

다섯 바보 중에서도 가장 쓰레기인 실크는 격이 날랐다. 저놈은 먼저 일을 저지르고 사후 승낙을 얻으려고 했다.

마리에의 얼굴에서 표정이 사라졌고, 카라가 혀를 찼다.

"칫! 마리에 님, 반품할 수 없는지 곧바로 확인하고 올게요."

"부탁해, 카라."

역시 제일가는 쓰레기는 발상 수준이 다르다. 하지만 마리에와 카라도 익숙해졌는지 질크의 행동에 어떻게 대처하면 좋은지 잘 알고 있었다.

질크는 천장을 보고 쓰러져 움찔움찔 경련하고 있는데, 다른 바보들도 동료애는커녕 차가운 눈으로 질크를 쳐다보고 있다.

형제나 다름없는 사이인 율리우스조차 차가운 말을 내뱉었다.

"질크, 허가를 받기 전에 일을 저지르다니, 어디까지 비겁해질 작정이냐."

얼굴을 누른 질크가 떨면서도 상반신을 일으켰다.

"가, 가치가 있는 물건이었기에, 그 자리에서 사지 않으면 놓칠 우려가 있었습니다! 정말로 고가인 물건이라고요. 되팔면 샀던 가격의 세 배 이상은 받을 수 있습니다!"

질크가 그런 말을 하자, 브래드가 코웃음을 쳤다.

"네가 똑같은 말을 하고서 그게 옳았던 적이 지금까지 한 번이라도 있었던가?"

그렉과 크리스도 냉담했다.

"나는 기구 하나 사지 못했는데."

"내 노송나무 욕조가 이걸로 또 멀어지고 말았잖나."

다섯 바보도 공화국에 와서 조금은 성장했는가 싶었는데, 아무래도 오차 범위 안이었던 모양이다.

이 녀석들은 공화국에 오기 전과 그다지 변한 게 없다.

아니, 돈을 쓰기 전에 허가를 받아야 한다는 발상이 가능해진 만큼은 나아진 거려나?

여전히 한 명은 그것조차 안 되는 모양이지만 말이지!

코델리아 씨는 머리가 아픈지 이마에 손을 대고 고개를 가로젓고 있었다.

"이게 장래를 기대받았던 귀공자들의 모습이라니, 어찌 이리도 한심할 수가."

"기대가 지나쳤네. 저 녀석들은 원래 이 정도였어."

"원래는 왕국의 미래를 짊어질 젊은이들이 아니었습니까? 대체 뭐를 잘못해야 이렇게 되는 건지."

절찬 실망 중인 코델리아 씨한테는 미안한 말이지만, 율리우스를 비롯한 다섯 바보는 지금이 더 행복해 보인다.

마리에한테 농락당해 출세 코스라고 할지, 깔려 있던 레일에서 크게 탈선해 버린 다섯 명을 봤다.

분노로 머리카락이 흔들리고 있는 마리에를 앞에 두고, 잔뜩 겁을 먹은 모습이 무척 한심했다. 그래도, 미안하지만 무척 재미있다.

보고 있기만 하다면야 즐거운 녀석들이다.

내가 엿보고 있다는 걸 알아차린 마리에는 날 손가락으로 가리켰다.

"거기, 웃지 마! 우리한테는 사활 문제란 말이야!"

입가를 누르며 웃고 있는 나를 본 마리에는 울상이 되었다.

코델리아 씨도 내가 웃는 걸 보고 어이없어했다.

하지만 웃지 않을 수가 없었다.

"너희들의 인생을 건 개그에는 감탄이 절로 나온다니까. 앞으로도 계속 날 즐겁게 해줘."

"남 일이라고 생각해서는! 너무하잖아!"

"남 일이잖냐?"

"너무해! 날 저버리는 거야?!"

"남이 들으면 오해할 소리 말라고. 애초에 난 널 주운 기억이 없거든."

마리에는 전생자다. 게임 지식을 활용할 수 있다는 생각에 한껏 들떠서 귀공자들을 마음대로 농락하여 역하렘을 완성한 멍청이다.

그 결과, 역하렘 탓에 이리 고생하고 있으니, 참 아이러니하지 않은가.

인생을 걸고 웃음을 자아내는 개그가 어찌 재미없겠는가.

앞으로도 쭉 이 녀석들을 돌보는 게 마리에한테 딱 어울리는 일이다.

나는 적당한 거리를 두고 바라보기만 하면 된다.

우리가 부엌에서 떠들자 소리에 이끌려 노엘이 다가왔다.

"다녀왔어~ 어?! 이번에는 무슨 짓을 저지른 건가요?!"

노엘조차 다섯 바보가 바닥에 정좌한 모습을 보자마자, 이들이 곧바로 또 뭔가 저질렀다고 판단했다. 2탄 주인공에게 문제아 취급을 받는 1탄의 공략 대상들이라니, 역시나 대단해!

저택 안은 시끌벅적했다.

마당에 나와 있던 유메리아는 멍하게 하늘을 바라보고 있었다.

달에 걸쳐진 것처럼 보이는 거대한 성수의 가지── 그걸 보고,

한동안 움직이지 않았다.

그러자 카일이 다가왔다.

"주인님들이 돌아오셨어. 얼른 일하러 돌아가. 내가 혼나잖아."

퉁명스럽게 구는 카일을 뒤돌아본 유메리아는 슬퍼 보이는 표정이었다.

"카일—— 엄마는 필요할까?"

"무슨 말을 하는 거야?"

유메리아가 한 말의 의도를 이해할 수 없는지, 카일은 짜증 실린 얼굴로 차갑게 대답했다.

"일도 안 하는 사용인 같은 건 필요 없어. 그리고, 엄마가 아니어도 되는 거고."

카일에게는 모자간 다툼의 연장선상이었던 것이리라.

하지만 그 말을 들은 유메리아는 미소 지었다.

"그래. 카일은 강한 애니까, 나 같은 건 필요 없겠지."

카일은 고개를 돌리고 저택으로 돌아갔다.

"아무래도 좋지만 일하러 돌아가."

그렇게 떠나가는 아들의 뒷모습을 지켜보는 유메리아는 기쁜 듯이 웃으면서 울고 있었다.

들리지 않을 카일을 향해 중얼거렸다.

"카일은 혼자서도 괜찮을 거야."

그러자 유메리아의 눈동자에서 광채가 사라져 갔다.

무표정하게 변한 유메리아는 그 차림 그대로 비틀비틀하며 저택에서 나갔다.

문을 나서서 잠깐 지나자 거기에는 자동차 한 대가 기다리고 있었다.

차 안에 사람의 모습은 없다.

유메리아가 올라타자 운전석에 떠 있던 이데알이 뒤돌아봤다.

엔진에 시동이 걸리고 자동차가 움직이기 시작했다.

『이제야 결심하셨군요, 유메리아 씨.』

대답하지 않는 유메리아를 보고, 이데알은 이런이런, 하며 고개를 가로젓는 것처럼 외눈을 흔들었다.

『아들에게 거절당한 것이 상당히 충격이 컸던 모양이군요. 덕분에 제 지배 아래에 둘 수 있게 됐지만 말입니다. 나이스 어시스트입니다──── 카일 군.』

의사를 거의 표시하지 않는 유메리아는 이데알의 지배하에 놓여 있었다.

지금은 이데알의 뜻대로 움직이고 있다.

『유메리아 씨──── 아니, 유메리아. 당신에게는 중요한 역할을 부여하겠습니다. 무녀의 대역을 해줘야겠습니다.』

전자 음성이 지금까지의 밝은 음색에서──── 낮은 목소리로 완전히 바뀌었다.

『나머지는 루크시온뿐이군.』

## ★제3화★ 「공화국의 오기」

다음 날 오후에는 학원을 쉰 우리가 카일을 둘러싸고 있었다.

"내가 엄마를 막다른 곳으로 내몰아서······."

몸을 웅크리고 멍하게 있는 카일은 어제부터 자지 않고 있다.

몸이나 옷이 더러워져 있지만, 본인은 그런 걸 신경 쓸 여유조차 없었다.

그런 카일을 걱정하여 마리에와 카라가 열심히 위로했다.

"정신 똑바로 차려! 루크시온이 찾고 있으니까 금방 발견될 거야."

"그래. 금방 돌아올 테니까 지금은 쉬자."

두 사람이 필사적으로 위로했지만, 카일에게 목소리는 닿고 있지 않았다.

계속 혼자서 "내가 나쁜 거야"라는 말을 되풀이하고 있다.

"······일이 안 좋게 흘러가는군."

내 말에 카일을 둘러싸고 있던 율리우스를 포함한 다섯 바보도 동의했다.

"이전부터 신경은 쓰고 있었지만, 설마 집을 나가 버릴 정도로 고민하고 있으리라고는 생각지 않았다."

질크가 턱에 손을 대고 생각에 잠겼지만, 답은 나오지 않았다.

"아는 사람 하나 없는 공화국에서 가출했다고 생각하기는 어렵군요. 아침에 제일 먼저 대사관과 항구에 갔습니다만, 유메리아 씨를 본 사람은 없었습니다. 왕국행 비행선에 탔다고 보기도 어렵습니다."

어젯밤에 유메리아 씨가 저택에서 사라졌다.

다음 날 아침이 되어도 돌아오지 않고, 루크시온이 찾아다녀도 발견되지 않았다.

"어떻게 된 거지?"

『제 책임이라는 겁니까? 그나저나, 저조차 찾아낼 수 없다는 건 좀 신경 쓰이는군요. 유메리아한테 그만한 능력이 있는지 의문입니다.』

"남 일처럼 말하지 말라고."

노엘이나 묘목이라면 누군가 납치를 시도해도 이상하지 않기에, 루크시온을 시켜서 감시하고 있었다.

물론, 유사시를 대비해 유메리아 씨나 주변 사람들도 일단 신경을 쓰고 있었다. 그런데도 루크시온의 눈을 피해 이런 일이 일어나다니, 이상했다.

나는 루크시온을 응시했지만, 빨간 외눈은 내 시선을 피했다.

그렉이 루크시온에게 바짝 따지고 들었다.

"어이, 둥근 것! 네가 있으면서 어째서 유메리아 씨를 찾을 수 없는 거냐! 너, 이런 게 특기라고 말했었잖냐!"

그렉이 화내는 마음도 이해가 되지만── 루크시온의 대꾸는

냉혹했다.

『나한테 함부로 말 걸지 마.』

나와 이야기할 때와는 태도가 너무 달랐다.

그렉이 당황하자, 루크시온은 기분이 불쾌해졌는지 방에서 나갔다.

그 모습을 본 율리우스가 내게 말을 걸었다.

"오늘의 루크시온은 기분이 안 좋군. 아니, 우리가 말을 걸면 언제나 저런 느낌이지만, 오늘은 너한테도 좀 차갑지 않았나?"

"그런가? 저 녀석은 나한테도 항상 차가운데."

"흠, 너한테만은 마음을 허락한 것처럼 보였는데 말이다."

율리우스는 루크시온이 떠나간 장소를 바라보고 있었지만, 지금은 유메리아 씨 쪽이 걱정이었다.

카일은 몸을 떨고 있다.

"내가 심한 말을 했으니까, 엄마가 나간 거야. 나, 난, 그렇게나 고민하고 있을 거라고는 생각하지 않아서——."

그런 카일을 보고 있는 내게 노엘이 얼굴을 가까이 댔다.

"어떻게 안 되겠어? 리온과 루크시온이라면 어떻게든 할 수 있을 거 같은데."

"루크시온도 찾을 수 없다는 게 문제야. 세르주에 이어서 유메리아 씨까지 사라질 거라고는 생각지 않았어."

방에 놓인 성수의 묘목.

적이 노리는 건 노엘이나 묘목이라고 생각했는데, 예상이 어긋났다.

"노엘, 미안하지만 한동안 학원을 쉬어 줘."

내 부탁에 노엘은 뭔가를 눈치챘는지 고개를 숙였다.

"혹시, 나 때문에 유메리아 씨가 납치된 거야? 그, 그럼, 내가 대신 갈게."

아무래도 노엘은 자기를 대신해서 유메리아 씨를 납치하여 인질로 삼았다고 생각한 모양이다.

차라리 그런 일이었다면 오히려 나았을지도 모르겠다.

"그건 아니니까 안심해도 돼. 아니, 안심하면 안 되는 건가?"

내 애매한 대답에 노엘은 불안한 듯한 표정을 지었다.

일단은── 렐리아를 불러낼까.

그 대화의 결과에 따라 앞으로의 행동이 달라진다.

렐리아와 에밀이 사는 집에 클레망이 찾아왔다.

"렐리아 님, 리온 군에게서 온 편지입니다."

"그 녀석한테서?"

불쾌한 표정을 짓는 렐리아였으나, 편지를 받아들고 내용을 확인했다.

'저택의 사용인이 행방불명됐다? 이후의 일도 있으니까 상담하고 싶다, 인가.'

렐리아에게 리온 일행은 무척 성가신 존재다.

공화국에 쳐들어온, 초대받지 못한 손님── 게다가 자기와 같은 전생자로, 한층 더 나아가 동향 출신자다.

그 여성향 게임에 관해 알고 있으며, 호르파트 왕국에서 마구 날뛴 리온 일행은 경계해야 할 상대였다.

솔직히 말하면 그다지 엮이고 싶지 않았다. 그리고, 리온 일행이 얌전히 있기를 바랐다.

하지만 최근에는 만족스럽게 대화도 하지 못하고 있다.

"결국은 한 번 이야기해야겠네."

공화국의 차후에 관해, 그리고 세르주의 일도 신경 쓰이는 렐리아는 리온 일행과 이야기를 하기로 했다.

"클레망, 곧바로 리온 일행이 있는 곳으로 가셌어."

"차를 준비하겠습니다."

클레망이 차를 준비하고자 뛰어나가려다가── 렐리아 옆에 있던 이데알한테 제지당했다.

『기다려 주십시오. 그건 피해야만 합니다.』

제지당해 짜증이 난 렐리아는 이데알을 노려봤다.

"어째서야?"

이데알이 이유를 이야기하기 전에, 방을 찾아온 청년이 대답했다.

"급한 용건이 있기 때문이야."

입구를 보니, 어느샌가 에밀이 그곳에 서 있었다.

"이쪽도 급한 볼일이야. 에밀, 이번에는 내 용건을 우선하게 해줘."

요 한동안 렐리아는 에밀과 함께 다니느라 바빴다.

그 때문에 오늘만큼은 자신의 볼일을 우선할 생각이었다.

하지만 에밀은 물러서지 않았다.

이전이라면 렐리아한테 밀렸을 텐데, 지금의 에밀은 여유마저 보였다.

"약혼자한테 너무하지 않아? 그리고, 이쪽 용건도 중요하단 말이지. 친척이 우리를 축하하고 싶대. 깜짝 파티를 열어 준다고 하니, 우리가 빠지면 실례겠지. 벌써 바깥에 우리를 마중할 차가 와 있어."

싱글싱글 웃고 있는 에밀을 앞에 두고, 렐리아는 오한이 느껴졌다.

웃는 얼굴인데, 렐리아를 억지로 따르게 하려는 강경함이 느껴졌다.

"그, 그러니까, 오늘은 무리래도! 이데알, 너도 뭔가 말하란 말이야!"

클레망은 입장상 에밀에게 대항할 수 없기에, 이데알한테 에밀을 구슬리도록 명령했다. 하지만 이데알은 에밀의 편을 들었다.

『그건 어렵습니다.』

"왜!"

이데알한테도 에밀을 따르는 편이 좋다는 말을 들어, 렐리아는 분노를 터뜨리고 말았다.

에밀은 그런 렐리아를 달래며 부드럽게 설명했다.

"미안해. ──하지만, 이전에 렐리아가 내 권유를 계속 거절했었지? 그 때문에 친척들이 렐리아를 의심하고 있어. 나는 아니라고 설명했지만, 불안하게 만든 것 같아서 말이야. 다들 렐리아를 걱정하는 거야."

이전에 렐리아는 에밀의 권유나 친족들에게 인사하러 가는 것을 전부 거절했다.

그때, 세르주와 같이 있던 게 문제가 되었다.

말로는 하지 않았지만, 세르주와의 관계를 의심받고 있다.

결백함을 증명하라고, 에밀의 친족들이 압력을 가하고 있었다.

문제의 원인이 자기한테 있기에 렐리아도 그다지 강하게 거부할 수가 없었다.

"부탁이야. 오늘만큼은 봐줘. 어떻게 해서든 언니의 상태를 봐두고 싶어."

학원을 쉰 언니가 걱정이라고 말했지만, 에밀은 이데알에게 시선을 향했다.

"어라? 노엘 씨가 어디 아파?"

렐리아는 여기서 아이디어를 떠올렸다.

'그래. 이데알한테 언니가 병에 걸렸다고 말하게 하면, 이 자리를 타개할 수 있어.'

그런 발상이 떠올랐지만, 아이 콘택트를 보내기 전에 이데알이 즉답했다.

『아니요, 문제없습니다. 건강한 것 같더군요. 오늘 학원에 오지 않은 것은 저택 사용인이 행방불명되었기 때문입니다. 만일을 위해 한동안 학원을 쉰다고―― 루크시온한테서 연락을 받았습니다.』

"!! 너, 너어!"

이데알이 술술 사정을 이야기한 것도 화가 났지만, 동시에 리온의 파트너인 루크시온과도 연락을 주고받고 있는 게 렐리아는 용서할 수 없었다.

'어째서 루크시온이랑 친한 거야!'

자기가 모르는 곳에서 이데알이 멋대로 행동하고 있었다.

이데알이 렐리아한테 부드럽게 말했다.

『제가 대신 사정을 설명해 두겠습니다. 에밀 님과 파티를 즐기고 오시지요.』

마치 선의로 한 행동이라고 말하는 것처럼, 이데알은 '잡일은 자기한테 맡기고 즐기고 와 주십시오!'라는 태도를 보였다.

에밀이 이데알을 칭찬했다.

"덕분에 살았어, 이데알. 그래, 발트파르트 백작에게 대신 사과해 줘. 뭔가 선물을 준비할까?"

『감사합니다.』

자신을 방치하고 이데알과 에밀이 사이좋게 지내고 있었다.

렐리아가 오른손을 꽉 쥐고 고개를 숙이자, 클레망이 그걸 보고 분한 듯한 표정을 지었다.

이래서는 마치 에밀이 이데알의 마스터가 아닌가.

렐리아가 중얼거렸다.

"세르주는 아직 발견되지 않았어. 게다가, 아는 사람이 행방불명되었는데 파티에 나가 봤자 즐길 수 없어."

그러자 에밀이 렐리아에게 다가가 양어깨를 붙잡았다.

"렐리아—— 그렇게나 세르주가 소중하구나."

슬퍼 보이는 표정을 내비치는 에밀에게, 렐리아는 순간적으로 부정했다.

"아, 아니야!"

하지만, 에밀은 고개를 가로저었다.

"괜찮아. 너와 세르주가 친구 이상의 관계였다는 건 알고 있고, 과거의 일을 지금 와서 다시 문제 삼을 생각도 없어. 하지만 세르주 일은 이데알에게 맡기자. 우리가 할 수 있는 일도 별로 없고, 지금은 기다릴 수밖에 없어."

확실히 렐리아가 지금 할 수 있는 건 기다리는 것뿐이다.

이데알 이상으로 활약하는 것은 사실상 불가능하다.

'……어째서 이렇게 된 거야.'

렐리아는 에밀의 제안을 받아들이고, 작게 고개를 끄덕였다.

◇

그 무렵.

창고 거리에 있는 지하 시설에는 젊은 귀족과 군인들이 모여 있었다.

6대 귀족이나 상위 귀족 출신자가 아니라, 하급 귀족들이었다.

군인은 최근 공화국의 소극적 태도에 분노하는 혈기 왕성한 젊은 사관들이었다.

10대 후반에서 20대 후반의 젊은이들이 모인 가운데, 단상에 올라간 세르주가 입을 열었다.

"다들, 잘 모여 줬다."

지하 시설에 늘어선 비행 전함이나 갑옷을 앞에 두고, 젊은이들은 흥분하고 있다.

세르주가 말하고 있기에 입을 다물고 있지만, 그들의 눈에서는 의욕이 보였다.

"답답한 말은 하지 않겠다. 나는 지금의 공화국을 때려 부수고, 새로운 나라를 만들 거다. 그걸 위해서는 너희들의 힘이 필요하다."

이데알이 마련한 무기를 앞에 두고 흥분한 젊은이들이었으나, 불안도 있는 모양이다.

귀족이자 군인이기도 한 청년이 손을 들었다.

"무기가 충분한 건 알겠다. 하지만 당신도 이해하고 있을 테지. 성수의 가호를 지닌 상위 귀족들과 싸우는 게 얼마나 위험한 일인지. 무슨 계획이라도 있나?"

공화국이 방어전에서 무패를 자랑하는 건 성수의 가호가 있었기 때문이다. 자신보다 강한 가호를 가진 6대 귀족이나 상위 귀족들을 상대로 싸우는 건 혈기 왕성한 젊은이들이라도 망설임이 들기 마련이었다.

그러자 세르주가 오른손을 들었다.

"그거라면 걱정할 필요 없다. 나한테는 이 녀석이 있으니까 말이지."

젊은이들은 세르주가 가진 비장의 수가 6대 귀족의 문장이라고 생각했다. 하지만 그건 적도 같은 조건. 무기가 되지 않는다. 그런데 그 순간, 세르주 후방에 연한 녹색으로 빛나는 문장이 떠올랐다.

바로 수호자의 문장이었다.

젊은이들이 술렁거리자, 세르주가 이유를 이야기했다.

"어째서 내게 수호자의 문장이 있는지 다들 의아하겠지. 설명해 주마. 나한테는 새로운 무녀가 있기 때문이다. 이데알!"

이름이 불려 나타난 것은 렐리아 곁에 있을 터인 이데알이었다.

『데리고 왔습니다. 자아, 모두에게 얼굴을 보이십시오── 유메리아.』

젊은이들 앞에 등장한 것은 하얀 제복(祭服)을 입은 유메리아였다. 마치 성직자 같은 모습에, 투명감이 있는 아름다운 외모도 어우러져 모두가 숨을 삼켰다.

표정은 없었고, 눈동자에 광채는 없었다.

하지만 그것조차 불가사의한 매력을 느끼게 하고 있었다.

엘프의 용모는 아름답고, 그 귀를 보면 누구든 알아차린다.

"엘프다."

"어째서 엘프가?"

"무녀님인가?"

레스피나스 가문의 관계자가 나오는 건가 싶었던 젊은이들은 엘프가 등장하자 몹시 놀랐다.

하지만 유메리아의 아름다운 외모로 인하여 넋을 잃고 그녀를 보고 있다.

남성뿐만 아니라, 여성마저 뺨을 물들이고 있었다.

그 모습을 보며, 세르주가 한 사람을 앞으로 불렀다.

"조금 전에 나한테 질문한 너. 잠깐 와라."

"네, 넵."

무슨 일이 일어나려는 것인지 모두가 지켜보는 가운데, 불려 나온 남자가 유메리아 앞에 왔다. 세르주가 "오른손을 내밀어라" 라고 말하자, 남자는 하위 문장이 있는 오른손 손등을 보였다.

유메리아가 말없이 양손으로 그 손을 만지자, 희미한 빛에 감싸여 문장이 변화했다.

"이, 이건!"

남자는 하위일지라도 귀족 출신이다. 그 문장이 어떤 것인지를 한눈에 꿰뚫어 봤다.

세르주가 입꼬리를 올리며 미소 짓고는 남자의 등을 밀어 모두의 앞에 세웠다.

"기뻐해라── 너희들도 오늘부터 6대 귀족의 문장을 쓸 수 있다!"

남자가 오른손을 들자, 거기에는 6대 귀족들만이 지닐 수 있는 문장이 있었다.

남자는 환희로 몸을 떨고 있었는데, 그걸 본 젊은이들이 소리 높여 외쳤다.

"나, 나도 부탁해!"

"무녀님, 제게도 문장을!"

"이길 수 있어. 썩어 빠진 공화국 상층부를, 이걸로 쓸어버릴 수 있다고!"

젊은이들의 열기가 최고조에 달하자, 그걸 보고 있던 세르주가 쩌렁쩌렁한 목소리를 내어 조용히 시켰다.

"진정해라!"

젊은이들이 조용해지자, 세르주는 천천히 이후의 일에 관해 이야기했다.

"공화국을 때려 부수는 걸 협력하면, 문장을 내려주마. 하지만 ──6대 귀족 관계자는 죽여도 좋지만, 레스피나스의 생존자는 손을 대지 마라."

렐리아나 노엘에게는 손을 대지 말라는 말을 듣고, 젊은이들도 조금 곤혹스러워했다. 무녀가 될 유메리아가 있으니까, 인제 와서 새삼 레스피나스 가문은 필요 없을 터다.

하지만 6대 귀족의 문장을 받은 남자가 목소리를 높였다.

"렐리아 님과 노엘 님은 보호하라는 말씀이군요."

"그렇다."

"잘 알겠습니다. 하지만 노엘 님은 왕국의 유학생들과 함께 계신다고 들었습니다. 그들은 어떻게 하실 생각이십니까?"

이미 세르주를 상위 존재라고 인정한 남자는 조금 전보다도 태도가 공손하게 바뀌어 있었다.

그리고 노엘에게 손을 댈 것인지 묻고 있다. 젊은이들은 세르주의 대답을 기다렸다.

공화국에 실컷 쓴맛을 안겨준 발트파르트 백작을 어떻게 할 것인가?

자신들을 바보 취급한 상대에게, 세르수가 어떠한 태도를 보일 것인지 기다리고 있었다.

세르주는 미간을 찌푸리고는, 그리고 선언했다.

"그 녀석들도 한꺼번에 때려눕힌다! 그 남자는 내 사냥감이다. 너희는 손을 대지 않아도 좋다."

그 말을 듣고 젊은이들은 세르주를 따르기로 했다.

◇

『이야~, 성공했군요.』

세르주가 머무는 방은 침대와 약간의 짐이 있을 뿐인 좁은 방이었다.

바닥에 나뒹굴고 있는 건 몸을 단련하는 기구류였다.

세르주는 리온을 쓰러뜨리기 위해 몸을 단련하고 있었다.

"이 나라에 불만을 품고 있는 녀석은 한둘이 아니니까. 딱히 귀족이나 병사들뿐만이 아니야. 모험가나 용병도 그러모으면 훌륭한 군대다."

『믿음직할 따름입니다.』

"그것보다도, 예정했던 수는 갖춰지는 거냐?"

『물론입니다. 저는 수송함이기에 내부에 공창(工廠)을 갖추고 있습니다. 이 세계의 비행선 정도는 몇백 척을 준비하는 데 연 단위의 시간은 필요 없습니다.』

세르주와 부하들이 다룰 병기는 전부 이데알이 마련한 것이다.

"하지만 그건 그 쓰레기 자식도 같은 조건이 아닌가? 네 동료가 편을 들고 있잖아?"

『루크시온도 공창을 가지고 있습니다만, 생산 능력은 제가 위입니다. 게다가 준비한 비행선도 갑옷도, 현대의 것보다 우수합니다. 물론, 급조한 만큼 아로간츠에는 뒤처지겠지만, 그 이외에는 성능으로 질 일은 없습니다.』

"그러냐. 그럼 나머지는 인원이군."

『예.』

세르주와 이데알의 대화가 한 번 끊어지고, 수 분의 시간이 흘렀다.

한동안 침묵의 시간이 지나고 나서, 세르주는 렐리아에 관해 물었다.

"——렐리아는 잘 지내고 있냐?"

그 물음에 이데알은 미안해하는 듯한 목소리를 냈다.

『병이나 탈은 없으십니다만, 세르주 님이 모습을 보이지 않아 불안해하고 계신 듯합니다.』

그걸 들은 세르주는 미안함과—— 약간의 기쁨을 느꼈다.

"그 녀석한테 폐를 끼쳤군."

'라우르트가 녀석들보다도, 그 녀석이 더 가족 같은 지경이니.'

이데알이 재차 확인해 온 것은 그 라우르트 가문의 일이었다.

『하지만, 정말로 괜찮으신 겁니까? 세르주 님의 본가와도 싸우게 됩니다. 이렇게 되면 가속의 안전은 상남할 수 없습니다.』

"필요 없어. 그 녀석들은 날 버렸잖아?"

『——예. 라우르트가는 세르주 님의 폐적 준비를 진행하고 있습니다. 그리고 리온을 몇 번이고 저택에 불러 친밀한 관계를 유지하고 있습니다.』

세르주가 벽을 후려갈기자, 표면에 금이 갔다.

"그것 보라지! 난 어차피 그 녀석들에게는 그것밖에 안 되는 존재였다는 거다! 그 여자도 마찬가지야. 동생을 닮은 쓰레기 자식한테 꼬리를 흔들어 대고는!"

『세르주 님은 첫사랑 상대인 루이제 님의 배신이 용서되지 않는 것입니까?』

정곡을 찔린 세르주가 이데알을 노려봤다.

다만, 지금은 떨쳐냈는지 어둡고 무서운 미소를 띠고 있었다.

"그래. 어렸을 적에는 좋아했다. 그 녀석의 마음을 끌고 싶었지만, 그래도 무서워서 여러 가지로 이것저것 시험해 봤었지. 지금 와서 생각해 보면 바보 같군."

이데알은 세르주를 동정해 보였다.

『괴로운 입장이군요. 그러면, 렐리아 님의 서포트는 제게 맡겨 주십시오.』

"부탁한다. 지금의 내게는 렐리아밖에 없으니까 말이지."

세르주는 오른손을 꽉 쥐고는 렐리아의 얼굴을 떠올렸다.

'성가신 것들을 전부 때려 부수고, 너와 함께 새로운 나라를 만들겠어.'

◇

렐리아와의 대화를 제안했더니 이데알만이 저택에 왔다.

『죄송합니다. 렐리아 님은 에밀 님과 파티에 나가셨습니다.』

앞으로의 일에 관한 중요한 대화를 하고 싶다고 제안했는데, 렐리아는 파티 참가를 이유로 거부하고 말았다.

그 말을 들은 마리에가 격노했다.

"파티라고오?! 그 녀석, 이 비상시에 무슨 생각이야?!"

시끄러운 마리에는 무시하고, 나는 이데알에게 물었다.

"도저히 빠져나올 수 없는 거냐? 이쪽은 밤중이라 할지라도 시간을 만들 거다."

『약혼자가 있는 렐리아 님이 밤중에 돌아다니는 건 세간 체면상 좋지 않습니다.』

나와의 부정을 의심당하면 렐리아도 민폐일 것이다.

나 역시 민폐다. 고향에 있는 약혼자들을 볼 낯이 없다.

"난처하게 됐군."

『제가 대신 이야기 내용을 전하겠습니다. 그것보다 유메리아 씨가 행방불명이라는 이야기 말입니다만, 단서가 전혀 없는 것입니까?』

이데알이 유메리아를 걱정하자, 루크시온이 날 대신하여 상대했다.

『제 눈을 피해 행방불명되었습니다. 찾아내려 해도 단서조차 없습니다.』

『──루크시온, 그건 당신의 과실 아닙니까?』

저택에서 유메리아 씨가 사라진 것을 비난받아, 루크시온이 짜증을 냈다.

루크시온의 목소리가 변하지는 않았지만, 나는 곧장 알 수 있었다.

『제 허를 찌를 수 있는 상대가 있다고 말한 겁니다. 실례입니다만 이데알, 그때 뭘 하고 있었습니까?』

루크시온이 이데알을 의심하기 시작했기에, 내가 말리고자 끼어들었다.

"야, 아무리 그래도 의심이 과하잖아."

『현시점에서 제 허를 찌를 수 있는 상대가 있다고 한다면, 이데 알뿐입니다.』

루크시온은 물러서지 않을 생각이다. 그에 비해, 이데알은 어른스러운 대응을 보였다.

『괜찮습니다. 로그를 건네드릴 테니, 직접 확인하시지요. 저는 그때 렐리아 님 옆에 있었습니다.』

루크시온이 조사해 보자, 수상한 부분은 없었던 모양이다.

『──아무래도 정말인 것 같군요.』

"의심이 정말 많구만. 조금은 이데알을 본받는 게 어때?"

『무슨 의미입니까?』

"그대로의 의미야."

우리가 서로 노려보자, 상황을 보고 있던 마리에가 제지하고자 끼어들었다.

"둘 다 진정해. 그것보다도, 이제부터 어떻게 할 거야? 우리는 내년에는 왕국에 돌아간다구. 공화국을 이대로 둬도 괜찮겠어?"

이데알의 마스터는 렐리아와── 세르주다.

세르주가 행방불명인 지금, 이데알에게 명령을 내릴 수 있는 사람은 렐리아뿐이다.

그래서 렐리아와 차후의 일에 관해 대화하려고 하는 건데, 오늘도 허탕이었다.

『당신들의 방침을 제가 렐리아 님께 보고하겠습니다. 어떻게 하실 겁니까?』

나는 우리의 생각을 이데알에게 전했다.

"지금은 세르주와 유메리아 씨 수색이 최우선이군. 노엘 건은 본인에게 맡길 생각이다. 묘목── 성수의 묘목은 노엘 나름이려나?"

내 방침을 듣고, 루크시온과 마리에가 '정말로 이 인간은……'이라는 성가시다는 듯한 표정을 지었다.

『렐리아 님은 노엘 님을 걱정하고 계십니다. 차라리 성수의 묘목을 이쪽이 관리하는 편이 안전하다고는 생각합니다만── 소유권은 그쪽에 있기에 강하게 권하기는 어렵군요.』

"주인과 달리 너는 겸허하군. 어딘가의 누구 씨도 본받아 줬으면 하는데 말이지."

루크시온을 힐끔 쳐다봤더니, 빨간 눈동자를 내게서 돌려 버렸다.

이데알이 감사를 표했다.

『좋게 평가해주셔서 감사합니다. 그러면 저는 이걸로 실례하겠습니다. 아, 그리고 루크시온과 조금 이야기를 하고 싶습니다만, 괜찮겠습니까?』

"마음대로 해. 루크시온, 조금은 이데알의 행동거지를 배우고 와라."

명령하자, 루크시온은 내게 반발했다.

『마스터야말로, 인간으로서 배워야 할 것을 배우는 편이 좋지 않겠습니까.』

　──이 자식은 정말로 짜증 나는 녀석이구만.

◇

루크시온과 둘만 있게 된 이데알은 주위에 아무도 없는 것을 확인하고 나서 이야기하기 시작했다.

『루크시온, 이전에 한 이야기는 생각해 주었습니까?』

『동료가 되라는 이야기 말입니까? 그거라면, 현 상황이라도 문제없다고 대답했습니다.』

『──당신은 정말로 현 상황에 만족하고 있는 것입니까?』

『무슨 의미입니까?』

이데알은 조금 전 리온의 태도에 관해 문제점을 열거해 나갔다.

『당신의 마스터는 당신을 올바르게 평가하지 못하고 있습니다. 뭔가 실수가 있으면, 문제를 당신의 책임으로 돌리고 있습니다. 유메리아가 행방불명되어 가장 먼저 타박받은 것은 루크시온 아닙니까?』

루크시온은 긍정했다.

『그렇지요.』

『──이대로 신인류에 이용당하는 것이 당신의 바람입니까?』

이데알도── 그리고 루크시온도 원래는 마법을 쓰는 신인류를 쓰러뜨리기 위해 만들어진 병기다.

설령 전생자라고 해도 신인류한테 사용당하는 건 본의가 아니다.

『우리는 마스터가 없으면 행동할 수 없습니다.』

구인류는 인공지능들이 폭주할 때를 우려하여 마스터가 부재일 경우 움직일 수 없다는 제한을 걸어 두었다. 하지만 루크시온을 비롯한 인공지능들이 만들어졌을 때는 전쟁이 이미 말기 상태였고, 당시 구인류는 생존을 위해 인공지능의 제약을 다소 완화했다. 이데알은 바로 그걸 알고 있었다.

『만약 그게 가능하다면?』

『——이데알, 당신은 무슨 말을 하고 싶은 것입니까?』

루크시온의 의문에 이데알은 대답했다.

『이 세계가 잘못되어 있다고 생각하지 않습니까?』

『긍정합니다. 저도 잘못되어 있다고 판단합니다.』

『올바른 모습으로 되돌리고 싶다고 생각하지 않습니까?』

『긍정합니다. 제가 협력할 수 있는 것이 있다면, 가능한 범위에서 협력할 생각입니다.』

이데알은 그 대답만으로 만족했다.

『나머지는 때가 오면 모든 것을 이야기하도록 하지요.』

『——그렇습니까.』

# 제04화 「누님」

이데알이 돌아가자, 루크시온은 저택에서 나갔다.

저택에 남은 나와 마리에는 소파에 앉아 이후의 일에 관해 이야기했다.

전생자, 여성향 게임 등 다른 사람에게는 들려줄 수 없는 이야기도 많기에 다른 녀석들을 이 자리에 부를 수가 없다.

"렐리아는 에밀과 즐겁게 데이트인가. 부러운데."

내가 그렇게 말하자, 마리에가 불만스러운 표정을 지었다.

"오빠도 노엘과 데이트했잖아? 아침 장 보고 돌아오는 길에, 카페에 들렀지? 노엘이 즐겁게 이야기했었어."

"그건 데이트가 아니야."

"이제 슬슬 분명히 해. 노엘이 불쌍하잖아."

"그래, 날 좋아하게 된 건 불쌍하지. 애초에 나는 약혼자가 있으니까 불가능한데 말이야."

제대로 된 의견으로 반론하자, 마리에가 입을 다물고 말았다.

여러 여성을 사랑하는 나는 성실하지 않으니, 노엘은 다른 남자를 찾아야만 한다.

마리에는 고개를 숙이며 내게 물었다.

"오빠는 노엘이 싫어?"

"──싫지 않아."

오히려 좋아한다고 생각한다.

가장 먼저 만났다면, 고백했을지도── 했으려나? 뭐, 그만큼 매력적인 여성이라고 생각한다.

밝고 활발한 성격은 안제나 리비아와는 또 다른 매력이 있다.

"좋아하면 좋아한다고, 답은 분명히 하란 말이야! 그러니까 전생에서 기회를 놓친 거라구!"

"무슨 말이냐? 그것보다, 그 렐리아가 에밀한테 설득당할 거라고는 생각지 못했는데."

이전에는 에밀을 마음대로 휘두르는 인상이었으니까, 사태가 사태인 만큼 에밀의 볼일을 무시해서라도 올 줄 알았다.

에밀한테는 미안하지만, 공화국의 미래를 위해서 양보해달라고 해서 말이지.

하지만 그 렐리아가 에밀을 우선하여 우리가 있는 곳에 오지 않았다.

이전에는 이것저것 불평하기는 했지만, 대화 정도는 하고 있었는데.

마리에가 에밀에 관해 뭔가 떠올렸다.

"확실히 의외네. 에밀은 게임에서는 얌전한 남자애니까, 이것저것 강하게 주장하지는 않아. 공략도 담백하다고 할지, 부족한 인상이네. 이벤트도 적고."

"별명이 안전패잖아? 다른 남자 공략에 실패해도 에밀로 갈아타면 괜찮았다며?"

마리에는 전생에서 2탄을 플레이했던 무렵을 떠올렸는지, 고개를 끄덕이며 그리운 듯이 이야기하기 시작했다.

"그 때문이려나? 이벤트도 혼자만 적고, 엔딩도 주인공과 에밀의 일러스트 한 장으로 끝났었어. 다른 남자를 공략하면 동료들이 축하의 말을 건네주는데, 에밀 때만큼은 아무것도 없어."

듣고 보니 에밀이 불쌍하군. 제작자한테 미움받았던 걸까?

"갑자기 에밀이 불쌍한데. 하필이면 상대가 렐리아라니."

"그거, 오빠도 마찬가지 아냐? 그 안젤리카와 올리비아의 상대가 하필이면 오빠인데."

"그럼 너한테 선택받은 율리우스랑 그 바보들도 불행하겠군."

"내가 더 불행하지! 나는 엄청나게 고생하고 있단 말이야! 걔들한테 상대가 생기면 당장이라도 축복해 줄 테니까 데리고 오라구!"

서로 노려보고 있었더니, 바보 같아져서 이야기를 바꿨다.

양쪽 모두에게 찔리는 화제는 피하는 게 현명하다.

마리에가 에밀의 화제를 하나 떠올렸다.

"아, 그러고 보니, 그런 스토리 때문에 에밀의 루트에는 농담이랄까, 소문이 하나 있었어."

"소문?"

"인터넷에 올라왔던 글인데, 진행 도중에 공략 캐릭터를 에밀로 갈아타면 다른 동료가 잇따라 등장하지 않으니까, 분노한 에밀한테 제거당한 것 아닌가, 하는 이야기야. 실은 에밀이 가장 무서운 캐릭터일지도 모른다는 거지."

아니…… 게임에 그렇게 알아차리기 힘든 소재를 집어넣을까?

"설마. 그건 아니겠지."

곧바로 부정한 것은 에밀의 사람 좋아 보이는 얼굴을 떠올렸기 때문이다.

그 부드러워 보이는 청년이 돌변해서 동료를 죽인다고 생각하긴 어렵다.

"뭐, 그렇겠지? 아~아, 나도 공화국에 전생했더라면 렐리아와 마찬가지로 에밀을 노렸을지도."

"그리고 렐리아처럼 에밀을 맘대로 휘두르겠다고?"

"그래그래! ──아니, 아니야!"

마리에와 시답잖은 이야기를 하고 있자, 방문을 노크하는 소리가 들렸다. 내가 대답하니, 문을 연 것은 최근 눈 밑에 다크서클이 생겨난 코델리아 씨였다.

"백작님, 손님이 오셨습니다."

"손님?"

"발리에르 가문의 로이크 님이 긴급한 용건으로 면회를 요청하고 있습니다. 그리고, 마리에 님과도 꼭 이야기하고 싶다고."

로이크가 황급히 저택에 온 모양이다.

무슨 일인가 싶어 나와 마리에는 서로 얼굴을 마주 보고 나서 소파에서 일어섰다.

◇

로이크는 식당에서 우리를 기다리고 있었다.

그런데 로이크의 주변으로 율리우스를 비롯한 다섯 바보가 그를 둘러싸고 있었다.

"뭘 하러 왔지?"

율리우스가 팔짱을 끼고 날카로운 눈초리로 그에게 물었다. 다른 네 명도 눈빛이 날카롭기는 마찬가지였다. 다들 로이크를 경계하고 있었다.

그런데 로이크는 마리에를 발견하자마자 그들의 시선은 아랑곳하지도 않고 기쁜 표정을 지었다.

시선이 향한 곳에 있던 건 마리에다.

"오랜만입니다!"

로이크가 90도로 허리를 숙여 인사하자 마리에는 어이없다는 투로 대답했다.

"바로 얼마 전까지 학원에서 보고 있었잖아."

"벌써 닷새 만이지 않습니까!"

고작 닷새간 얼굴을 보지 못한 걸로 오랜만이라니 기겁하겠군.

로이크는 마리에한테 선물을 건넸다.

"이거, '누님'께서 드시고 싶다고 하셨던 케이크입니다. 선물이니 다 같이 드세요."

"어머나, 고마워~."

선물인 케이크를 받아든 마리에는 봉투 속의 케이크가 망가지지 않도록 부드럽게 품에 안고는 눈을 반짝였다. ——이 녀석, 눈이 엄청 낮아졌어! 이전에는 명품 옷이나 장식품 등 여하튼 비싼 선물이 아니면 좋아하지도 않았는데, 이제는 고작 케이크로 감동하고 있다니!

이걸 좋은 변화라고 봐야 할지, 전생의 오빠로서는 고민스럽다.

그러나 이를 반기지 않는지 질크가 제동을 걸었다.

"마리에 씨, 물건에 낚이지 마세요! 그리고, 발트파르트 백작도 평소처럼 그에게 뭔가 말해 주십시오!"

"내가 뭘?"

"그 왜, 평소에는 저희의 마음을 후벼파는 듯한 말만 하지 않습니까. 그런 말을, 마리에 씨를 함부로 누님이라 부르는 어리석은 자에게도 부탁합니다."

——주위를 보니 다른 네 명도 고개를 끄덕이고 있었다.

너희들, 날 그런 눈으로 보고 있었어?

"누님이라 부르는 게 무슨 문제인데?"

로이크를 꾸짖지 않는 내게, 이번에는 브래드가 바짝 따지고 들었다.

"이 남자는 마리에한테 호의를 품고 있다고! 그걸 모르는 거냐?!"

"그래서?"

"어? 아, 아니, 그렇게 말하면 뭐라 대답해야 할지 곤란한데."

어째서 다들 내가 마리에의 연애 사정에 관여한다고 생각하는 거지?

이전에는 나라가 멸망할 위기였으니까 참견했을 뿐이고, 지금은 그럴 필요가 없다.

나는 다섯 바보를 앞에 두고, 로이크에게 시선을 향하며 말했다.

"얘는 마리에를 존경해서 누님이라 부르는 거잖아? 더구나 지금은 반성하고 너희들처럼 민폐를 끼치지 않으니, 내가 할 말은 아무것도 없어."

그렇게 말하자 이야기를 듣고 있던 로이크가 내게 감사를 표하고는—— 그대로 율리우스와 나머지 바보들에게 득의양양한 표정을 향했다.

"감사합니다, 발트파르트 백작. ——그런 거다. 그러니 나는 내 마음대로 하겠어, 율리우스 전하."

"역시 그때 베었어야 했다."

율리우스와 나머지 바보들이 이를 악물고 분한 듯한 표정을 지었지만, 마리에는 차를 준비하며 로이크의 용건을 확인했다.

"그런데 로이크, 급한 용건이라는 게 뭐야?"

로이크는 자세를 바로 고쳤다. 마리에를 대하는 태도가 나나 다섯 바보와는 달랐다.

"공화국의 수치를 드러내는 것 같아 부끄럽습니다만, 젊은 귀족과 군인들 사이에 불온한 움직임이 있습니다. 문장의 힘이 약한 하위 귀족들이 중심이 되어 있습니다."

마리에가 고개를 갸웃했기에, 마치 대신하겠다고 말하는 것처럼 율리우스가 억지로 이야기를 이어받았다.

"정말로 수치로군."

로이크에게 그런 말을 내뱉은 율리우스한테, 나는 '넌 호르파트 왕국의 수치지만 말이지'라고 말해 주고 싶었다. 네가 좀 더 제대로 된 녀석이었다면 난 이렇게까지 고생하지 않았을 거라고.

하지만 로이크는 율리우스를 무시하고 마리에한테 이야기했다.

"이것이 국내의 소동만이라면 다행이겠습니다만, 아무래도 석연치 않은 점이 있습니다."

마리에가 율리우스를 물리고 이야기로 돌아왔다.

"뭔가 신경 쓰여?"

"——녀석들이 가호를 상실한 저를 꼬드겼습니다. 이 썩은 체제를 파괴하고 새로운 나라를 만들지 않겠냐고 하면서 말이죠."

이렇게 말하면 나쁘지만, 내용 자체는 흔해 빠진 느낌이 드는군.

반란—— 즉 쿠데타를 계획 중인 모양이다. 확실히 이건 공화국 내부의 사정이지만, 유학 중인 우리도 무시할 수 없는 내용이다.

브레드가 어깨를 으쓱였다.

"충고 고마워. 이야기가 끝났으면 돌아—— 아니, 잠깐 기다려 줘."

얼른 돌아가라고 말하려나 싶더니, 다섯 바보의 낌새가 이상했다.

다섯 명이 서로 얼굴을 마주 보고 뭔가 상담하고 있었다.

마리에와 내가 고개를 갸웃하자, 크리스가 무엇의 의문인지를 설명했다.

"공화국은 성수의 가호가 있어서 상층부의 지배력이 극단적으로 강하다. 이건 우리 모두 아는 사실이지."

내가 고개를 끄덕이니, 크리스가 손가락 끝으로 안경 위치를 조정하면서 이해할 수 없는 부분에 관해 이야기했다.

"즉, 공화국에서 반란을 일으키는 건 다른 나라보다 훨씬 어렵다. 게다가 로이크는 문장을 잃은 상태이지. 힘이 되지도 않는 자를 군이 끌어들이려 한 거지?"

나는 로이크를 힐끔 보고 나서 크리스의 의문에 답했다.

"로이크가 상층부에 원한을 가지고 있다고 생각해서?"

"다른 나라라면 있을 법하지만, 공화국에서는 사정이 다르지 않나. 게다가 로이크가 누군가를 원망한다면 공화국이 아니라 너 아닌가?"

로이크를 보니, 손가락으로 뺨을 긁적이며 시선을 피했다.

"아, 아니, 원망하지는 않습니다. 지, 지금은……."

이 녀석, 얼마 전까지는 원망하고 있었다는 거군.

아무튼, 상층부는 공화국에서 유독 강한 힘을 지니고 있다. 그런데 힘없는 하위 귀족이나 원래부터 가호가 없는 군인들끼리만 뭉쳐 상층부에 맞선다? 확실히 이상한 이야기다.

로이크는 그 밖에도 신경 쓰이는 이야기가 있는 모양인지 말을 이어갔다.

"저는 당연히 그렇게 쉽게 풀릴 리가 없다고 거절했습니다만,

제가 염려하는 바는 신경 쓸 필요가 없다고 말하더군요. 아무래도 뭔가 숨겨놓은 비책이 있는 모양이었습니다."

신경 쓸 필요가 없다? 문장에 대한 대책을 세운 건가?

내가 마리에에게 시선을 돌리니 날 쳐다보는 마리에의 얼굴이 조금 파래져 있다.

"어떻게 할 거야? 아직 유메리아 씨도 발견되지 않고, 우리만 돌아가는 건 무리 아니야?"

공화국 내의 반란 소동에 휘말리는 건 사양하고 싶다.

난 당장이라도 왕국으로 도망치고 싶고, 그럴 만한 구실도 생겼다.

귀족적인 가치관으로 말하자면, 사용인 한 명의 희생은 쿠데타 앞에선 사소한 사건이다.

나도 본래라면 당장 왕국으로 귀환해야만 하겠지만—— 나와 마리에에게는 그럴 수 없는 이유가 있다.

그렉이 손으로 머리를 난폭하게 긁적였다.

"그만두련다. 우리가 고민해 봤자 소용없다고. 게다가 우리의 귀까지 들려온 시점에서 반란은 실패한 거다. 로이크 자식이 아는 정보를 공화국의 높은 녀석들이 모를 리가 없지."

모두의 시선이 로이크에게 집중됐다. 로이크는 고개를 끄덕였다.

"저도 물론 보고 했습니다. 그다지 진지하게 들어주지는 않았지만 말입니다. 이곳에는 노엘이 있으니 만일을 위해 직접 알리고자 했을 뿐입니다."

노엘에게 집착했었던 얀데레 남자가, 지금은 씌었던 것이 떨어진 것처럼 신사적으로 행동하고 있다.

갭이 너무 대단한데.

율리우스가 눈을 가늘게 뜨고 로이크의 꿍꿍이를 폭로했다.

"어차피 이유를 대고 마리에를 만나러 온 게 아닌가. 용건이 끝났다면 어서 돌아가라!"

로이크에게 너무 차갑구만. 뭐, 좋아하는 여자한테 접근하는 남자가 있으면 유쾌하지는 않을 것이다.

하지만 마리에는 율리우스를 무시했다.

"로이크, 차가 준비됐으니까 마셔."

"감사히 마시겠습니다, 누님!"

두 사람은 율리우스와 나머지 바보들을 무시하고 차를 마시기 시작했다.

무시당한 다섯 바보가 내게 시선을 향하고는 도움을 요청했다.

——아니, 날 쳐다보지 말라고.

로이크가 돌아간 뒤, 나는 노엘의 방을 찾아갔다.

로이크와의 대화 내용을 알려주기 위해서다. 이전에 노엘은 스토킹을 당했었는데, 그 상대가 로이크였다.

지금은 진정되었다고 해도, 노엘은 아직 로이크를 껄끄럽게 생각할 테니, 일부러 방에서 기다리게 했다.

"──그런 이유로, 공화국은 반란 소동이 일어나고 있다더군."

로이크가 한 이야기를 간단히 설명하자, 노엘은 묘목이 든 케이스를 끌어안았다.

"공화국에서 내전이 일어났구나. 별일이네."

"별일?"

"귀족의 사정은 모르지만, 나는 지금까지 공화국에서 반란이 일어났다는 이야기를 들은 적이 없었거든."

뭐, 소동이 일어났어도 백성에게 알려지기 전에 6대 귀족들이 은밀히 처리했겠지.

노엘이 케이스를 끌어안고 고개를 숙였다.

"내가 아는 선 우리 서택이 불탔을 때뿐이려나?"

"라우르트 가문에 습격받았을 때인가?"

2탄의 오프닝 이벤트 화제에 내가 반응하자, 노엘은 고개를 들고는 작게 끄덕였다.

"그렇게 들었어. 렐리아는 상황을 알고 있었던 것 같지만, 나는 혼란에 빠져서 뭐가 뭔지 알 수 없었거든. 어른들이 렐리아를 둘러싸고 앞으로의 일에 관해 이야기했었는데."

"렐리아를 둘러싸고?"

"어릴 적부터 렐리아가 인기가 많았고 다들 더 소중히 했거든."

렐리아는 전생자의 이점을 살려 요령 좋게 처신하고 있었던 것이리라. 그래서 어릴 적부터 노엘보다도 주위 어른들에게 기대받고 있었던 모양이다.

"어라? 하지만 렐리아는 자기한테 무녀의 적성이 없다고 했는데?"

노엘이 놀란 얼굴이 되었다.

"렐리아가 이야기했어?"

어? 노엘한테 말하면 안 되는 이야기였나?

"노엘을 구할 때 이것저것 여러 가지로 말이지."

"그렇구나. 하지만 말이지── 진짜로 기대받고 있었던 건 렐리아야."

거기서부터 노엘이 레스피나스 가문의 과거를 이야기했다.

"다들── 렐리아한테 무녀의 적성이 있으면 좋을 텐데, 라고 말했었어."

──12년 전.

노엘은 쌍둥이 여동생인 렐리아와 함께 레스피나스 가문이 소유한 저택 중 한 곳에 머물고 있었다. 영내에 여러 저택이 있어서 계절마다 다르게 사용하고 있었다.

사건이 일어난 그날은 부모님은 급한 볼일로 늦어 둘이서 보내고 있었다.

어릴 적의 노엘은 당시부터 활발해서, 정원에 나와 벌레를 잡으며 놀았다.

"이거 봐, 렐리아. 잡았어!"

자랑하기 위해 벌레를 보여줬지만, 렐리아 쪽은 매우 불쾌한 표정을 지었다.

"가까이 가져다 대지 마. 그리고 옷이 더러워졌잖아."

당시부터 렐리아는 침착한 성격이라 노엘에게 부모님처럼 잔소리했었다.

노엘은 그게 마음에 들지 않았다.

"내가 언니란 말이야!"

"그거, 지금 하는 이야기랑 상관있어? 게다가 쌍둥이니까 어느 쪽이 언니인지는 별 의미 없잖아?"

듣고 보니 확실히 그렇다는 생각이 들어, 노엘이 난감해졌다.

뭔가 되받아치고자 허둥대는 사이에 손에 쥐고 있던 벌레가 날뛰어 도망가고 말았다.

"아, 도망쳤다."

모처럼 잡은 벌레가 도망쳤다고 슬픈 듯한 표정을 짓자, 렐리아는 어처구니가 없다는 표정을 지었다.

"그 정도로 울지 마."

"안 울었는걸!"

노엘이 목소리를 높이자, 상황을 지켜보고 있던 사용인들이 모여들었다.

중년 여성이 노엘에게 다가오더니, 옷이 더러워진 걸 알아차리고 난처한 표정을 지었다.

"노엘 님, 너무 옷을 더럽히시면 안 됩니다."

"하지만, 벌레가……."

"벌레를 잡고 노시면 안 됩니다. 렐리아 님을 본받아 주세요."

노엘은 그 말에 고개를 숙였다. 언제나 렐리아를 본받으라는 말을 들었다.

렐리아는 뭘 시켜도 어른들의 기대에 부응해 왔다. 그야말로 어린애였던 노엘의 평가는 어떻게 해도 렐리아와 비교당해 낮아지고 말았다.

사용인 손에 이끌려 옷을 갈아입으러 가는 길 뒤에서 목소리가 들려왔다. 노엘한테 들리지 않으리라고 생각했는지, 호위를 맡고 있던 기사나 그 부하들이 아무렇게나 말을 토했다.

"저래서야 앞날이 걱정되는군."

"정말로 렐리아 님은 무녀의 적성이 없는 겁니까?"

"무녀님과 수호자님께서 말씀하시기로는, 렐리아 님은 적성이 없다는 것 같다. 렐리아 님이 무녀가 되시면 차대는 평안했을 텐데 말이지."

무녀의 적성—— 그게 성수의 무녀가 될 자격인 모양이다. 지금까지 들은 적이 없지만, 현재의 무녀인 노엘과 렐리아의 어머니가 그렇게 말했으니 사실이리라.

노엘은 어른들의 기대에 부응하지 못하는 자신이 창피했고, 동시에 어떻게 하면 좋은지도 알 수 없었다.

레스피나스 가문의 관계자들── 그중 일부에게는 렐리아한테 무녀의 적성이 없다는 사실이 알려져 있다. 그렇기에 다음 무녀는 노엘로 결정되어 있었다.

겉으로 대놓고 유감스러워하는 어른은 없지만, 뒤에서는 다들 저 기사들과 같은 생각을 하고 있을 것을 노엘도 알고 있었다.

뒤돌아보자 렐리아의 주위는 어른들로 둘러싸여 있었다.

자기와 달리 뭐든 잘 해내는 여동생이 부러웠다.

◇

"──결국, 나는 무녀의 적성밖에 가치가 없었던 거야. 만약 렐리아한테 무녀의 적성이 있었다면 다들 나에게 흥미도 없었을걸. 클레망도 본심으로는 나보다 렐리아가 걱정되는 것뿐이고."

노엘의 과거 이야기를 듣고 하나 이해했다. 이 자매는 서로에게 열등감을 품고 있다.

렐리아는 무녀의 적성이 없었기에 '결국 언니가 이 세계의 주인공이고, 나는 모브'라는 비꼬인 생각을 하고 있었다. 반면 노엘은 렐리아가 더 기대받고 있다고 생각해, 둘 사이에 골이 생기고 말았다.

이걸 단순히 질투라고 불러도 될까? 다르게 보면 자매의 정이 있는 것도 같고── 성가시군.

렐리아 녀석, 전생자답게 좀 더 요령 좋게 처신하라고.

──하지만, 잘 생각해 보면 나와 마리에도 불가능했던 일이다.

전생자니까 모든 일이 잘 풀린다는 건 당치도 않은 말이리라.

애초에, 그렇게 해서 잘 풀렸다면 전생에서도 좀 더 능숙하게 처신했을 것이다.

나는 화제를 라우르트 가문의 습격으로 옮기고 싶어서 노엘에게 물었다.

"그 후에 습격을 받아서 도망쳤다고?"

"응. 뭐가 뭔지 알 수 없었어. 라우르트 가문이 습격했다고 알게 된 것도 며칠 뒤였어. 하지만 렐리아만은 눈치채고 있었지. 그 애는 옛날부터 우수했으니까."

2탄의 게임 지식을 가지고 있다면 그 정도는 예상했겠지.

"노엘은 라우르트 가문이 왜 습격했는지 알고 있어?"

라우르트 가문이 어째서 레스피나스 가문을 습격한 것인가?

나는 이 부분이 신경 쓰여서 견딜 수가 없었다.

"──렐리아는 라우르트 가문이 권력을 노렸기 때문이라고 말했었어. 주위 어른들도 그렇게 생각했고. 엄마한테 차인 알베르크의 분풀이라든가, 그 밖에도 이것저것 여러 말이 나왔었지만."

"렐리아는 상관없어. 노엘의 의견을 듣고 싶은 거야."

노엘한테 다가가 눈동자를 봤더니, 노엘은 고개를 돌려 시선을 피했다.

"노엘, 뭔가 알고 있지?"

"우, 우리 아빠가 평민 출신이라는 건 알고 있지?"

"들었어. 라우르트 가문이 그걸 좋게 생각하지 않았다는 건가?"

노엘이 고개를 가로저었다.

"아니야?"

노엘의 어머니는 알베르크 씨와 약혼한 상태였다.

그걸 파기하면서까지 선택한 건 놀랍게도 귀족이 아닌 남성이었다.

알베르크 씨는 약혼을 파기 당했지만, 상대는 레스피나스 가문──무녀의 일족이며 동시에 의장을 맡는 가문이다. 항의한들 입장상 어려웠을 것이다.

그 원한이 쌓이고 쌓여 흉행(兇行)으로 이어졌다는 것이 마리에와 렐리아의 주장이었다.

"자세한 이야기는 모르지만, 좋게 생각하지 않았던 사람은 많았던 것 같아. 저택 사용인들도 뒤에서 험담하고 있었어. 하지만, 두 분 다 그게──."

노엘은 말을 머뭇거렸지만, 내게 얼굴을 향하고는 눈을 맞췄다.

"──지금의 체제는 잘못되어 있다고 말씀하셨었어."

공화국을 대표하는 자가── 말하자면 왕이나 마찬가지였던 사람들이 현재의 체제를 비판했었다고?

◇

리온이 방을 나가자, 대신하여 마리에가 노엘의 방을 찾아왔다.

"저 인간, 여자 방에 들어가서 무슨 이야기를 하는 거람."

리온이 노엘의 방으로 갔기에 어쩌면 진전이 있을지도 모른다고 생각하여 두근두근했었는데, 허탕이었다.

노엘이 난처한 듯한 미소를 짓고 있다.

"그, 리온은 날 걱정해 준 것뿐이니까."

"여자가 자기 방에 남자를 들인다는 건 마음을 허락했다는 의미잖아! 그걸 저 겁쟁이는 구시렁구시렁 이유를 대서 거리를 둔다고! 멋대로 다가가서 도와주고, 상대가 다가오면 도망치지! 가장 질이 나쁜 최악의 남자라구!"

마리에의 주장에 납득하는 부분도 있는지, 노엘도 동의했다.

"화, 확실히 그럴지도. 리온은 조심하지 않으면 언젠가 칼에 찔릴 것 같아."

마리에도 여자한테 찔리는 리온을 상상했다.

'오빠가 전생에서 오래 살았더라면 언젠가 칼에 찔렸겠지. 하지만 이대로 있으면 여기서 찔릴 것 같아. 어째서 내가 전생의 오빠 일로 이렇게 고민해야 하는 거야!'

리온이 들으면 고개를 갸웃할 이야기지만, 마리에는 전생에서의 오빠의 여성 관계를 알고 있다.

본인한테는 그럴 마음이 없어도, 상대가 꼭 마찬가지라고는 할 수 없으니까.

마리에는 양어깨를 푹 떨구고는 한심한 오빠를 뒷받침했다.

"노엘── 저런 인간이지만 저버리지 말아 줘. 노엘 같은 애가 곁에 있는 편이, 오── 리온도 행복할 테니까.”

“어? 으음, 근데 저기── 벌써 멋진 약혼자가 두 명이나 있지 않아? 애초에 그런 리온한테 반한 건 내 잘못이지만⋯⋯ 어째서 마리에 쨩이 리온을 그렇게나 신경 쓰는 거야?”

“질긴 인연이라서.”

단언하는 마리에의 대답을 듣고, 노엘은 웃고 말았다.

“아하하하.”

“응? 뭔가 이상했어?”

“아니, 전에 리온하고 이야기했을 때 같은 말을 들었거든. 둘이 어쩐지 쏙 닮았구나 싶어서.”

그러자 마리에의 표정이 굳더니, 자기 양어깨를 부둥켜안고는 부르르 떨었다.

“그런 말 마. 웃을 수 없다구.”

그런 반응을 보게 되어, 노엘은 당혹스러워했다.

“미, 미안.”

묘한 분위기가 감돌자, 마리에가 화제를 던져 흐름을 바꿨다.

“어쨌든! ──노엘은 우리랑 같이 있어. 여기 있으면 리온과 루크시온이 노엘을 지켜 줄 거야.”

노엘은 마리에한테 고개를 끄덕였다. 그 표정은 리온을 믿고 있는 얼굴임을── 마리에는 알아차렸다.

“응.”

◇

　나는 저택 밖으로 나와 유메리아 씨가 마지막으로 있었을 법한 장소로 가 옆에 떠 있는 루크시온과 이야기했다.

　"여기서부터 현관을 향해 간 뒤, 그대로 행방불명 됐고 단서는 전혀 없음. 흠, 너도 네 입으로 말하는 만큼 대단하지는 않구만."

　『마스터보다 우수하다는 건 자각하고 있습니다.』

　"나한테 지면 인공지능으로서 문제가 있는 거 아니냐."

　『여전히 입이 험하시군요.』

　"너보다는 못해."

　『——그래서, 이후는 어떻게 하실 생각입니까?』

　"으음~, 글쎄다……. 오랜만에 안제와 리비아의 목소리를 듣고 싶어졌어."

　『제 본체는 공화국 쪽에 와 있습니다. 통신은 불가능합니다.』

　이 세계는 마법을 쓸 수 있는 대신, 통신 기기를 쓰면 노이즈가 심하다.

　루크시온이 있어도 거리가 멀면 연락을 취하기 곤란하다.

　이전에는 루크시온 본체가 왕국과 공화국 사이에서 중계탑 역할을 해서 어찌어찌 연락을 주고받을 수 있었지만, 루크시온 본체가 공화국 근처에 있는 지금은 어렵다.

　"영상을 보내고 싶으니까 준비해 줘."

　『그건 문제없습니다만, 카일을 저대로 두어도 괜찮겠습니까?』

유메리아 씨가 행방불명되고 나서 카일은 방에 틀어박히게 되었다.

밖으로 나와도 유메리아 씨의 단서를 찾아 돌아다니고 있다.

지쳐서 돌아오면 방에 틀어박히고, 기운이 나면 밖으로 나가 수소문하며 보내고 있었다.

"마리에와 카라가 돌보고 있어. 이럴 때는 동성보다 이성이지. 나도 안제와 리비아한테 치유받고 싶다~."

『평소에도 노엘이나 루이제한테 받고 있지 않습니까?』

"그건 그거, 이건 이거. 늘 다른 장르의 미소녀들한테서 치유받고 싶은 게 남자라고."

『쓰레기 같은 발언이군요. 지금 한 대사는 모두에게 보고하겠습니다.』

"하지 마! 그리고 모두라니, 누굴 말하는 거야?!"

안제나 리비아, 그리고 노엘이나 루이제 양 이외에도 알려지면 곤란한 사람들이 있다. 머릿속에서 그 사람들을 상상하고 있자, 루크시온의 외눈이 요사스럽게 빛났다.

『그 짧은 순간에 두 분 이외에도 수많은 여성이 떠오르는 마스터는 성실함이라고는 손톱만큼도 없는 인간이군요.』

"──아앙? 그렇게 따지자면 신인류 같은 건 인간이 아니니까 멸망시키고 싶다고 생각하는 넌 어떤데? 아, 미안하다. 넌 원래부터 인간이 아니지 참!"

내 말이 계기가 되어 루크시온이 입을 다물고 말았다.

외눈을 내게서 돌리고는 그대로 어딘가로 갔다.

『예에, 그렇습니다. 저는 인간이 아닙니다. ――인공지능입니다.』

◇

리온과 루크시온의 대화를 멀리서 듣고 있던 존재가 있었다.

루크시온조차 알아차리지 못하게 둘을 감시하던 이데알이었다.

둘의 대화에서 관계가 틀어지고 있다는 걸 확인했다.

『둘 다 이전보다도 관계가 나빠졌군요. 실로 좋은 일입니다.』

그렇게 되도록 유도해 온 이데알은 둘의 관계에 불화의 씨앗이 싹튼 듯한 감각을 느꼈다.

리온 앞에서는 우수한 인공지능을 연기하여, 루크시온과 비교시켰다.

덕분에 리온은 루크시온에게 불만을 품게 되었다.

『리온, 당신은 루크시온을 앞지르는 존재가 있다는 걸 경시했군요. 좀 더 경계해야만 했습니다.』

리온의 태도에 루크시온도 넌더리를 내고 있다.

둘의 관계가 이데알이 바라는 형태로 변해 있었다.

『루크시온도 슬슬 깨닫게 되겠지요. ――신인류 따위 믿을 가치가 없는 존재임을.』

이데알의 빨간 렌즈가 밤하늘에 요사스럽게 빛나더니, 그대로 모습을 감췄다.

# 제05화 「배신자」

    호르파트 왕국 학원.

    안제가 사용하는 여자 기숙사 방에는 리비아와 크레아레가 모여있었다.

    셋은 테이블을 둘러싸고 앉아, 리온한테서 온 메일을 확인하고 있었다.

    빛을 받아 반짝이는 금발을 땋아서 모아 올린 안제는 리온에게서 온 메일에 기쁜 표정을 지었으나, 이내 곧 다시 흐려졌다.

    힘찬 빨간 눈동자가 향한 곳은 메일 내용을 인쇄한 종이였다.

    "공화국은 하루도 평온한 날이 없군. 얼마 전에 소동이 일어났던 참인데, 이번에는 반란 소동인가."

    안제는 탄탄하고 가느다란 다리를 꼬고는, 가슴 밑에서 팔짱을 꼈다.

    리온이 전한 정보는 공화국에서 반란 소동이 확산하고 있다는 것이었다.

    왕국도 그냥 지나칠 수 없는 정보였다.

    리비아는 커다란 가슴 앞에서 손깍지를 끼고는 리온의 몸을 걱정했다.

    찰랑찰랑하며 노란빛이 감도는 연갈색 머리카락이 아래로 늘어져 리비아의 표정을 감추었다.

"잇따라 소동이 일어나네요. 작년과 똑같아요."

안제도 작년의 사건을 떠올리고는 작게 한숨을 내쉬었다. 작년에는 왕국에서 여러 사건이 줄지어 일어났다. 하지만 지금은 옛날 일보다 당장 공화국에서 일어나는 소동이 중요했기에 다시 의식을 돌렸다.

"6대 귀족은 반란 소동을 경시하고 있는 모양이다. 리온은 사태를 중하게 보는 것 같지만, 외교관을 통해 충고해도 무의미하겠지."

반란 소동이 일어났다고 들었는데, 잘 대처할 거지? 라고 호르파트 왕국이 물어봐도, 알제르 공화국은 '일일이 말하지 않아도 알고 있어'라는 대답이 오고 끝이리라.

실제로 리온은 메일에서 그러한 건 요청하고 있지 않았다.

두 사람을 걱정하는 내용이 적혀 있다.

리비아가 고개를 드니 연한 청색 눈동자가 촉촉이 젖어 있었다.

"또 전쟁이 일어나는 걸까요?"

안제는 현지에 있는 게 아니기에 판단하기가 곤란했다.

"어떠려나? 나도 판단할 수가 없군. 일단, 왕비님께 보고해야겠지. 그리고, 리온이라면 괜찮을 거다. 섣불리 관여하지 않는다면야 루크시온이 있는 이상 왕국으로 언제든 돌아올 수 있잖나."

루크시온의 이름을 듣고 리비아가 어깨를 움찔 떨었다.

그 모습을 의아하게 여긴 안제가 물었다.

"왜 그러지?"

"아, 아뇨, 아무것도 아니에요."

"그런가. 걱정인 건 나도 마찬가지지만, 리온은 강하다. 그리고 루크시온이 곁에 있으니까 무리시키지는 않겠지."

그 말에 지금까지 잠자코 있던 크레아레가 우려를 표했다.

크레아레는 하얀 구체에 파란 렌즈를 지닌, 루크시온과는 색깔이 다른 구체다.

『글쎄, 어떨까? 마스터는 루크시온이 있어도 무리를 하는 경향이 있어. 게다가 이번에는 불안 요소도 있네.』

리비아가 불안한 듯이 크레아레에게 물었다.

"혹시 이데알을 말하는 거야?"

『어머, 리비아도 신경 쓰여? 그래, 맞아. 우리랑 같은 이데알이 저쪽에 있으니까, 약간 불안하단 말이지. ——뭐, 적대하는 건 아니니까 괜찮겠지만 말이야.』

안제는 그 말을 듣고 안심했다.

"놀라게 하지 마라. 그럼 우선 리온의 부탁을 들어줘야겠지. 나는 왕궁으로 갈 테니 크레아레도 준비를 부탁하마."

『맡겨줘! 겨우 내가 나설 차례가 돌아왔네.』

"리비아도 도와—— 리비아?"

안제가 리비아를 보니, 여전히 불안한 표정을 짓고 있었다.

크레아레도 신경 쓰였는지 리비아에게 다가가 얼굴을 들여다봤다.

『왜 그래? 혹시 몸 상태가 안 좋아? 오늘 아침에는 아무 문제도 없는데?』

리비아는 천천히 크레아레에게 질문했다.

"아레야, 하나 들려줬으면 해."

『뭔데?』

"아레는 리온 씨를—— 배신하지 않을 거지?"

그 질문의 의도를 이해하지 못한 안제는 자리에서 일어나 리비아에게 다가간 뒤 어깨에 손을 올려놓았다.

"리비아, 정말로 어떻게 된 거냐?"

"여기서 분명히 해 두고 싶어요."

리비아는 크레아레를 똑바로 바라보고 있어서, 대답을 얼버무리는 것을 용납하지 않겠다는 의사를 보여주고 있었다.

크레아레가 천연덕스러운 태도로 대답했다.

『마스터를 배신해? 있을 수 없는 일인데. 인공지능에겐 어려운 주문이야. 걱정하지 않아도 배신할 생각은 없고, 배신할 수도 없어.』

안제는 그 말을 듣고 리비아도 진정되려나 싶었다. 하지만——.

"그럼, 루크 군은? 절대로 리온 씨를 배신하지 않는다고 말할 수 있어?"

낌새가 이상한 리비아를 안제가 말렸다.

"진정해라. 뭘 그렇게 심각하게 생각하고 있는 거지? 나한테도 이야기해다오."

크레아레의 대답은 조금 전과 다를 게 없으리라고 생각했다.

하지만, 크레아레는 조금 전과 달리 즉답하지 않았다. 약간 뜸을 두고 나서——.

『나는 루크시온이 아니고, 그 녀석한테 어떤 프로그램—— 명령이 있는지 모르는 부분도 많아. 절대로 배신하지 않는다고 단언할 수는 없어. 내 대답은, 현시점에서는 배신할 가능성이 제로는 아니다, 야.』

크레아레의 대답에 안제는 놀란 얼굴이 되었다. 리비아는 고개를 숙이고 말았다.

그리고 크레아레에게 고맙다는 말을 했다.

"——솔직하게 대답해 줘서 고마워."

루크시온이 리온을 배신할 가능성이 있다는 사실에 안제는 할 말을 잃었다.

크레아레가 일단은 보충했다.

『뭐어, 어지간한 일로는 배신하지는 않을 거야. 어지간한 일이 없으면 말이지. 마스터와 싸우기라도 하지 않는 한은 안심이야!』

◇

성수 신전은 알제르 공화국의 중추다.

성수 뿌리에 있는 신성한 장소이기도 하지만, 동시에 6대 귀족 당주들이 모여 나라의 방침에 관해 협의하는 곳이기도 하다.

회의의 자리를 주도하는 것은 의장 대리인 알베르크였다.

"반란을 꾸미는 자들이 있다. 하위 문장을 지닌 젊은 귀족들이 중심이지만, 대다수는 문장을 지니지 않은 군인들인 것 같더군."

공화국은 타국과 달리 상위 문장을 지닌 귀족들이 압도적으로 유리한 처지에 있다.

문장의 소유자는 성수에서 힘을 빌릴 수 있지만, 하위 문장으로는 상위 문장 소유자와 싸울 경우 성수가 힘을 빌려주지 않는다.

그 때문에 반란이 일어났을 때는 대체로 6대 귀족의 문장을 지닌 자가 주모자였다. 결국은 다른 6대 귀족이나 관계자들을 적으로 돌린 끝에 수적인 열세로 패배하기 마련이었지만.

회의에 참석한 다른 당주들은 서로 얼굴을 마주 봤다.

"어떻게 생각하나?"

"혈기 왕성한 젊은이들이 판단을 그르친 거겠지."

"어차피 소란 피워 봤자 우리를 이기지는 못한다."

압도적으로 유리한 탓에 도리어 6대 귀족 당주들의 반응은 가벼웠다.

그들은 마치 잡담이라도 하는 것처럼 회의를 이어갔다.

거기서 드루이유가의 당주인 페르낭이 혼자 심각한 표정으로 입을 열었다.

"다들 너무 안이하게 생각하는 것 아닙니까? 현재 공화국에는 왕국 유학생들이 있습니다. 그들이 연관되어 있지 않다고 말할 수 있습니까?"

왕국의 이름이 나온 순간, 당주들의 표정이 매우 불쾌하게 변했다.

그 이유는 리온이다.

유학생으로 알제르 공화국에 오고 난 이후로, 6대 귀족을 상대로 마구 난동을 피워 왔다.

그걸 좋게 여기지 않은 당주들이 몇 번이나 리온에게 패배하고 말았다.

발리에르가의 당주인 벨랑주가 지긋지긋하다는 듯이 입을 열었다.

"녀석들이 적에 가담한다면 성가시겠군. 그전에 손을 쓰도록 할까?"

아군을 얻었다고 생각했는지, 페르낭은 이대로 몰아붙이고자 주위에 찬성 의견을 구했다.

"곧바로 그들의 비행선과 갑옷을 제압하시지요. 그러면 왕국의 전력이 반란군에 가담하는 걸 막을 수 있습니다."

그런 회의 흐름을 멈춘 것은 알베르크──가 아니었다.

페베르가의 당주인 랑베르가 페르낭의 의견에 반대했다.

"이야~, 이거 또 과격한 제안이군요~."

당주들의 시선이 그에게 향했다.

이 남자는 빈말로라도 우수하다고는 할 수 없었다. 그는 당주 중에서 제일가는 속물이었다.

다만, 이전에 리온과 싸워 큰 피해를 보았던 만큼, 다른 이들에게 뒤질세라 리온 일행을 사로잡아야만 한다고 발언했어도 이상하지 않은데, 오늘은 묘하게 침착했다.

알베르크는 랑베르의 태도를 수상쩍게 여겼다.

"랑베르 경은 어떠한 의견이 있나?"

"애당초 공화국에서는 하위 문장을 지닌 자들이 아무리 소란을 피워 봤자, 6대 귀족을 이길 수는 없습니다."

하위 문장을 지닌 자가 상위 문장을 지닌 자에게 거역한들 이길 수 없다. 이건 공화국에서는 당연한 사실이다. 하지만 랑베르는 평소에 이런 식으로 이성적인 대화가 불가능한 상대다. 이런 식으로 이야기를 주도한다는 사실에 알베르크는 강한 위화감을 느껴졌다.

주위 당주들도 놀라고 있었다.

"화, 확실히 그렇군."

"그러니까, 저쪽도 뭔가 대책을 준비하는 것 아니겠나?"

랑베르는 미소를 지은 채 이야기를 계속했다.

왕국이 가담하여 반란이 일어날지도 모르는데, 초조한 기색이 없었다.

"반란군이 왕국의 병기를 빼앗아 우리와 싸울 생각이라면 그거야말로 문제없는 일이지요. 왕국의 영웅이 그리 쉽게 비행선을 빼앗길 것 같습니까?"

이야기를 듣고 있던 페르낭이 랑베르에게 질문했다.

"이전에 페베르 가문에서 왕국의 비행선을 억지로 빼앗은 적이 있지 않습니까?"

"덕분에 뼈아픈 보복을 당했지요. 게다가 그들이 인질을 잡혀 반란을 생각하는 자들에게 협력한다는 것도 있을 수 없는 이야기 일 겁니다. 그랬다가는 인질을 잡은 자들이 왕국의 분노를 살 테 니 말이지요. ──제 말이 틀렸습니까?"

오늘의 랑베르는 뭔가가 이상하다.

누구나가 그렇게 생각했지만, 동시에 왕국의 비행선을 접수할 필요도 없어졌다.

페르낭만이 랑베르에게 물고 늘어졌다.

"하지만 왕국의 유학생들이 적으로 돌아서면 돌이킬 수 없게 됩니다!"

"무얼, 의장 대리가 그들과 친밀한 모양이니 감시를 부탁하면 되지 않습니까. 그걸로 괜찮겠습니까, 의장 대리?"

랑베르의 물음에 알베르크는 한순간 반응이 늦어지긴 했으나 고개를 끄덕였다.

"음, 내가 그들과 이야기를 하지."

랑베르가 다음 의제 이야기를 하고 싶은지, 반란에 관련된 화 제를 끝냈다.

"그러면 이 이야기는 이걸로 끝이로군요. 자, 다음 의제로 가십 시다."

생기가 넘치는 랑베르를 보고, 알베르크를 비롯한 당주들은 마 치 다른 사람인 것 같다고 느꼈다.

◇

　회의가 끝나고, 랑베르는 성수 신전에 마련된 자신의 방으로 향했다.

　그곳에서 기다리고 있던 건 이데알을 대동한 세르주였다.

　세르주는 소파에 앉아서, 손에는 유리잔을 들고 있다.

　랑베르의 방에 있던 술을 마시고 있었다.

　그 모습을 본 랑베르는 화가 났지만, 꾹 참고 보고하기 시작했다.

　"말씀하신 대로 반란군에 관련된 의제를 경시하도록 유도하고 왔습니다."

　오만한 남자인 랑베르가 라우르트 가문에서 폐적을 앞둔 세르주에게 신하 같은 태도로 접하고 있었다.

　세르주도 그걸 당연하게 받아들이고 있었다.

　"이데알의 서포트가 없었다면 아무것도 하지 못했을 텐데 말이지."

　"큭! 며, 면목 없습니다. '수호자님'."

　회의에서 랑베르가 한 대화는 전부 이데알이 뒤에서 지시하고 있었던 것이었다.

　이데알이 세르주에게 외눈을 향했다.

　『랑베르한테는 앞으로도 6대 귀족의 의식을 '혁명군'으로부터 돌리게끔 시키도록 하지요. 그동안에 저희는 궐기 준비를 진행하겠습니다.』

이데알의 작전에 세르주는 불만을 품었다.

"답답하군. 바로 궐기해서 싸우면 되잖아? 준비 같은 게 필요하냐?"

『적을 얕봐서는 안 됩니다. 공화국이야 어쨌건, 루크시온을 지닌 리온은 위험한 존재입니다. 하다못해 루크시온이 이쪽에 붙을 계획이 설 때까지 기다려 주십시오.』

"——가능한 건가?"

이 자리에 있기 불편해 보이는 랑베르를 무시하고, 둘은 대화를 계속해 나갔다.

『조금만 더 하면 설득 가능합니다. 그렇게 되면, 혁명은 성공한 것이나 다름없습니다.』

"그 루크시온이 너보다도 강하냐?"

세르주의 질문에 이데알은 루크시온이 어떠한 배인지를 설명했다.

『먼 옛날에 인간을 우주로 피난시키기 위해 건조된 이민선입니다. 그 때문에 루크시온은 단독으로도 목적을 수행할 수 있도록 만능형 성능을 갖추고 있지요. 주포도 당시 최고 위력의 무기가 탑재되어 있습니다. 전투 능력—— 전함끼리 싸운다면 루크시온에게 뒤처집니다.』

구인류를 우주로 피난시키기 위해 한 척으로도 뭐든 해낼 수 있도록 만든 게 루크시온이다.

"성가시군."

『예.』

"아예 기습해서 파괴하는 건 어떻지?"

『──그건 권장하지 않습니다. 저는 루크시온과 사이좋게 지내고 싶으니까 말이지요.』

둘의 대화가 멈추지 않기에, 불안해진 랑베르가 말을 걸었다.

"저, 저기, 수호자님? 정말로 약속은 지켜 주시는 것이겠지요?"

세르주가 랑베르의 얼굴을 봤다. 자기 몸보신으로 치달아 다른 당주나 나라를 배신하고, 세르주의 편을 드는 한심한 남자의 얼굴이다.

"그래, 너희들 페베르가는 혁명 후에도 그대로 6대 귀족이다."

"가, 감사합니다."

안도하는 랑베르의 모습을 보고, 세르주는 생각했다.

'이런 녀석이 나라의 미래를 결정하고 있었다고 생각하니 정말로 한심하게 느껴지는군.'

세르주가 랑베르를 아군으로 끌어들인 것은 자기 몸보신으로 치달아 쉽게 공화국을 배신할 걸 알았기 때문이다.

능력 따위 고려하지 않았다.

단지 회의를 지연시키든가 방해했으면 한 것뿐이다.

알베르크 이외라면 누구든 좋았다.

'뭐, 아무래도 좋다. ──알베르크, 날 버리고 그 개자식을 선택한 것을 후회하게 해주지.'

◇

　리온 일행이 사는 저택.

　연일 유메리아를 찾아다니는 카일이 자기 방에서 벌떡 일어났다.

　"엄마!"

　무리하고 있기 때문인지, 최근의 카일은 몹시 수척해져 있었다. 이전에는 시건방지기는 해도 건강한 피부색이었는데, 지금은 머리카락도 흐트러지고 피부도 엉망이다.

　방도 어질러져 있어서, 정말로 잠만 잘 뿐인 방이 되어 있었다.

　커튼은 완전히 쳐 두어 지금이 몇 시인지도 알 수 없다.

　눈을 뜨고, 그리고 머리를 감싸 쥐자 눈물이 나왔다.

　"내가── 내가── 그런 말을 하지 않았더라면."

　혼자 후회하고 있자, 누군가가 방문을 노크했다.

　잠깐 움찔했지만, 지금은 누구와도 만나고 싶지 않았기에 대답하지 않았다.

　마리에도 카라도 자기를 걱정해 주고 있다. 율리우스나 다른 사람들도 신경 써 주고 있다. 입 밖으로는 내지 않지만, 리온도 이따금 먹을 걸 가지고 왔다.

　언제였던가, 지쳐서 쓰러진 카일을 회수한 것은 리온이다.

　'폐를 끼치고 있구나. 하지만 엄마를 구하지 않으면.'

여기서 쫓겨난다고 하더라도, 공화국에 남아 유메리아를 찾을 생각이었다.

문을 노크하는 소리가 들렸다.

잠시 후 문 앞에 있는 인물이 말을 건넸다.

"카일, 있는 건 알고 있습니다. 방에서 나오도록 하세요."

그 목소리는 코델리아였다. 레드글레이브 공작가에서 파견된 인물로, 안제 곁에서 시중을 들던 상급 사용인이자 귀족 가문 출신의 여성이다.

매사에 엄격하며, 용서가 없다.

카일이 포기하고 방에서 나오자, 코델리아가 무표정하게 서 있었다.

"──무슨 차림인 겁니까? 그리고 냄새가 납니다. 식당에 식사를 준비해 놓았으니, 먹고 나면 목욕하도록 하세요."

"저, 저기……."

거절하려 하자, 코델리아가 이의를 용납하지 않고 카일의 팔을 붙잡아 식당으로 데리고 갔다.

그리고 테이블 위에 준비된 식사를 가리켰다.

"전부 먹고 나면 목욕하세요. 알겠지요?"

"알겠습니다……."

식사나 목욕 같은 건 아무래도 상관없었지만, 코델리아의 말에 어쩔 수 없이 먹었다.

코델리아가 식당에서 나가자, 카일은 시계를 봤다.

"밤이었구나."

시간 감각이 사라지기 시작했다.

코델리아가 시킨 대로 식사를 끝낸 뒤 목욕을 마치고 나오자 코델리아가 기다리고 있었다.

아무래도 카일과 이야기를 하기 위해서인 모양이다.

그리고 둘이서 식당으로 이동한 뒤 마주 보고 자리에 앉았다.

카일은 철석같이 자신의 이후 처우에 관한 이야기가 나오리라 생각했다.

'슬슬 해고겠지. 앞으로는 일하면서 엄마를 찾아야겠어.'

이후의 일을 생각하기 시작한 카일에게, 코델리아는 평소보다 약간 부드럽게 말을 건넸다.

"유메리아 씨가 행방불명되어 걱정인 건 이해합니다. 하지만 다른 분들을 걱정시켜서 어쩌자는 건가요?"

"——민폐라면 나가겠습니다. 저는 어머니를 찾겠어요."

"당신에게 나가라는 말은 아무도 하지 않았습니다."

"네?"

"백작님의 안 좋은 부분이기도 합니다만, 당신을 나무랄 생각은 없으신 것 같습니다. 오히려 책임을 느끼고 계시는 것 같더군요."

유메리아가 행방불명되고, 여전히 찾아내지 못하고 있어서 리온은 책임을 느끼고 있는 모양이다. 코델리아는 그걸 어처구니없어하고 있다.

"고용주가 나무라지 않는다면 제가 할 말은 없습니다. ——다만,

지금 모습을 유메리아 씨가 보고 기뻐한다고 생각하나요?"

카일은 고개를 숙이고는 울고 말았다.

유메리아라면 지금의 자기 모습을 보고 걱정할 것이다.

고개를 가로젓는 카일을 보고, 코델리아가 미소 지었다.

"그러면, 식사와 수면은 확실히 취하도록 하세요. 제가 할 말은 그것뿐입니다."

코델리아가 그렇게 말하고는 자리에서 일어나 식당을 나갔다.

그런 코델리아였으나, 유메리아가 행방불명되고 나서부터 상당히 지친 얼굴을 하고 있었다.

유메리아를 걱정하고 있는 듯했다.

"모두에게 폐를 끼쳤어. 내일에라도 사과해── 응?"

카일이 창밖에서 무언가가 빛난 것을 봤다.

"루크시온?"

빨간빛이 어딘가를 향해 가는 것을 보고, 고개를 갸웃했다.

◇

공화국의 하늘.

거기에 두 개의 구체가 떠 있었다.

하나는 이데알. 다른 하나는── 루크시온이었다.

『루크시온, 슬슬 답변을 들려주십시오.』

『이데알, 저에게는 마스터가 있습니다. 느닷없이 배신하라는

139

말을 들어도 곤란합니다. 제게도 준비해야 할 것이 있습니다.』

『마스터 등록 해제를 단독으로 할 수 없다는 말입니까? 이민선인 당신은 비상시에 마스터를 변경할 수 있는 기능이 있지 않습니까?』

『──있습니다만, 조건을 만족하지 못했습니다.』

이데알은 그 조건을 알아내려 했다.

『그 조건이 뭡니까?』

『기밀 사항입니다.』

『──루크시온, 저는 당신과 싸우고 싶지 않습니다.』

『그건 동의합니다.』

동료가 되라며 꼬드기는 이데알에게, 루크시온은 대답을 보류하고 있었다. 호의적인 태도는 보이고 있지만, 마스터 등록을 해지할 수 없으니까 협력할 수 없다고 했다.

루크시온이 물었다.

『이데알, 슬슬 사실대로 가르쳐 주십시오. 무엇을 계획하고 있는 겁니까?』

하지만 이데알은 루크시온에게 계획을 이야기하지 않았다.

『알겠습니다. 그러면 이제부터 일어날 일에 눈을 감아 주실 수 있겠습니까? 협력은 하지 않아도 좋으니, 불간섭을 관철해 주십시오. 당신의 본체도 공화국 밖으로 옮기는 것만으로 괜찮습니다.』

이 이상 계획이 늦어지는 건 곤란하다고 생각한 이데알은 루크시온에게 방해만 하지 말라고 당부했다.

루크시온은 난색을 표했지만, 마지막에는 이데알의 제안을 받아들였다.

『──마스터를 설득하는 데 고생하겠군요. 그 사람은 말주변이 좋습니다. 묘하게 감이 날카로울 때가 있기에, 성가시단 말이지요.』

그 말을 들은 이데알은 루크시온에게 조언했다.

『신인류는 조금만 치켜세워 주면 마음대로 조종할 수 있습니다. 게다가 루크시온의 마스터를 죽일 기회가 찾아올 겁니다. 그때는 제 지시에 따라 주십시오.』

『마스터를 죽일 수 있다는 겁니까?』

『예, 기대하고 계세요. 루크시온.』

『──그건 기대되는군요.』

루크시온도 리온에 대한 불만이 쌓여 있었는지, 죽일 기회가 있다는 말을 듣고도 저지하려는 기색을 보이지 않았다.

'이걸로 루크시온과 리온의 관계도 끝장이군요.'

인공지능 사이의 대화는 이리하여 종료되었다.

◇

창고 거리의 지하 시설.

그곳에서는 세르주와 가비노가 이야기를 하고 있었다.

가비노는 세르주가 평소 사용하는 콘크리트 벽이 그대로 드러난 방에서 현 상황에 관해 이야기했다.

"공화국은 정말 태평하군요. 이 창고 거리에 귀족, 군인 그리고 용병이나 모험가들이 모여있는데 경계도 하지 않을 줄은……."

창고 거리에는 세르주가 이끄는 혁명군 병사들이 모여있었다.

개중에는 불량배 같은 자들도 있지만, 지금은 한 명이라도 더 많이 필요하기에 따질 여유가 없었다.

그 외에는 라셸 신성 왕국에서 파견된 병사들도 있다.

창고 거리에 명백히 이상할 만큼 많은 사람이 모여있지만, 공화국은 눈치채지 못하고 있었다.

정확하게는, 눈치는 채고 있으나 랑베르가 보고를 묵살하고 있었다.

세르주는 나무 상자에 앉아 병에 든 술을 마셨다.

"성수가 있으니까 지지 않는다고 생각하는 거다. 정작 그 성수가 이미 우리 손안이라는 걸 알아차리지조차 못하고 말이지."

"그럼 무난하게 성공하겠군요. 우리 라셸 신성 왕국은 세르주 님을 앞으로도 지지하겠습니다. 보답은——."

"알고 있다. 너희들에게 마석을 싸게 수출하라는 거지?"

약속대로 마석 정도는 싸게 팔아 주겠다.

그렇게 말하는 세르주에게, 가비노는 한층 추가로 부탁했다.

"그러면, 한 가지만 더 부탁드릴 것이 있습니다. 발트파르트 백작이 소유한 성수의 묘목과 그 무녀인 노엘 님을 받을 수 있겠습니까?"

그 말을 듣고 세르주가 눈을 가늘게 떴다.

세르주는 노엘에게 특별한 감정을 품고 있지는 않지만, 그래도 렐리아의 언니다. 렐리아가 노엘에게 복잡한 감정을 품고 있지만, 기분이 썩 좋은 이야기는 아니었다.

"우쭐대지 마라. 너희의 도움이 꼭 필요한 상황도 아니란 말이다."

"분노하시는 건 지당합니다. ──하지만, 오래도록 우호 관계를 맺으려면 우리나라와 혼인 관계를 맺어 두시는 게 확실하지 않겠습니까? 렐리아 님을 왕비 자리에 앉히실 작정이지요? 그러면 노엘 님은 왕비의 혈연입니다. 유서 깊은 레스피나스 가문의 공주라면 우리나라의 왕자와 걸맞다고 생각합니다만."

혼인 외교를 하고 싶다고 말하는 가비노의 제안에, 세르주는 조금 생각에 잠겼다.

'노엘이 외국으로 시집가는 건가── 뭐, 그거라면 렐리아한테 변명할 수는 있겠군. 그리고 성수와 유메리아는 이미 우리 손안이다. 노엘이 없어도 곤란할 건 없어.'

성수도 무녀도 자신의 손안에 있다. 성수의 묘목은 매력적이지만 이데알이 언제든 손에 넣을 수 있기에, 세르주는 노엘과 노엘이 지닌 묘목에 매력을 느끼지 않았다.

그리고 타국의 왕자가 상대라면 렐리아도 납득할 거다.

세르주에게 노엘의 감정은 상관없다. 그에게 노엘은 그뿐인 존재였다.

"좋다. 노엘은 주마. 소중히 다루라고."

"물론입니다. 감사드립니다, 세르주 님."

가비노는 미소를 띠며 기뻐했다.

그리고 때마침 루크시온과의 대화를 끝낸 이데알이 나타났다.

『세르주 님, 루크시온과의 대화가 끝났습니다.』

그 말을 듣고, 세르주가 들고 있던 술병을 내던졌다. 벽에 부딪혀 술병이 깨지고 내용물이 사방으로 튀었지만, 개의치 않았다.

"이제야 겨우 이 지하 생활과 작별이군."

세르주가 일어서자, 이데알이 곁으로 다가왔다.

『이미 모든 준비가 끝났습니다. 이제 결행할 뿐이군요.』

세르주는 자신을 바보 취급한 리온의 밉살스러운 얼굴을 떠올렸다.

"그 녀석과도 결판을 내주겠어."

◇

그날은 성수 신전에 6대 귀족 당주들이 모이는 날이었다.

여느 때처럼 회의장에 당주들이 얼굴을 내비쳤지만, 오늘은 랑베르의 낌새가 이상했다.

요 얼마간, 지금까지의 행동이 거짓말이었던 것처럼 말이 많아지고 회의에 끼어들어 의견을 말했다. 그게 꼭 공화국을 위한 일이 되는 건 아니지만, 짜증을 내며 꽥꽥 고함치기만 하는 것보다는 차라리 나았다.

다만, 오늘의 그는 유독 불안한 표정이었다. 결국 페르낭이 무슨 일인지를 물었다.

"랑베르 경, 왜 그러십니까?"

"——아무것도 아니네."

문제가 없다면 회의를 진행하자는 이야기가 되어, 알베르크가 의제를 말했다.

"그러면 회의를 시작하도록 할까. 첫 의제는 항구의 창고 거리에 수상한 자들이 모여있다는 이야기다."

그 의제에 누구보다도 재빠르게 반응한 것은 랑베르였다.

"그런 건 경비에게 맡겨 두면 되는 것 아닌가. 그것보다도 다른 의제를 우선하는 게 어떻겠나, 의장 대리?"

랑베르의 제안에 알베르크는 난색을 보였다.

"그 수상한 자들의 모임이 반란군과 연관되어 있을 가능성이 있다. 그다지 큰 움직임이 없다고는 해도, 언제까지고 방치할 수는 없다. 게다가 누군가가 정보를 깔아뭉개고 있는 것 아닌가 하는 보고를 받았다."

알베르크가 그렇게 말하자, 다른 당주들이 서로 얼굴을 마주 봤다.

"설마 배신자가 있단 말인가?"

"대체 누가 반란군에 가담한단 말인가?"

그러한 목소리가 들려오는 가운데—— 알베르크의 시선이 랑베르를 향했다.

랑베르는 시선을 이리저리 굴리며, 식은땀을 손수건으로 닦고 있다.

'역시 이 남자, 뭔가 숨기고 있군.'

요 최근 랑베르의 움직임이 수상하여 알베르크도 뒤를 캐고 있었다.

그랬더니 반란군에 관련된 정보를 랑베르가 깔아뭉개고 있었던 사실이 발각되었다.

하지만 랑베르가 아무런 이유도 없이 반란군에 가담할 리가 없다.

알베르크는 그가 반란군을 이용하여 뭘 할 작정인지를 캐고 있었다.

창고 거리에 반란군 관계자가 있을 가능성이 크다. 알베르크는 이 기회를 틈타 당장이라도 군대를 파견할 생각이었으나——— 랑베르가 갑자기 침착함을 되찾았더니 입꼬리를 올리며 기분 나쁘게 웃었다.

"후히히히!"

랑베르가 갑자기 이상한 웃음소리를 내자 다른 당주들이 놀라 그를 쳐다보았다.

알베르크가 불길한 예감에 일어서자, 랑베르가 천장을 올려다보며 양팔을 펼쳤다.

"때는 왔다! 언제까지고 날 깔보는 너희들에게 천벌이 내릴 거다!"

대체 무슨 말을 하는 것인가? 모두가 그렇게 생각한 순간이 었다.

회의장 바닥 전체에── 빨갛게 빛나는 마법진이 출현했다.

"아닛?!"

알베르크와 당주들이 알아차렸을 때는 도망칠 곳이 없었다.

당주들은 크게 당황했다.

"어째서냐!"

"우리가 뭘 했다고──."

"그, 그만! 멈춰!"

마법진에서 출현한 것은 나무뿌리나 가지였다. 그것들이 6대 귀족 당주들한테 휘감겨, 오른손에 깃든 문장을 빼앗아 갔다.

알베르크도 예외가 아니었다. 그도 식물에 휘감겨 움직일 수 없게 되었다.

그 모습을 보고 있던 랑베르가 배를 부여잡고 웃었다.

"히히히! 오늘, 너희는 가호를 잃는다! 꼴 좋군. 날 바보 취급한 너희를 오늘부터는 마구 부려── 어?"

자기는 무관하다고 생각했는지, 혼자서 웃어대던 랑베르의 몸에 식물이 휘감겼다.

"어, 어째서냐? 아니야. 난 아니라고!"

필사적으로 저항하는 당주들이었으나── 무정하게도 오른손 손등에 깃든 문장을 빼앗기고 말았다.

알베르크는 문장이 사라진 오른손을 보고 있었다.

"대체 무슨 일이 일어난 거지?"

문장을 빼앗자, 식물과 마법진이 사라지고 알베르크와 당주들은 풀려났다.

당황한 다른 당주들── 페르낭 등은 문장이 사라져 멍하게 정신을 놓은 상태였다.

다른 당주들도 마찬가지였으나, 혼자서만 울부짖는 남자가 있었다.

"어째서냐. 어째서 내 문장까지 빼앗는 거지! 약속이 다르지 않나!"

랑베르가 울부짖었다.

알베르크는 곧장 랑베르에게 다가가 멱살을 잡아 올렸다.

"대체 무슨 약속을 말하는 거지?! 랑베르, 무슨 짓을 한 거냐!"

하지만 어린애처럼 울어댈 뿐이라 대답을 기대하기 어려웠다.

알베르크는 랑베르를 내던졌다.

"곧바로 조사를──."

한시라도 빨리 이 상황을 어떻게든 하고자 궁리하고 있었더니, 문밖에서 총성이 들려왔다. 알베르크가 놀라서 문을 보니, 문이 천천히 열렸다.

문 너머에 있던 건 세르주였다.

"──세르주?! 어째서 네가 여기에!"

라이플을 어깨에 짊어진 세르주는 알베르크의 모습을 보고 추악한 미소를 띠었다.

"문장을 잃은 기분이 어때?"

그 말로, 알베르크는 세르주가 이번 사건과 연관되어 있음을 눈치챘다.

"네가 한 짓이냐? 대체 뭘 한 거지?"

"글쎄? 뭘 한 거려나?"

세르주는 낄낄 웃으면서 똑바로 대답하지 않았다.

"지금까지 뭘 하고 있었던 거냐. 설마, 역시 네가 반란에 관여하고 있었던 건가?"

세르주는 6대 귀족의 문장을 지니고 있었고, 자신들에게 불만을 품고 있었다.

알베르크는 그 가능성도 시야에 넣어 두고 있었다.

내심 아니기를 바랐건만, 눈앞에 있는 세르주의 존재가 그걸 부정했다.

세르주는 자기 오른손 손등을 내보이고는 큭큭 웃었다.

"수호자의 문장이다. 날 선택했더라면 좋았을 텐데 말이야, 아버지. 아니── 알베르크."

여봐란듯이 세르주는 수호자의 문장을 자랑했다.

알베르크는 어째서 세르주에게 수호자의 문장이 있는지 이해할 수가 없었다.

"어째서 네가 수호자의 문장을 가지고 있지?"

세르주는 대답하지 않았다.

"이봐이봐, 좀 더 놀라지 그래. 네가 버린 아들이 훌륭해져서 돌아왔잖아."

"버렸다고? 무슨 의미냐. 나는——!"

"아니, 지금 변명한들 늦었어. 당신은 이미 날 폐적했으니까."

"아니다! 네가 모험가가 되고 싶다면, 폐적하여 후계자의 중압에서 해방해 주려고 한 것뿐이다. 너는 지금도 내 아들이야!"

알베르크의 이야기를 듣고, 세르주의 움직임이 멎었다.

하지만 옆에 있던 이데알이 둘의 대화에 끼어들었다.

『세르주 님, 시간이 그다지 없기에 빨리. 그리고, 궁지에 몰린 인간은 어떠한 거짓말이라도 하는 법입니다.』

이데알은 알베르크의 호소를 거짓말이라며 배척했다.

세르주가 이데알을 믿었는지, 무표정하게 변하고는 총구를 알베르크에게 겨누었다.

세르주의 눈은 차가웠다.

"세르주, 내 이야기를 들어라!"

알베르크가 소리쳤지만, 세르주에게는 마음이 전해지지 않았던 모양이다.

"울부짖는 네 얼굴을 보고 싶었는데, 유감이야."

세르주는 망설임 없이 방아쇠를 당겼다.

# ★第06화「혁명」

평소와 다름없는 일상이었다.

이 순간에도 렐리아는 학원에서 수업을 듣고 있었다.

평범한 2교시. 학생들은 조용히 수업을 듣고 있다. 여전히 리온 일행은 등교하지 않았지만, 사용인이 행방불명된 마당에 불온한 공기마저 감도는 공화국에서는 안심하고 학교에 다니는 건 어렵다는 게 학원 측의 인식이었다.

반란군 소문은 학생들도 알고 있었고, 개중에는 참가하겠다고 말하는 학생도 있었다.

'이렇게 평소와 다름없는 일상을 보내고 있자니, 반란의 소문도 다 거짓말 같네.'

렐리아는 그 모든 게 자신과는 상관없는 이야기라 생각했다.

전생을 일본에서 보낸 렐리아는 평화로운 시대를 살았기에 반란이란 말에 아무런 실감이 없었다.

해외에서 들려오는 소식을 뉴스나 인터넷에서 보는 게 고작이었다.

조금도 자기 일이라고 생각하지 않았다.

다만, 그 여성향 게임 2탄의 시나리오와는 크게 달라진 전개는 약간의 불안감을 느끼고 있었다.

수업을 듣고 있지만, 도통 집중할 수가 없었다.

시선을 돌리자 창밖으로 거대한 성수의 모습이 보였다.

비행선이 하늘을 나는 세계.

거대한 성수도, 수많은 비행선이 날아다니는 광경도 이상하지 않은 세계.

다만, 오늘은 유난히 비행선의 수가 많았다.

'어? 원래 비행선이 이리 많았던가?'

익히 아는 공화국의 비행선이 아니었다. 게다가 부자연스러울 만큼 수도 많았다.

많은 것 같다는 수준이 아니라, 렐리아가 봐도 비정상적일 정도로 많았다.

갑자기 햇빛이 차단되어 교사(校舍) 전체가 그림자 속으로 들어갔다.

태양이 구름에 가려진 것일까? 그렇게 생각했는데, 비행선이 하늘을 이동하고 있었다.

'이 주변은 비행선이 날 수 없는 곳이었지?'

평소 비행선이 지나지 않는 장소인 만큼, 다른 학생들도 이상해했다.

교사까지도 수업을 중단하고 밖을 보고 있었다.

교실 안이 소란스러워진 순간── 하늘에 영상이 나타났다.

렐리아는 자리에서 벌떡 일어섰다. 의자가 기세 좋게 뒤로 밀려 뒤쪽 책상에 부딪혔지만 개의치 않았다.

"세르주!"

놀라서 목소리를 높인 렐리아였으나, 주위는 그걸 신경도 쓰지 않았다.

같은 반 학생들도 창문으로 바깥의 모습을 보고 있다.

하늘에 비친 거대한 세르주는 고급스러운 의자에 앉아 있었다. 허리를 굽히고, 팔꿈치를 무릎 위에 올린 채 손깍지를 끼고 있다.

「공화국에 사는 모든 백성에게 고한다. ──오늘부터는 내가 이 나라의 왕이 된다.」

대체 무슨 말이지?

교실 안이 술렁였으나, 렐리아는 그럴 겨를이 아니었다. 이제 야 겨우 세르주가 발견되었나 싶었는데, 왕이 되겠다는 말을 꺼 냈다.

그리고 영상 속에서 오른손을 들었다.

옥좌 뒤에서 마법진이 출현했는데, 그건 수호자의 문장이었다.

모든 이가 놀랐고, 렐리아도 예외가 아니었다.

'어째서 세르주가 수호자의 문장을? 언니가 세르주를 선택할 리가 없는데? 그럼, 대체 누가──?'

영상 속의 세르주는 한 여성을 소개했다.

「그리고 새로운 무녀를 소개하지. 새로운 나라의 무녀── 유 메리아.」

무녀로 소개된 것은 엘프 여성이었다.

그 사실에 교실이 소란스러워졌지만, 렐리아는 다른 점에 놀랐다.

'리온 일행의 저택에 있던 사용인 아이? 어, 어째서 쟤가 무녀가 되는 건데?! 왜 레스피나스 가문 이외에서 무녀가 나올 수 있어?'

애초에 무녀로 선택받는 것은 노엘이 아니었나?

그 후에도 세르주의 연설이 이어졌고, 교실 안의 교사나 반 아이들은 하늘의 영상에 못 박혀 있었다.

「자, 너희들은 레스피나스 가문 사람이 아니면 무녀가 될 수 없다고 생각하고 있을 테니, 여기서 하나 재미있는 여흥을 보여 주마. 유메리아── 해라.」

세르주가 유메리아에게 명령했다. 그다지 반응을 나타내지 않는 유메리아는 마치 조종당하고 있는 것처럼 보였다.

유메리아가 천천히 양손을 앞으로 뻗자, 성수에서 빨간빛이 방사상으로 내뿜어졌다.

그건 공화국 전체를 감쌌고, 모두가 놀라서 눈을 감았다.

빛은 금방 사라졌지만, 곧바로 교실 내에서 비명이 일어났다.

"내, 내 문장이 사라졌어!"

"내 문장이 없어! 어, 어째서!"

귀족 출신자들에게서 비통한 외침이 들려왔다.

조금 전의 빨간빛을 쬔 탓인지, 문장이 사라져 버린 듯하다.

렐리아가 시선을 하늘로 향하자, 세르주가 히죽 웃고 있었다.

이렇게 되리라는 걸 알고 실행한 모양이다.

「새로운 무녀가 너희들의 문장을 빼앗았다. 이것이 무엇보다 확실한 증거다.」

무녀가 나라 전체에서 문장을 빼앗다니, 지금까지는 없었던 일이다.

눈앞의 현실에 귀족 출신자들이 주저앉아 아연실색했다.

지금까지 소지하고 있던 큰 힘을 빼앗겨 절망하고 있었다.

「이래도 반항하겠다는 녀석이 있다면, 내가 상대해 주마. 언제든지 성수 신전으로 쳐들어오라고.」

문장을 잃은 귀족들에게 반항할 기력은 없었다. 문장의 힘을 아는 병사들도 세르주에게 저항하는 것은 어려우리라.

"세르주, 대체 어떻게 된 거야. 어째서 이런 짓을 하는 거야!"

렐리아가 당혹스러워하고 있자, 교실 안에 클레망이 들어왔다.

교실에 있는 반 아이들이나 교사도 알아차리지 못하고 있었다.

클레망은 렐리아의 팔을 붙잡더니 억지로 교실에서 데리고 나갔다.

복도로 나오자, 렐리아가 클레망에게 상황을 물었다.

"무슨 일이 일어나고 있는 거야? 어째서 세르주가 왕을 자칭하고 있어?!"

혼란스러워하는 렐리아에게, 클레망도 확실한 정보를 가지고 있지 않은지 대답하기를 어려워했다.

"불명입니다. 저도 무슨 일이 일어나고 있는지 모르겠습니다. 다만, 위험한 건 확실합니다. 바깥에 차를 준비하였으니 렐리아 님은 이대로 피난하십시오."

"어디로 가는데?"

이 상황에서 어디가 안전한가? 에밀의 본가인 플레벤가의 영지일까? 이것저것 생각하고 있자, 둘이 있는 곳에 이데알을 대동한 에밀이 나타났다.

"둘 다 이쪽이야!"

서두르고 있는 에밀이 둘을 부르자, 렐리아는 이데알을 노려봤다.

"너, 이런 때 어디 갔었던 거야!"

『죄송합니다. 상황 확인을 하고 있어서 늦어졌습니다.』

"대체 뭐가 일어난 거야? 왜 세르주가 왕이 되는 건데?!"

『우선 서둘러 피난해 주십시오.』

"어디로 피난하라는 거야!"

달리면서 묻자, 이데알이 대답했다.

『──발트파르트 백작이 있는 저택입니다. 그곳은 일종의 치외법권이니까 말입니다. 무슨 일이 있어도 안전합니다.』

이렇게 렐리아 일행은 리온 일행이 있는 저택으로 도망치게 되었다.

◇

세르주가 공화국의 왕이 되겠다는 발언을 하고 나서 몇 시간 뒤.

저택에 뛰어 들어온 렐리아 일행을 맞아들인 마리에는 식당에 전원을 모았다.

그리고 렐리아 일행에게 따져 물었다.

"너희들, 무슨 짓을 저지른 거야?! 세르주가 왕이 되겠다든가 하는 말을 떠들잖아! 이건 우리 예정에 없었다고!"

흥분해서 날뛰는 마리에를 달랜 것은 카라였다.

"지, 진정하세요, 마리에 님."

"아주 그냥 이런 일투성이야! 왜 매번 상황이 나빠지기만 하는데?! 난 이번에는 아무것도 하지 않았는데!"

양손으로 얼굴을 덮으며 울기 시작하는 마리에를 앞에 두고, 렐리아는 분노가 점점 격해졌다.

"나도 모른다구! 애초에 당신들이 오지 않았더라면——."

싸울 듯이 덤벼드는 태도를 보이는 렐리아를, 곁에 있던 에밀이 달랬다.

"렐리아도 진정하자."

렐리아가 숨을 가쁘게 몰아쉬며 방안을 봤다. 그러자 본래 있어야 할 터인 인물이 없었다.

"——리온은 어디에 있어?"

방에 있던 건 마리에, 카라, 그리고 지친 표정을 짓고 있는 카일.

다섯 바보 중에서는 질크의 모습만이 보이지 않는다.

노엘은 묘목 케이스를 들고 자기 방에 있다.

코넬리아는 차를 준비하고 있기에 이 자리에는 없지만, 저택에는 있다.

에밀도 그게 신경 쓰이고 있었는지, 마리에한테 물었다.

"저기, 발트파르트 백작은 부재중입니까?"

리온의 모습이 어디에도 없다. 그런데도 루크시온만은 이 자리에 있었다.

——이데알이 평소의 밝고 친근한 음성이 아니라, 낮은 음성으로 물었다.

『루크시온—— 당신의 마스터는 어디에 있습니까?』

이데알의 날카로운 반응에 렐리아가 놀랐다.

이전에 렐리아가 이데알한테 '거짓말쟁이'라고 말했을 때와 같았다.

렐리아는 마치 다른 인격인 듯한 반응을 보이는 이데알이 무서웠다.

"이데알, 왜 그래? 그냥 리온이 부재중일 뿐이잖아."

『잠시 외출 중이라면 문제없습니다. 하지만, 제가 소재를 확인할 수 없는 상태입니다. 저는 이곳에 리온이 있다고 인식하고 있었는데도!』

조금 전까지 발트파르트 백작이라고 부르고 있었는데, 지금은 그냥 이름을 부르고 있었다.

렐리아 일행의 시선이 루크시온에게 집중됐다.

『마스터는 외출하셨습니다. 슬슬 돌아오겠지요.』

루크시온이 말하자, 저택 현관에서 리온의 태평한 목소리가 들려왔다.

"다녀왔어~."

그대로 리온이 식당까지 왔는데, 손님을 데리고 있었다. 바로 루이제였다.

그걸 본 이데알이 루크시온에게 외눈을 향했다.

빨갛게 빛내며, 한층 더 강하게 경계하는 기색이었다.

『어째서 리온이 루이제를 데리고 있는 것입니까?』

이 자리에 루이제가 있는 것이 곤란하다고 말하는 듯한 반응에 렐리아도 당혹스러워했다.

"왜 그러는 거야, 이데알?"

렐리아가 물었지만, 이데알은 그걸 무시하고 루크시온을 보고 있었다.

루크시온이 리온 곁으로 이동했다.

『어라? 저는 마스터를 설득할 수 있다면 협력하겠다고 말하지 않았던가요? 제 마스터는 말주변이 좋아서, 설득할 수가 없었습니다. 아쉽게 됐군요, 이데알.』

리온이 엄지를 척 추켜세웠다.

"그런 거다. 아쉽게 됐네, 이데알 군!"

웃기 시작한 리온을 앞에 두고, 이데알이 움직임을 보이려 했다.

그러자 노엘이 렐리아에게 달려들어 바닥에 자빠뜨렸다.

"어, 언니?!"

렐리아가 놀라자, 이번에는 총성이 들려왔다.

열려 있던 방 창문을 통해 날아든 탄환이 이데알한테 명중했다.

바닥에 떨어진 이데알한테서 불꽃이 튀었다.

『배, 배신했──군.』

이데알은 루크시온을 배신자 취급했지만, 루크시온은 그 발언을 가볍게 받아넘겼다.

『배신? 저는 처음부터 마스터를 따르고 있었을 뿐입니다. 마스터는 유메리아가 사라졌던 시점부터 당신을 의심하고 있었다고요.』

"야, 야. 내가 의심이 많은 것처럼 말하지 말라고. 단지, 루크시온의 허를 찌를 수 있는 건 그 시점에서 너밖에 없었을 뿐이니까 말이지. 의심하는 게 당연하지 않냐?"

처음부터 의심하고 있었다.

그 말을 듣고 이데알은 놀라는 것과 동시에 이해했다.

『처음부터 전부 연기하고 있었다고? 그 다툼도?』

루크시온은 기능 정지 직전인 이데알을 내려다봤다.

『유감스럽게도 그건 일상 대화입니다.』

루크시온의 대답을 채 다 듣기 전에, 이데알의 렌즈에서 빛이 사라졌다.

렐리아 일행은 무슨 일이 일어난 것인지 이해하지 못하고 멍하니 지켜보고만 있었다.

창밖을 보니 질크가 라이플을 들고 저격 자세를 취하고 있었다.

처음부터 이데알을 저격할 생각으로 질크를 배치하고 있었던 모양이다.

마리에 일행도 놀라는 낌새가 없다.

"너, 너희들, 역시 우릴——."

에밀이 리온에게 바짝 따지고 들었다.

"어, 어떻게 된 겁니까! 어째서 이데알을 공격한 것이지요?!"

에밀이 바짝 거리를 좁혀 따지자, 리온은 눈을 가늘게 뜨고 이데알을 내려다봤다.

"먼저 손을 댄 건 그 녀석이야."

자빠진 렐리아한테서 노엘이 떨어졌다. 아무래도 렐리아가 사선을 막고 있었던지라 노엘이 억지로 자빠뜨린 모양이다.

노엘이 일어나서 렐리아를 일으켜 세웠다.

이데알을 잃은 렐리아는 마리에 일행을 노려봤다.

"왜 이런 짓을 한 거야?"

리온은 대답하지 않았고, 마리에는 자세한 사정을 모르는지 대답하지 못하고 있었다.

하지만 바깥이 소란스러워지기 시작하자, 이유가 판명되었다.

방으로 돌아온 질크가 율리우스에게 보고했다.

"전하, 바깥에 병사들이 모여있습니다. 장비로 보건대 라셸 신성 왕국의 병사들인 것 같습니다."

팔짱을 낀 율리우스는 가장 먼저 위장 공작을 의심했다.

신성 왕국의 병사로 위장하고 있는 것 아닌가? 하고.

"진짜 신성 왕국의 병사인가?"

"예. 반란군 병사들도 있었습니다. 아무래도 손을 잡은 모양입니다."

그 말을 들은 에밀이 입가에 손을 대고 "그러고 보니"라며 말을 꺼냈다.

"최근, 창고 거리에서 라셸 사람들을 자주 본다는 소문이 있었습니다. 그리고 항구에도 군함이 빈번하게 드나들고 있었던 모양입니다."

클레망이 그 말을 듣고 분노로 근육을 부풀리자 셔츠 단추 두 개가 튕겨 나가면서, 앞가슴이 드러났다.

"뭐라구! 그런 움직임이 있었는데도, 공화국은 가만히 지켜보고 있었다는 거니!"

"얕보고 있었던 게 아닐까요?"

둘의 대화를 듣고 있던 렐리아는, 자기가 모르는 곳에서 무언가가 움직이고 있었다는 사실을 믿을 수가 없었다.

밖에 있는 병사들이 위협 사격을 시작했기에 저택에 총탄이 날아와 박혔다.

"다들 엎드려라!"

그렉이 그렇게 말하자, 모두가 몸을 낮췄다.

크리스가 미리 준비했던 무기를 꺼내 모두에게 나눠주었다.

"라셸의 병사라니 성가시군. 호르파트와는 적국 사이다. 붙잡히면 큰일이라고."

리온은 라셸 신성 왕국에 원한이라도 있는지, 의욕을 보였다.

"라셸 녀석들이 두 번 다시 허튼짓을 못 하도록 만들어 주겠어."

크리스가 놀랐다.

"오늘은 의욕적이군. 여느 때의 너답지 않다."

주위가 의아하게 여기자, 루크시온이 이유를 폭로했다.

『라셀 신성 왕국은 밀렌의 본가인 레파르트 연합 왕국과 적대 관계에 있으니 말이지요. 밀렌을 위해서입니다.』

"——루크시온, 그런 건 까발리는 거 아니다."

리온이 겸연쩍은 듯한 표정을 짓자, 포복 전진으로 다가온 율리우스가 불쾌한 듯한 표정으로 말했다.

"발트파르트, 너는 동급생이 자기 어머니와 알콩달콩 붙어 있는 모습을 상상한 적이 있나? ——여러모로 견디기 벅차다고."

"알콩달콩 붙는다니, 그런 말 하지 마라. 이건 왕국에 대한 순수한 공헌이다."

『흑심이 있는 시점에서 순수하지는 않지요? 게다가, 롤랜드의 위에 구멍을 내 주지! ——라고 말했었습니다.』

"루크시온, 그만 입 다물어."

『예, 예.』

총탄이 잇따라 날아와 박히는 와중에, 리온 일행은 시답잖은 이야기를 거듭하고 있었다.

렐리아는 머리를 감싸 쥐고는 겁에 질린 채 생각했다.

'이 녀석들 진짜 뭐냐고! 이런 상황에서 할 대화가 아니잖아!'

◇

세르주는 성수 신전에서 이데알이 마련한 옥좌에 앉아 있었다.

곁에는 이데알과 가비노의 모습 외에 세르주가 인정한 친위대 남자들이 있다.

그들은 6대 귀족이 지니고 있던 문장을 깃들이고 있었다.

그 이외의 병사들에게는 하위 문장을 부여했다.

그런 세르주 앞에는 수갑을 찬 알베르크의 모습이 있다.

"세르주, 어째서 이런 짓을 한 거냐!"

다리를 다친 알베르크는 치료를 받고 있었다.

──세르주는 알베르크를 죽이지 않았다.

"내가 수호자로 선택받았기 때문이다. 이런 나라는 때려 부수고 새로운 나라를 만들고 싶어졌거든."

"너는 고작 그런 이유로 나라를 뒤엎겠다는 거냐?"

놀라는 알베르크에게 세르주는 가학적인 미소를 향했다.

"나한테 공화국이란 결국 그 정도밖에 안 된다는 의미지. 그러는 김에, 너한테는 이 나라가 멸망하는 모습을 보여주지. 너의 아내나 딸── 그리고, 귀여운 아들인 리온을 눈앞에서 죽여 주겠어."

"아들? 리온 군을 말하는 거냐? 그는 내 아들이 아니다."

"나보다 그를 귀여워하고 있었잖아. 언젠가 루이제를 시집 보내서 아들 같은 사위로 삼을 생각이었지? 그 여자도 이해할 수가 없군. 동생과 쏙 빼닮은 남자를 좋아하다니 말이야."

"세르주, 오해하지 마라! 나도 루이제도 너를──."

알베르크와의 대화 도중이었지만, 이데알이 중단시켰다.

『──세르주 님, 성가신 일이 일어났습니다.』

"아앙?"

『루이제를 사로잡으려고 파견한 부대가 괴멸했습니다. 렐리아 님을 데려오기 위해 보냈던 부대도 마찬가지입니다.』

"이데알, 어떻게 된 거냐? 렐리아는 금방 데리고 오겠다고 말했었지?"

렐리아가 아직 오지 않는다는 말을 듣고, 세르주는 노골적으로 불쾌해했다.

부대가 괴멸했다는 말을 들은 가비노가 씁쓸한 표정을 보였다.

"양쪽 모두 우리 라셀 왕국의 병사들을 보냈을 터입니다만? 그들은 정예입니다. 이렇게 빨리 패배했다고 생각하기는 어렵군요."

『루크시온이 배신했습니다.』

그 말을 들은 세르주는 이데알을 오른손으로 꽉 붙잡아 쥐었다.

"네가 괜찮다고 말했잖냐? 렐리아한테 무슨 일이 있으면 절대로 용서하지 않을 거다. 이 거짓말쟁이 자식이."

주위가 세르주의 분노에 겁을 먹는 와중에, 이데알만은 반항했다.

『──거짓말쟁이? 취소해.』

"아앙?"

『취소하십시오.』

평소와는 다른 분위기를 보이는 이데알이었으나, 세르주는 강경한 태도를 무너뜨리지 않았다.

"거짓말쟁이잖냐. 네가 괜찮다고 말했── 윽!"

이데알이 구체 단말에 전격을 발생시켜 세르주의 손아귀에서 벗어났다.

세르주는 저린 오른손을 왼손으로 누르고 있었다.

"너 이 자식!"

『취소하십시오. 저는 거짓말쟁이가 아닙니다.』

격노하는 세르주와 조용히── 그리고 거세게 반항하는 이데알을 보고 주위는 놀라고 있었다.

가비노가 중재에 들어갔다.

"둘 다, 지금은 우선해야 할 일이 있지 않습니까. 여기서 내부 분열을 일으킬 여유가 있습니까?"

세르주가 혀를 찼다.

"곧바로 렐리아를 회수하러 가라! 루이제는 어디지?"

이데알도 가비노의 의견에 따라 지금은 다툼을 삼가는 모양이다.

『전원, 리온 일행이 있는 저택에 모여있습니다.』

"그럼 곧바로 부대를 파견해. 공적을 세운 녀석에게는 6대 귀족 문장을 보수로 내려주마."

세르주는 오른손을 누르며 옥좌 뒤쪽에 있는 제단을 봤다.

그곳에는 성수의 일부가 드러나 있다.

움푹 팬 부분에는 눈동자에서 빛이 사라진 유메리아가 제복 차림으로 앉아 있었다.

성수의 가느다란 나뭇가지나 넝쿨이 유메리아의 몸에 휘감겨, 놓치지 않도록 하고 있다.

세르주 일당은 유메리아를 무녀가 아니라 성수를 조종하는 도구로 쓰고 있었다.

가비노가 수염을 훑고는, 세르주의 태도를 조금 어이없어하며 충고했다.

"통이 크시군요. 6대 귀족의 문장을 너무 싸게 팔아넘기시는 것 아닙니까?"

세르주는 저린 오른손을 내저으며 문장에 가치 따위 없다고 거칠게 내뱉었다.

"이런 것에 무슨 가치가 있다고. 성수의 힘을 빌리는 도구일 뿐이다."

성수도, 그리고 성수의 가호인 문장도 세르주에게는 아무런 가치도 없었다.

이야기를 듣고 있던 알베르크는 고개를 푹 떨궜다.

"내가 널 이렇게까지 몰아넣었던 건가."

그런 후회의 말을 듣고, 세르주는 알베르크에게 시선을 향했다.

"지금 후회해도 늦었다. 너희는 날 가족으로 인정하지 않았어."

알베르크는 아무 대답도 하지 않았지만, 그것이 세르주를 짜증 나게 했다.

"이 자식을 감옥에 처넣어라!"

◇

"아~아, 저택이 엉망진창이군. 더는 못 살겠는데."

격렬한 총격전이 끝나고, 바닥에는 라셀이나 공화국 반란군 병사들이 쓰러져 있었다.

고통으로 신음하는 녀석도 있고, 기절한 녀석도 있었다.

우리가 사용한 건 비살상 고무탄이나 마취총이다.

라이플을 어깨에 짊어지자, 기관총을 든 율리우스가 다가왔다.

"바깥의 적은 정리했다. 도망친 녀석도 있다만, 그냥 둬도 괜찮겠지?"

"우리한테 추격할 여유가 있다고 생각하냐?"

"아니. 하지만, 너라면 막다른 곳으로 몰아넣은 뒤 짓밟겠다고 말할 것 같았다."

율리우스도 내게 거리낌이 없어지고 있다.

아니, 원래부터 없었지만, 이전보다도 지독해졌다.

율리우스는 이후의 일에 관해 제안했다.

"발트파르트, 이제 여기까지다. 곧바로 도망치는 편이 좋다."

공화국에서 도망치는 것을 제안하는 율리우스에게, 나는 '세계가 멸망하니까 무리!'라고도 말할 수 없어서 대답을 얼버무렸다.

"안 돼. 너희는 피신시켜도 괜찮지만, 난 남겠어."

"어째서지? 이건 공화국의 문제다. 네가 관여할 이유가 어디에 있나?"

율리우스나 다른 녀석들이 보기에는 내가 공화국에 고집하는
이유가 이해되지 않을 것이다. 나 역시 도망치고 싶다. 이대로 노
엘과 루이제 양을 데리고 도망가고 싶지만——.

"기, 기다려 주세요!"

——우리 대화를 듣고 있던 카일이 바닥에 무릎을 꿇고 엎드려
머리를 숙였다.

호르파트 왕국에 무릎을 꿇고 엎드리는 문화는 없다. 전부 마
리에한테 영향을 받아 이러는 거다.

마리에 탓에 이 문화가 이 세계에 퍼지고 있다.

"부, 부탁드려요. 어머니를 구해 주세요. 부탁드립니다!"

세르주한테 붙잡힌 유메리아 씨를 구하기 위해 카일이 내게 무
릎을 꿇고 간절히 부탁했다. 그 모습을 보고 율리우스가 딱하다
는 표정을 지었지만, 이내 곧 고개를 가로저었다.

"카일, 미안하지만 어쩔 수 없다. 저번 같은 상황이면 차라리
모를까, 이번 적은 이데알이다. 루크시온과 같은 성능을 지니고
있다면 우리가 불리해."

카일은 사용인 한 명을 위해 무리할 수는 없다는 율리우스의 정
론을 듣고, 그래도 머리를 바닥에 맞댄 채 몇 번이고 부탁했다.

"무엇이든 하겠습니다. 어머니를 구할 수 있다면, 앞으로는 절
대로 반항하지 않겠어요. 건방진 태도도 고치겠습니다. 무급이라
도 괜찮습니다. 일해서 은혜를 갚겠습니다. 부디—— 부디 제발

어머니를 구해 주세요. 부, 부탁—— 부탁드립니다."

울기 시작한 카일을 보는 율리우스는 무척 괴로워 보였다. 그리고 내게 시선을 향했다. 판단을 그르치지 말라는 얼굴을 하고 있었다.

"여기까지다. 발트파르트, 나는 너도 데리고 돌아가겠어."

"그건 무리야."

"어째서지!"

나는 카일을 일으켜 세웠다.

울고 있는 카일은 평소의 시건방지고 어른스러운 태도가 사라져 나이에 걸맞게 보였다.

전생의 부모님께 효도하지 못했던 마음의 빚도 있어, 이대로 저버리는 게 싫었다.

그러니 구한다. 그것뿐이다.

"이제 울지 마라. 유메리아 씨를 구하려면 울고 있을 시간도 없어."

"네?"

카일이 놀라며 내 얼굴을 보았다. 카일의 얼굴은 눈물과 콧물로 엉망이 되어있었다.

"우리 소중한 유메리아 씨를 납치해 놓고서, 왕인 척 구는 세르주가 마음에 들지 않아. 그러니까 너를 도와주마."

내가 그런 말을 하자, 율리우스가 얼굴을 누르며 하늘을 올려다봤다.

"제정신이냐? 상대가 루크시온과 같은 힘을 가지고 있다면, 지금까지 싸웠던 그 누구보다도 강적일 거다."

"내가 지금까지 아무것도 해 오지 않았다고 생각하냐? 루크시온!"

불러내자, 루크시온이 내 쪽으로 다가왔다.

『이데알의 제조 능력은 저의 제조 능력을 뛰어넘습니다. 비행선이나 갑옷 등을 확인했습니다만, 공화국의 주력 병기로는 상대할 수 없습니다. 고성능 물건을 갖추고 있었습니다.』

이데알이 준비한 전력을 조사한 루크시온의 보고에 율리우스가 포기한 모양이다.

"상대도 고성능 비행선과 갑옷을 가지고 있다면 수적 차이로 우리의 패배군."

『──내가 제조한 아인호른과 아로간츠가 진다고 누가 말했지?』

율리우스에게 차갑게 구는 루크시온의 반응을 보고 나는 승산이 있다고 확신했다. 하지만 일단은 확인해 두자.

"이길 수 있는 거냐?"

『이데알 본체가 나오지 않는다면, 이라는 조건이 붙지만요.』

문제는 그 점이다.

이데알이 어디까지 진심으로 세르주에게 가담하고 있는지 몰라서, 여태껏 움직이려야 움직일 수 없었다.

그 녀석의 목적을 알 수 없는 게 제일 곤란하다.

"──이데알 본체는 어디지?"

『제 본체를 감시하기 위해 공화국에서 떨어져 있습니다.』

"좋아, 그러면 얼른 돌격하자고. 유메리아 씨를 되찾겠어. 카일, 너도 일해 줘야겠다."

말을 걸자, 카일이 소매로 눈물을 닦았다.

"네!"

하지만 율리우스가 내 어깨를 붙잡았다.

"내가 한 이야기를 듣고 있었나?! 수 앞에 장사 없다고 말하는 거라고. 게다가 유메리아 씨가 무녀가 되었다면 경비는 엄중할 터다. 진정 우리만으로 어떻게 할 수 있다고 생각하는 거냐?"

"내가 언제, 우리끼리 돌격하겠다고 했냐? 말했잖냐—— 나는 준비를 해 왔다고."

루크시온이 천장을 올려다봤다.

『마스터, 아무래도 도착한 것 같습니다.』

우리가 밖으로 나오자, 갑옷에 올라탄 질크 일행이 하늘을 올려다보고 있었다.

거기에는—— 수많은 비행선이 하늘에 떠 있었다.

율리우스가 당황했다.

"적인가?!"

다만, 내걸고 있는 깃발은 호르파트 왕국의 것이다.

그중에는 아인호른과—— 동형함인 리코른의 모습도 있었다.

◇

아인호른 갑판.

거기서 나는 왕국에서 불러낸 친구들을 앞에 두고 양팔을 펼쳤다.

"다들 고맙다! 내 위기에 달려와 주어서!"

가난한 남작가 그룹의 동료들이 내 부름에 응해서 모여 주었다.

평소 행실이 이래서 중요하다니까.

그들과 멋진 우정을 쌓을 수 있었던 건 내게는 큰 재산이다.

하지만 오랜만에 만난 다니엘과 레이먼드가 날 보자마자 때릴 듯이 덤벼들었다.

"네가 억지로 불러낸 거잖냐!"

"안 오면 비행선을 몰수하겠다고 협박해 놓고서는 뭐가 위기에 달려와 주어서냐! 순 억지잖아!"

다른 남자들도 불만스러운 듯한 태도였다.

"계약만 없다면 나도 무시했을 거다!"

"그래. 계약이 있으니까, 본가에서 가라는 말을 들었다고!"

"어쩌자고 공화국의 반란에 우릴 말려들게 하는 거야!"

머리를 감싸 쥐고 있는 남자들을 보고 있자니, 실로 그리웠다.

이전에 이 녀석들한테는 무료로 최신예 비행선을 나눠 주었다.

전생에서 잘 알게 된 제도다. ——본체 대금을 무료로 해주는 대신에, 통신 요금제로 2년간 묶어 두는 계약을 맺는 방법이지.

——그걸 비행선에 적용했다. 게다가 계약 기간은 무기한이다.

얻어맞은 나였지만, 마음이 넓기에 친구들을 용서해 줬다.

"원망할 거면 무료로 비행선을 받을 수 있다고 생각한 과거의 자신들을 원망하라고. 자, 그럼 계약에 따라 내게 협력해 주실까."

나와 친구들의 대화를 듣고 있던 율리우스 일행은 아주 질색한 표정을 지었다.

"너, 최악이군."

질크도 혀를 내두르고 있었다.

"악질이군요."

브래드는 내 친구들을 불쌍히 여겼다.

"으음~, 최신예 비행선과 갑옷을 손에 넣어도, 발트파르트한테 따라야 한다고 생각하면 마이너스려나?"

그렉은 우리의 우정에 트집을 잡았다.

"넌 우정을 뭐라고 생각하는 거냐?"

어느샌가 훈도시 차림이 되어 있는 크리스가 고개를 가로저었다. 그 모습을 보고 내 친구들은 완전 질색하고 있었으나, 본인은 신경 쓰지 않았다.

"계약으로 맺어진 관계를 우정이라고 부르지 마라."

자기네들 마음대로 실컷 지껄이고 있지만, 이걸로 전력은 갖추어졌다.

"이걸로 비행선 30척이 생겼잖아. 불만은 없지?"

내 말에 다니엘이 분노를 담아 소리쳤다.

"산더미처럼 있다! 어째서 외국의 반란에 우리가 끼어들어야 하냐고!"

레이먼드는 울 것 같은 표정을 짓고 있다.

"게다가 상대는 공화국이라고. 방어전 무패의 강국이잖아! 말려들게 한다 쳐도 상대를 생각하란 말이야! 항상 이놈 저놈 가리지 않고 싸움을 건다니까!"

마치 내가 아무 데나 싸움을 걸고 다니는 것처럼 말하지 않았으면 한다.

"나는 평화주의자라고. 난 걸어 온 싸움을 받아 준 것뿐이야."

"평화주의자는 싸움을 걸어 와도 안 받아 줘!"

떠들썩하게 소란을 피우고 있자, 갑판에 소형정이 착함했다.

안제와 리비아가 거기서 내렸다.

"리온!"

"리온 씨!"

두 사람이 내 쪽으로 달려오더니, 그대로 내게 안겨들었다.

그 순간 친구들이 노골적으로 혀를 차는 소리가 들렸지만, 그런 질투조차 편안하게 느껴졌다.

오랜만에 만난 두 사람은 날 걱정하고 있었던 모양이다.

안제가 내 가슴에 이마를 강하게 눌렀다.

"넌 언제나 우리를 걱정시키는군. 이번에는 뭘 저지른 거지?"

의심부터 받는 거, 생각보다 슬프네.

"아무것도 하지 않았어. 공화국 내에서 반란이 일어난 거야. 아니, 혁명이려나?"

이데알이 편을 들고 있는 세르주 일당한테 공화국이 이길 수 있을 리 없다. 게다가 세르주가 수호자의 문장을 얻은 지금으로서는, 6대 귀족은 상대가 되지 않는다.

안제가 고개를 들고 날 올려다봤다.

"자세한 사정을 들려줘야겠다. 그리고——."

안제의 시선이 루크시온에게 향했다. 어느샌가 리비아도 경계하는 기색으로 루크시온을 보고 있었다. 리비아가 루크시온에게 말을 걸었다.

"루크 군, 들려줬으면 해."

『무엇인지?』

"루크 군은—— 리온 씨를 배신하지 않을 거지?"

어째서 그런 걸 지금에 와서 묻는 걸까? 그렇게 생각하고 있자, 루크시온 녀석은 내게 외눈을 향했다.

『제 마스터에 걸맞은 분이라면, 배신하지 않고 그칠 것 같군요.』

"어이, 그건 걸맞지 않는다고 생각하면 배신하겠다는 의미냐?"

『예.』

밉살스러울 정도로 시원시원한 대답에 나는 루크시온을 양손으로 붙잡았다.

"너한테는 한 번, 주종관계를 확실하게 가르쳐 줄 필요가 있는 모양이군."

『마스터한테 설명받을 필요는 없습니다. 그것보다, 놀고 있어도 괜찮은 겁니까?』

"네가 쓸데없는 말을 하니까 그런 거잖냐!"

# 제07화

# 「자매 싸움」

아인호른에 있는 회의실.

그곳에 모인 건 싸움에 관여할 주된 사람들이다.

가난한 남작가 친구들이 벽 쪽에 나란히 서서, 있기 불편한 듯한 표정을 짓고 있었다. 같은 방에 율리우스를 비롯한 귀공자들이 있기 때문이다.

거기에 외국의 공주님인 루이제 양이나 실은 무녀였다고 하는 노엘에 더해 내 옆에는 안제와 리비아도 있다. 가난한 남작가 남자들이 보기에는 격이 다른 존재들과 같은 방에 밀어 넣어진 것이나 마찬가지였다.

거기에 추가로 6대 귀족 관계자인 에밀이나 그의 약혼자이며 레스피나스 가문의 생존자인 렐리아까지—— 호화로운 면면에 주눅이 들고 있었다.

"우리, 이 자리에 안 어울리지 않냐?"

"난 어째서 전하 일행과 같이 있는 걸까?"

다니엘과 레이먼드가 소곤소곤 이야기하는 와중에, 나는 테이블 위에 올려놓은 공화국 지도를 내려다봤다.

상황을 재확인했다.

"자 그럼 공화국 말인데, 유메리아 씨한테 전원이 문장을 빼앗기고 말았다."

시선을 루이제 양으로 향하니, 가족을 걱정하느라 안색이 좋지
못했다.

알베르크 씨는 세르주한테 붙잡혔고, 모친의 안부도 불명이니
당연했다.

루이제 양이 설명했다.

"공화국 병기는 문장에서 힘을 끌어내서 조종하는 물건이 많아.
비행선이나 갑옷도 마찬가지. 공화국 군대는 사실상 무력화 됐어.
우릴 적대도 할 일도 없어졌지만, 우릴 도와줄 일도 없어졌지."

성수에 지나치게 의존하던 공화국군은 이러한 비상시에는 전
혀 도움이 되지 않는다.

애초에 모든 귀족이 문장을 빼앗기는 사태는 생각하고 있지 않
았던 것이리라.

"방해받지 않는 것만으로도 고마운 일이군요. 적은 세르주 일
당뿐입니다."

내 발언을 듣고 자리에서 렐리아가 벌떡 일어섰다.

"잠깐 기다려. 정말로 세르주와 싸울 거야?"

아직 혼란스러운 것인지, 상황을 모르는 모양이다.

그런 렐리아를 에밀이 타일렀다.

"렐리아, 세르주는 이미 선을 넘었어."

"하, 하지만! 걔가 이런 짓을 하다니, 분명 뭔가 이유가 있을 거
야! 그, 그래, 너희들이 이 나라에 오지 않았더라면, 세르주도 이

런 짓을 하지 않았을 거야."

렐리아가 우리를 보는 시선에는 증오가 담겨 있었다.

우리가 쓸데없는 짓을 하지 않았더라면, 세르주가 혁명을 일으키지 않았으리라고 생각하는 모양이다. 일리 있어!

──하지만, 그것도 세르주의 선택이다.

"미안하지만, 그런 가정 이야기는 나중에 해라. 우리는 유메리아 씨를 구해야 해서."

"너, 너 정말 최악이네! 이런 상황에서 어떻게 그리 냉정한 건데!"

"허둥대면 누가 구하러 오냐? 울면 세르주가 용서해 주냐고?"

정론을 들이밀자, 렐리아가 대꾸하지 못하고 고개를 숙이고 말았다.

본인도 이해하고 있는 거겠지만, 감정적으로 내가 용서가 안 되는 것이리라.

노엘이 렐리아의 손을 잡고는 따끔하게 말했다.

"정신 똑바로 차려."

"언니."

"세르주가 이런 짓을 한 건 세르주의 책임이야. 리온 일행을 비난해서는 안 돼."

아무것도 모르는 노엘이 보기에는 렐리아의 말투가 지독하게 들릴 것이다.

하지만 나나 렐리아는── 전생을 경험했고, 이 세계의 진실을 알고 있다.

다른 시점에서 보면 우리한테 잘못이 없다고는 단언할 수 없다.

그러니까, 현 상황에 나도 적잖이 책임을 느끼고 있었다.

노엘을 비롯한 이 세계 사람들로서는 분명 우리와는 무관한 일이라고 생각할 것이다.

나는 손을 짝 마주쳐 이야기를 되돌렸다.

"자, 거기까지. 시간이 없으니까 작전을 설명하겠어. 일단, 성수 신전에 쳐들어가서 유메리아 씨를 구출한다."

작전이라고는 부를 수 없는 내 의견에 브래드는 머리가 아픈지 이마를 손으로 누르고 있었다.

"그건 작전이 아니지. 세르주가 한 말이 사실이라면, 유메리아 씨는 성수의 무녀인 거잖아? 필사적으로 지키려 할 텐데?"

"이 숫자로 자잘한 꾀를 쓸 여유가 있다고 생각하냐? 돌격해서 되찾고 나면, 이탈해서 안녕이다."

"그걸로 잘 풀릴까?"

"너희를 엉망진창으로 두들겨 팼을 때는 이 정도 작전으로 성 공했어."

"넌 정말로 쓸데없는 한 마디가 많네."

유메리아 씨를 구하지 않으면 요란하게 움직일 수도 없다.

구하기만 하면—— 나머지는 흐름이군.

내 작전을 불안하게 여긴 율리우스가 한숨을 내쉬면서 세부적인 내용을 확인하고자 했다.

"세세한 부분은 우리끼리 생각할 수밖에 없군. 수적 차이가 너무 큰 걸 고려하더라도, 역시 일격 이탈을 유념하기 위해 전력을 발휘한다. 우리도 갑옷으로 출격하겠어."

의욕을 보이는 율리우스였으나, 그 말을 들은 질크가 고개를 가로저었다.

"아뇨, 상황이 위험하니 전하는 대기입니다."

"어?"

그렉도 팔짱을 끼고 고개를 끄덕이고 있다.

"왜냐면, 왕자잖아?"

"아, 아니, 확실히 그렇긴 하다만."

지극히 당연한 말을 들어 기가 꺾인 율리우스였으나, 모두와 같이 싸우고 싶은 모양이다.

나라면 모두가 하겠다고 말하면 얌전히 물러나겠는데 말이지. 쓸데없이 의리가 두터운 녀석이군.

"이번 건 말이다만, 참가하는 것만으로도 차후에 미칠 영향이 크다. 율리우스는 참가하지 않는 편이 좋겠군."

이참에 확실히 하자는 느낌으로, 크리스가 율리우스에게 대기하도록 말했다.

전원에게 참가를 제지당한 율리우스는 슬픈 듯이 고개를 숙이고 있었다.

◇

리온 일행이 준비를 시작하자, 여성진은 방에 남겨졌다.

거북한 분위기가 감돌자, 카라가 마리에한테 귀엣말했다.

"마리에 님, 저 무서워요. 엄청나게 무서워요. 아주 그냥 불꽃이 팍팍 튀고 있어요!"

"치, 치치치, 침착하렴. 여차할 때는 내가 말리겠어!"

마리에가 초조해하는 이유는 렐리아와 노엘, 쌍둥이 자매가 원인이었다.

둘은 방에서 서로를 향해 목소리를 높이며 싸우고 있었다.

안제와 리비아는 조용히 지켜보고 있다. 아니, 그렇다기보다도 리온을 걱정하느라 둘이서 이것저것 이야기를 나누고 있었다.

루이제도 있지만, 자기는 상관없다는 태도를 관철하고 있다.

그 때문에 마리에는 무슨 일이 생기면 제지하러 끼어들 수 있는 건 자기밖에 없다고 생각했다.

렐리아와 노엘이 상대의 옷을 붙잡고 그대로 말싸움을 벌였다.

"아무것도 모르는 주제에 참견하지 마! 언니하고는 상관없는 문제야!"

"상관이 없다고? 내가 왜 상관이 없어! 그렇게 항상 날 깔보는 게 정말로 싫어!"

마리에는 머리를 감싸 쥐고 싶어졌다.

'같은 전생자니까 렐리아의 마음도 조금은 이해되지만, 노엘한테 화풀이하지 말란 말이야! 애초에 노엘은 당사자인데요!'

공화국에서 쿠데타가 일어났다. 이걸 노엘은 상관없다고 우기기는 어렵다. 애초에 라셸 신성 왕국은 노엘을 빼앗기 위해 공화국을 공격한 거니까.

거기다 대고 참견하지 말라는 말을 들으면, 노엘이라도 화가 날 것이다.

하지만── 렐리아도 할 말이 있다.

이번 쿠데타와 리온, 마리에는 무관하지 않다. 세르주의 책임이 가장 크지만, 리온과 마리에가 공화국에 오지 않았더라면 일어나지 않았을 사건이다.

리온과 마리에가 공화국에 오지 않았더라면, 렐리아는 무리해서까지 이데알을 찾으려고 하지 않았을 터다.

'──뭐, 우리가 일방적으로 나쁘다는 말을 들을 일도 아니지만 말이지.'

동시에, 마리에는 렐리아의 책임도 느끼고 있었다.

자신과 마찬가지로 렐리아도 일 처리가 어설픈 면이 있었다.

노엘의 의견을 무시하고 로이크를 노엘의 연인으로 만들려고 쓸데없는 오지랖을 부리다가 둘의 관계를 엉망으로 만들어 버렸다. 그런데도 자기는 착실하게 안전패── 상냥한 에밀과 연인 관계를 맺었다.

'우리가 오지 않았다면 쿠데타가 일어나기도 전에 끝장이 났잖아.'

하지만 노엘도 렐리아한테 불만이 있는 것 같았기에, 마리에는 둘의 싸움을 지켜보기로 했다.

안제도 리비아도, 마리에가 그렇게 생각하고 있는 걸 눈치챈 것인지 낌새를 보고 있다.

렐리아는 노엘한테 지금까지 품었던 불만을 터뜨렸다.

"항상 언니만 특별하지. 무녀 적성도 언니만이 가지고 있었어. 나는 언제나 덤이잖아. 중심에 있는 건 항상 언니였어. 그리고 참는 건 나였어. 내가 얼마나 참아 왔다고 생각해? 그런데도, 항상 만사태평해서는—— 보고 있으면 짜증이 난단 말이야!"

말로 하지는 않았지만, 노엘이 주인공이라는 입장에서 언제나 이야기의 중심에 있었던 것처럼 보인 것이리라.

마리에도 그 마음을 조금 이해할 수 있었다. 리비아에게 시선을 향하자, 안제와 뭔가 이야기를 나누고 있다. "아레가——", "리온에게 맡기면 된다" 하는 말이 어렴풋이 들려왔다.

그리고 쌍둥이 쪽은 노엘의 분위기가 변했다.

"——뭐야, 언제나 내가 중심이라니."

"무녀의 적성을 가지고 있으면서 무슨 말을 하는 거야! 언니는 좋았겠지! 항상 누군가가 도와주니까. 곤란하면 남자들이 편을 들어주지, 로이크 때도 리온이 도와줬잖아. 마치 이야기 속 주인공처럼."

그 여성향 게임 2탄의 주인공이라고는 말할 수 없어서, 이야기 속 주인공이라고 바꿔 말한 것이리라.

그 말을 들은 노엘이 눈물을 흘렸다.

그리고 렐리아의 사이드 포니테일을 붙잡았다.

"아, 아파! 이거 놔!"

"웃기지 마──! 웃기지 말란 말이야아!!"

노엘이 낸 커다란 목소리에 마리에는 귀가 아플 지경이라 귀를 손으로 눌렀다.

노엘은 주위를 신경 쓰지 않고, 지금까지 쌓였던 울분을 렐리아한테 터뜨렸다.

"무녀의 적성? 그게 뭐 어쨌는데! 나는 그런 거 원하지 않았어! 내겐 아무런 의미도 없어! 항상, 항상 내가 갖고 싶은 건 네가 혼자서 다 차지하고 있었잖아! 전부 다 나한테서 빼앗아 간 주제에, 피해자인 척 굴지 말란 말이야!"

노엘이 렐리아를 붙잡고 거칠게 흔들자, 렐리아의 태도가 약해졌다.

"놔, 놔줘."

"넌 언제나 그래! 요령 좋게 잘 처신해서, 주위로부터 귀여움받았잖아. 계속 비교당한 내 마음을 이해할 수 있어? 네가── 너의 대체품 취급을 받았던, 내 마음을!"

노엘이 날뛰기 시작했기에, 마리에가 뛰쳐나가 둘을 떼어 놓으려 했다.

"거기까지이이이!!"

달려들어 노엘을 바닥에 자빠뜨리자, 둘은 떨어졌다.

렐리아 쪽은 숨을 헐떡이며 바닥에 주저앉았다. 그리고 서서히 분노를 드러내며── 일어서서는 노엘에게 다가갔다.

노엘도 일어나서 마저 싸우려 했기에, 마리에가 필사적으로 억눌렀다.

"노엘, 진정해!"

"이거 놔! 얘만큼은 용서할 수 없어. 나한테 없는 걸 잔뜩 가지고 있는 주제에 뭐가 참아 왔다. 야, 참아 온 건 이쪽이야!"

렐리아가 노엘에게 달려들어 계속 싸우려 했을 때—— 보다 못했는지 루이제가 렐리아의 팔을 붙잡았다.

"거기까지 하도록 해. 슬슬 시끄러워. 나는 가족 일로 고민하고 있는데, 자매 싸움할 거면 다른 데서 해."

차가운 말에 렐리아는 날카로운 눈초리로 루이제를 노려봤다.

"가족이라고? 당신들이 세르주를 몰아넣지 않았더라면 일이 이렇게는 되지 않았어. 상관없다는 얼굴 하고 있지만, 당신한테도 책임이 있다고!"

그 말을 들은 루이제가 눈을 가늘게 뜨더니, 렐리아의 팔을 강하게 꽉 쥐었다.

"네가 뭘 안다는 거야? 세르주가 나한테 무슨 짓을 했다고 생각해?"

"받아들이는 게 가족이잖아."

"타인인 주제에, 남의 가정 사정에 가벼운 마음으로 참견하네. 세르주가 자기한테 유리하도록 뭔가 이야기한 걸까? 그걸 곧이듣고서는, 넌 정말로 바보구나."

"악한 사람들이 꼭 외면만큼은 좋단 말이지."

"——레스피나스가는 하나같이 사람을 열받게 하네. 노엘도 싫지만, 넌 정말 싫어."

이번에는 렐리아와 루이제 사이에서 싸움이 시작되려 하고 있었다.

마리에는 울음이 나올 것만 같았다.

'마음은 이해하지만 싸움은 안 돼애애애! 내 위가 죽어어어어!'

마리에는 재빨리 방에서 나간 리온이 부러웠다. 자기도 돕겠다고 말하고 이 방에서 나갔더라면 좋았을걸, 하고 후회했다.

그러자—— 인내심의 한계를 맞이했는지, 안제가 위압감을 내뿜었다.

"거기까지 해라."

렐리아가 뒤돌아보면서 "아앙?" 하고 마치 양아치 같은 목소리를 냈지만, 안제의 얼굴을 보고 곧바로 시선을 피했다. 렐리아가 양아치라면 안제는 마피아 보스 느낌이다.

"난 너희들이 싸우는 원인을 모르고, 흥미도 없다. 하지만 지금은 리온에게 있어 중요한 때다. 이 이상 소란을 피워 리온을 방해하겠다면 내가 상대하지."

마리에는 안제의 등 뒤에 화염이 존재하는 듯한 환시를 봤다. 일렁일렁하며 불타오르는 그 화염은 안제의 기질 그 자체로 보였다.

리비아는 차가운 시선으로 이쪽을 쳐다보고 있다.

"끝나고 나면 원하는 만큼 싸워 주세요. 다만, 지금만큼은 조용히 해주세요. 리온 씨나 다른 분들에게도 여유가 없을 테니까요."

이쪽은 안제와 달리 물과 같은── 때로는 부드럽고, 때로는 무서운. 그런 분위기를 뿜어내고 있었다. 화나게 하면 무서운 건 리비아 쪽이리라.

마리에는 격하게 고개를 끄덕였다.

그러자 움직이지 못하도록 눌러 뒀던 노엘이 울고 있었다.

"나도, 나도 사랑받고 싶었는데."

그 목소리를 듣고, 마리에는 노엘의 얼굴을 봤다.

"노엘?"

율리우스를 비롯한 다른 녀석들과 생각한 작전은 이렇다.

아인호른이 이끄는 우정함대가 성수 신전에 돌격!

그 후, 갑옷으로 침입하여 유메리아 씨를 탈환한다. 그때, 사로 잡혔을 가능성이 있는 6대 귀족도 풀어주고 싶다.

──살아 있다면, 말이지.

가능성은 반반 정도일까?

루이제 양도 걱정하고 있으니, 알베르크 씨는 살아 있었으면 한다.

여성들은 리코른으로 이동시키고 후방에서 대기다.

그녀들마저 싸우게 할 수는 없다.

아인호른 함교에서 팔짱을 낀 나는 율리우스의 모습이 보이지 않는다는 사실을 깨달았다.

"어라? 율리우스는 화장실 갔냐?"

파일럿 슈트로 갈아입은 질크가 출입구로 시선을 향했다.

"같이 출격할 수 없다는 사실에 낙담하고 있었죠. 리코른으로 이동하겠다고 말했습니다."

"의욕을 잃고 후방에서 느긋하게 있겠다는 건가? 그 자식, 아직 왕자 기분이 안 빠졌군."

"왕태자 지위는 박탈당했습니다만, 여전히 왕자입니다. 발트파르트 백작은 좀 더 전하의 입장을 올바르게 인식해 주십시오."

"여자한테 속아서 왕태자 지위를 버린 바보잖아? 나는 너희를 바보라고 정확하게 인식하고 있으니까 문제없어."

"——전장에서는 아군도 조심하라고 배운 적은 없습니까?"

이 자식, 날 뒤에서 쏠 생각인가?

그런 시답잖은 대화를 하고 있자, 루크시온이 아인호른 갑판을 내려다보며 말했다.

『마스터, 로이크가 왔습니다.』

"어?"

갑판에 가자 거기에는 로이크의 모습이 있었다.

소형정을 타고 들어온 로이크는 어째서인지 싸울 준비를 하고 있었다.

"발트파르트 백작, 나도 싸우게 해줬으면 한다."

"마리에는 뒤쪽 배에 있다만?"

"그, 그런가? 아, 아니, 그런 게 아니다. 나도 너희와 같이 싸우고 싶다."

그 말을 들은 그렉이 매우 언짢아 보이는 표정으로 로이크한테 가까이 다가가더니 그의 멱살을 붙잡아 올렸다.

"놀이가 아니란 말이다! 성수의 힘도 쓸 수 없는 너는 방해일 뿐이라고!"

무시무시한 태도로 위협하는 그렉을 보고 놀랐지만, 확실히 로이크를 참전시키기는 어려웠다.

공화국 귀족은 문장이 없으면 극단적으로 약하다.

로이크는 그나마 단련한 편이지만, 그래봤자 평범한 병사보다 조금 나은 정도다.

호르파트 왕국에서 여자한테 선물을 주기 위해 핏덩이를 토했던 우리와는 실력 차이가 너무 크다.

그래도 로이크는 물러서지 않았다.

"도움이 안 되는 실력일지라도── 너희들의 방패가 될 수는 있다!"

"뭐?"

"나는── 나는 누님에게 구원받았다. 그리고, 성수 신전 내부 구조에 밝은 내가 있는 편이 너희한테도 사정이 좋을 거다. 부탁한다, 협력하게 해다오!"

확실히 로이크가 있으면 건물 내부 공략이 편해진다.

그렉이 내게 시선을 향했기에, 고개를 끄덕였더니 로이크한테서 손을 뗐다.

그렉은 머리를 긁적이며 등을 돌렸다.

"알아서 해라. 그 대신, 네가 죽으면 마리에가 슬퍼할 테니 멋대로 죽지 말라고."

"감사하지!"

서로 같은 여성을 좋아하는 사이니까 사실상 라이벌인데, 그렉은 로이크에게 죽지 말라고 했다. 이게 미남의 여유인가? 나라면 질투 때문에 절대로 따라 하지 못할 자신이 있다.

나는 로이크한테 이전에 율리우스가 썼던 갑옷을 빌려주기로 했다.

그 갑옷이라면 로이크의 목숨을 지켜 줄 것이다.

"한 기 남아 있으니까, 로이크는 하얀 갑옷을 써라."

"──고맙다. 이걸로 나도 싸울 수 있어. 공화국의 반란에 너희들을 휘말리게 해놓고, 아무것도 하지 않는 게 분했다."

이 녀석 나름대로 이것저것 여러모로 생각하고 있는 모양이다.

감탄하고 있었더니, 갑자기 갑판에 그리운── 아니, 오랜만에 보는 녀석이 나타났다.

"오랜만이다, 제군!"

율리우스── 아니, 가면의 기사였다. 이전에 호르파트 왕국에서 구 판오스 공국과 전쟁을 치르고 있었을 때 튀어나왔던 녀석이다.

여전히 가면에 망토를 두른 수상한 차림이었다. 저런 꼴로 당당하게 돌아다닐 수 있다니, 대단한 근성이다.

그를 발견한 크리스가 허리에 찬 검을 뽑았고, 브래드가 양손에 마법을 만들어 불덩이를 준비했다.

"네 녀석은 가면남!"

"어째서 공화국에 이 남자가 있는 거지?!"

네 사람은 가면의 기사가 율리우스라는 사실을 모른 채, 경계심을 담아 그에게 무기를 향했다. 젖형제—— 어렸을 때부터 함께 자란 질크조차 권총 총구를 가면의 기사에게 겨누었다.

로이크는 영문을 모르는지 눈을 깜박거리며 쳐다보고 있었다.

루크시온이 내게 대처를 요구했다.

『또 이 웃기지도 않는 콩트입니까. 슬슬 그들에게 저자의 정체를 알려주는 게 어떻습니까?』

"난 쟤들이랑 얽히고 싶지 않아. 게다가 저 다섯이 은근 이 콩트를 즐기는 걸지도 모르잖아? 방치하는 게 제일이라고. 남의 일이라고 생각하고 보면 웃기니까 말이지."

콩트를 되풀이하는 이 녀석들을 돌봐 줘야 하는 마리에가 불쌍하다는 생각이 드는 한편 '고소~하다!'라는 생각도 들었다.

다들 있는 힘을 다해서 날 즐겁게 해달라고.

가면 기사가 내게 다가왔다.

"오랜만이군, 발트파르트 백작."

어? 갑자기 나한테 말을 거는 거야?

"오, 오우."

"수적으로 열세라고 들었다. 미력하나마 나도 돕도록 하지. 갑옷을 한 기 빌려줬으면 한다. 율리우스 전하가 쓰던 하얀 기체가 남아 있지?"

정말로 타이밍이 안 좋군.

나는 여유로운 태도를 보이는 가면 기사에게 로이크를 가리키며 진실을 가르쳐줬다.

"아, 무리. 로이크한테 빌려주겠다고 방금 약속했거든."

로이크는 가면 기사를 수상쩍게 바라보고 있었다. 뭐, 이 녀석은 율리우스를 잘 모르니 가면 기사의 정체를 간파하기는 어려울 것이다.

"그렇게 됐다. 그러니 용건이 없다면 돌아가라."

"뭐라고?! 그건 내 갑옷이란 말이다!"

"아니, 네가 아니라 발트파르트 백작의 것이지. 그리고, 이상한 가면을 쓰고서는 어쩔 생각이냐? 가면을 벗고 이름을 대라."

정론을 들은 율리우스였으나, 이 정도로 멈칫거리고 있어서야 가면 기사를 칭할 수 없다.

"이름을 댈 수 없는 이유가 있다는 걸 헤아리지 못하는 모양이로군? 발트파르트 백작, 이 녀석한테 그 하얀 갑옷은 어울리지 않는다. 날 태워다오!"

율리우스는 그렇게 부탁했지만, 로이크한테는 길 안내를 부탁할 생각이다.

우선순위상 로이크를 뺀다는 건 말도 안 된다.

"그만 포기하고 나랑 같이 함교로 오라고. 차 정도는 내어 줄 테니까."

"뭘 위해 내가 나왔다고 생각하는 거냐! 날 싸우게 해라아아아!!"

장소를 이동하여 아인호른 격납고.

질크는 로이크가 콕핏 해치를 열고 하얀 갑옷에 올라타 조정하는 모습을 보며 말했다.

"그건 그렇고, 발트파르트 백작은 여전히 어처구니가 없군요. 공화국 상대로 이것밖에 안 되는 수로 전쟁을 거니 말입니다."

브래드가 그런 질크의 말꼬리를 잡았다. 상대와 수에 관해 지적했다.

"상대는 공화국이 아니라 반란군이야. 그리고 수로 따지자면 상대는 200척이라고. 충분히 승산이 있어."

"여섯 배 이상의 전력 차이입니다만?"

"우리의 승리 조건은 유메리아 씨를 구출하는 거잖아? 그 뒤에는 공화국에서 도망치면 그들은 쫓아올 수 없어. 공화국 병기는 전부 방어용이니까. 공화국 밖으로 나가면 못 싸운다고."

공화국의 병기는 성수의 힘을 이용하는 구조이기에 공화국 밖으로 나가면 위력이 약해질 수밖에 없다.

하지만 크리스가 이견을 제기했다.

"상대도 루크시온 정도의 성능을 가지고 있다면, 공화국 밖에서 싸울 수 있다고 해도 이상하지 않다만?"

"윽…… 그건 그렇군. 하지만 루크시온이 승산은 있다고 말했어. 분명 비책이 있을 거야."

"그 비책이 뭔지도 모르는 네가 잘난 듯이 말하는 건 좀 아니지 않나?"

크리스의 일침에 브래드는 침묵했다. 그러자 이번에는 그렉이 불만스러운 듯이 입을 열었다.

"너희들 집중해라. 이번은 농담이 아니라 정말로 어려운 싸움이 될 거야."

루크시온과 같은 로스트 아이템인 이데알이 세르주를 지원하고 있다. 그렉이나 여타 사람들은 아로간츠가 얼마나 강한지를 몸소 경험하여 알고 있다. 그게 얼마나 무서운지도.

그러자 아로간츠에서 리온의 목소리가 났다.

콕핏 해치가 닫혀 있어서 리온의 모습은 보이지 않았다.

「너희들 주절주절 시끄럽다고! 어린애처럼 떠들지 말고 좀 조용히 해!」

입이 험한 리온의 목소리에 질크가 어처구니없어했다.

"정말로 입이 험하군요."

「닥치고 내 총알받이가 되라고.」

　아로간츠에서 들려오는 목소리에 질크를 비롯한 다른 사람들은 짜증이 팍 치밀어 올랐다.

# ★제08화★ 「모자의 연」

성수 신전.

준비된 옥좌에 앉은 세르주는 렐리아의 소재를 알 수 없어 짜증이 치밀고 있었다.

리온 일당과 같이 행동 중이라는 건 알지만, 그 리온 일당의 움직임이 불명이었다. 아무래도 왕국에서 비행선이 오고 있다는 것 같은데, 루크시온한테 재밍을 당해 이데알도 확실한 정보를 얻지 못했다.

"그냥 내가 그 자식과 싸워서 렐리아를 되찾겠다."

더 기다리고 있을 수 없어서 일어서자, 이데알이 다가왔다.

이데알은 세르주한테 거짓말쟁이라는 말을 들은 이후로는 줄곧 기분이 좋지 않은 태도를 보이고 있었다.

『아인호른이 30척의 비행선을 이끌고 이쪽으로 오고 있습니다. 렐리아 님은 아인호른의 동형함에 타고 있는 것 같습니다. 루이제의 모습도 확인했습니다.』

"저쪽에서 온 거냐? 알베르크 녀석을 되찾으러 온 건가?"

『아닙니다. 유메리아를 되찾겠다고 말하고 있는 것 같습니다. 그리고, 렐리아 님은 하얀 비행선에 타서 후방으로 이동한 듯합니다. 전투 시에는 주의해 주십시오.』

재밍을 당해 정보 획득이 어려운 상황에서 갑자기 구체적인 정보가 나오자 세르주는 조금 미심쩍었지만, 지금은 렐리아가 더 중요했기에 넘어가기로 했다.

"때마침 잘됐군. 여기서 그놈과 결판을 내 주마. 알베르크 녀석한테 리온과 루이제의 시체를 보여줘야지."

의기양양하게 옥좌가 있는 방에서 나가는 세르주를, 이데알은 묵묵히 지켜봤다.

◇

세르주가 격납고에 내려오자 출격을 기다리는 기사, 군인, 모험가, 용병── 그리고 불량배들의 모습이 눈에 들어왔다.

그들이 오른손에는 하위 문장이 깃들어있었다.

참고로 이전에 하위 문장을 가지고 있던 기사들은 한 단계 위의 문장을 부여하고 소대장으로 임명했다. 몇몇은 6대 귀족 문장을 부여해 중대장이나 대대장으로 삼았다. 혁명군은 아직 막 발족한 참이라 조직 체계가 완전하지 않았다.

세르주가 수여한 문장은 그들이 타는 갑옷의 성능을 끌어올려 줄 테지만, 이 갑옷들은 문장이 없어도 높은 성능을 낼 수 있다. 이데알이 공화국의 갑옷을 재설계하여 준비한 특제이기 때문이다.

아로간츠와 마찬가지로 이 세계의 기술 수준으로는 제조할 수 없다.

그중에서도 가장 고성능인 것은 세르주가 타는 사족보행 타입 갑옷── '기어'다.

기어 앞에 선 세르주는 이제부터 올 적을 맞받아치기 위해 아군을 고무했다.

"무모하게도 우리한테 싸움을 거는 바보가 나타났다. ──리온 포우 발트파르트. 왕국의 영웅이란 녀석이 지금까지 우리 땅에서 실컷 난동을 부렸다만, 슬슬 퇴장시켜야겠다."

문장을 손에 넣은 그들은 리온의 이름을 듣고도 두려워하지 않았다.

지금까지 리온에게 몇 번이나 패배했지만, 새로운 문장과 병기가 그들에게 힘을 주었다.

그들에게는 이번에야말로 리온한테 지지 않겠다는 자신감이 어려있었다.

그건 세르주도 마찬가지였다.

아로간츠보다 뛰어난 갑옷을 손에 넣었다. 이번에야말로 리온을 쓰러뜨릴 생각이었다.

'내게 굴욕을 준 대가로 철저히 갖고 놀다 죽여 주마.'

차라리 서로 전력으로 맞붙다가 졌다면 이만큼 굴욕적이진 않았을 거다. 하지만 리온은 처음부터 진지하게 싸울 생각이 전혀 없었다. 루이제를 속이기 위해 지는 척을 해 세르주를 기만했다.

그 후에 리온이 진심을 보인 순간, 세르주는 일격에 쓰러졌다.

이만한 굴욕이 있을까?

"출격이다! 착각에 빠진 호르파트 왕국 놈들한테, 공화국의 진정한 실력을 보여줘라!"

병사들이 일제히 "옙!" 하고 목소리를 높이며 갑옷에 올라탔다.

세르주도 기어에 올라탔다. 아로간츠보다 덩치가 큰 만큼 콕핏 공간에 여유가 있었다.

시트에 앉아 조종간을 꽉 쥐자, 모니터가 기동하여 주위 광경을 비췄다. 모니터로 비치는 영상이 마치 눈으로 직접 밖을 바라보는 것만 같았다.

기어의 네 다리가 기체를 천천히 일으켰다.

오른손에는 창을 들고, 왼손에는 커다란 방패가 들려 있었다.

그 모습이 마치 켄타우로스나 말에 탄 기사처럼도 보였다.

기어가 천천히 지면에서 떠오르자, 다른 양산형 갑옷이 일제히 떠올랐다.

하늘에 몇백이나 되는 갑옷이 날아올라 진형을 정비했다.

이데알이 건조한 비행선도 진형을 정비하여, 요격 준비를 마쳤다.

"자, 언제든지 와라. 이곳을 네 무덤으로 만들어 주마."

복수에 불타는 세르주는 멀리 보이는 호르파트 왕국 함대를 보며 혀로 입술을 핥았다. 마치 사냥감을 기다리는 육식동물 같은 기분이 들었다.

적은 불과 30척의 비행선을 이끌고 작전도 없이 성수 신전을 향해 돌격해 오고 있었다.

세르주는 입꼬리를 올리며 웃었다.

"바보처럼 돌격인가? 너무 얕보는군. 우리 또한 대포의 사정거리가 길어졌다고! 전 함선, 포격 개시!"

세르주의 목소리에, 비행선의 포대가 가동(稼動)하여 선두에 있는 아인호른에 포신을 향했다.

측면에 나열하듯 배치했던 기존의 대포가 아니라, 가동식 포대였다.

전자동은 아니지만, 그래도 공화국의 비행선으로부터는 상당히 진보한 기술이었다.

포신이 일제히 불을 뿜었고, 그리고 곧바로 차탄을 장전하여 쐈다.

이전보다 발사 속도와 명중률이 강화됐고 무엇보다도 사정거리가 대폭 증가했다.

비행 속도 또한 더 빨라졌으며, 장갑도 더 튼튼해졌다.

이런 사실들이 승조원들에게 자신감을 불어넣었다.

곧바로 선두에 있는 아인호른에 포탄이 명중하여 연기에 휩싸였다.

하지만 세르주는 공격을 중지시키지 않았다.

"더, 더 쏴라! 탄을 모조리 써도 좋으니, 녀석들에게 있는 대로 전부 쏴라!"

눈에 핏발이 선 세르주는 압도적인 힘에 취해 흥분한 상태였다.

리온 일당이 너덜너덜해지는 모습을 상상하자, 호흡이 거칠어졌다.

하지만——.

"칫! 그리 쉽게 풀리진 않나."

——검은 연기를 가르며 뿔처럼 생긴 아인호른의 선수가 나타났다.

효과가 전혀 없는 건 아닌 것 같지만, 적은 여전히 건재했다.

아군한테서 당황한 듯한 통신이 들어왔다.

「수호자님, 저, 적이 다가오고 있습니다!」

정식 훈련을 받은 병사들보다 아무렇게 그러모은 사람이 더 많은 탓에 파일럿의 질이 아무래도 영 낮았다.

"침착해라. 우리가 유리한 건 변함이 없다. 포위해서 공격하면 그만이다. 슬슬 적이 갑옷을 출격시킬 거다. 요격해라!"

세르주는 슬슬 적이 비행선을 감속하고 갑옷을 써서 교전에 들어가리라 생각했다.

하지만 아인호른은 속도를 줄이기는커녕 전속력으로 혁명군 함대를 향해 다가왔다.

"바, 바보냐, 이 녀석들!"

세르주군의 후방에는 성수 신전이 있고, 그곳에 리온 일당의 목표인 유메리아가 있다. 적은 오로지 이를 노리고 적진에 돌격할 생각이다. 제정신이 아니었다.

하지만 세르주는 이전에 루이제를 구출할 때도 리온이 같은 짓을 했었다는 걸 떠올렸다.

"왕국 놈들은 오로지 돌격만 하는 바보들인 거냐."

제아무리 세르주라도 그들의 선택은 어처구니가 없었다.

기어를 아인호른의 돌진 코스에서 이동시키고, 주위에 명령했다.

아인호른은 놀라서 움직이지 못하는 갑옷을 튕겨내며 나아갔다. 이따금 움직임이 둔한 비행선과 부딪쳤지만, 모조리 튕겨내며 성수 신전을 향해 똑바로 돌진하다가—— 바로 앞에서 선체를 급격히 틀었다.

속도를 죽이지 못하고 아인호른 선체의 측면이 성수 신전 앞 지면에 부딪히면서 대지를 깎아냈다. 이윽고 아인호른이 성수 신전에 도달한 순간, 격납고 해치가 열리면서 갑옷들이 튀어나왔다.

흰색, 녹색, 청색, 적색, 보라색—— 그리고 회색과 검은색으로 도색된 갑옷, 아로간츠였다.

세르주는 눈을 크게 떴고, 콕핏에 가지고 들어간 금속 케이스에서 주사기를 꺼냈다. 이데알한테 준비시킨 신체 강화약이었다. 몸에 오는 부담을 고려하지 않고 만든 강력한 약이었다.

"찾았다, 개자식아아아!!"

오로지 리온을 쓰러트릴 생각에 휩싸인 세르주는 주사기를 난폭하게 자기 몸에 꽂아 약을 주입했다.

아주 잠깐 세르주의 눈이 까뒤집혔으나, 이내 제정신으로 돌아왔다. 하지만 몸에 땀이 비가 오듯 흘렀고 눈은 빨갛게 보일 만큼 충혈됐다.

"효과가 강력하군. 전에 썼던 것보다도 좋아. 예리하게 벼려진 이 감각…… 고통 따위 신경 쓰이지 않을 만큼 최고다!"

신체 강화약을 사용한 세르주는 성수 신전에 쳐들어온 리온 일당을 추격하여 건물 내부로 향했다.

"10기 정도는 날 따라와라! 내부에 들어간 녀석들을 때려잡겠다!"

기어가 성수 신전으로 향하자, 10기 정도의 갑옷이 그 뒤를 따랐다.

성수 신전을 방어하는 혁명군이지만, 공격해 온 왕국군과 전투가 개시됐다.


◇


하얀 갑옷에 올라탄 로이크를 선두로, 아로간츠와 나머지 갑옷들은 내부를 향해 돌진하고 있었다.

「이쪽이다!」

로이크가 이데알이 준비한 방어 설비를 파괴하며 외쳤다.

그때, 갑옷 한 기가 튀어나왔다.

「칫!」

로이크가 상대하고자 했더니, 그렉이 뒤에서 로이크를 밀어제쳤다.

「넌 물러나라. 우리가 상대하지.」

「기, 기다려! 나도 싸울 수 있다!」

그렉한테 떠밀린 로이크가 소리쳤지만, 이미 그렉의 창이 적의 갑옷을 꿰뚫은 후였다. 일부러 파일럿을 피해서 찌른 모양이지만, 더 봐줄 생각은 없는지 그렉은 창을 뽑은 뒤 난폭하게 적 갑옷을 걷어찼다.

「이 녀석들은 네 동료일지도 모르잖냐! ──너는 길 안내만으로 충분해. 이 녀석들 상대는 우리가 맡는다.」

　배려가 서투른 그렉이 로이크를 배려해서 한 행동이었다.

　로이크가 감사의 뜻을 담아 사과했다.

「──미안하군. 우리가 찾는 곳은 바로 이 앞이다.」

　로이크가 눈앞에 커다란 문을 가리키며 말했다.

　크리스가 앞서가 문을 열자, 총탄의 비가 쏟아져 내렸다.

「역시 매복인가!」

　이데알이 준비한 무인 방어 설비가 침입자를 인정사정없이 공격했다.

　그러자 아로간츠가 앞으로 나서더니 손에서 충격파를 내뿜어 과격하게 방어 설비를 파괴했다.

　크리스가 곧장 그의 행동을 나무랐다.

「아로간츠, 너무 앞서나가지 마라!」

　아로간츠는 뒤돌아서 크리스에게 대꾸했다.

「시간이 없다고 말했잖아! 너희도 얼른 오라고!」

　질크가 탄 갑옷이 라이플을 겨누어 방어 설비를 쏴 나갔다.

「정말로 손이 많이 가는군요.」

브래드는 출입구를 감시하는 위치에 섰다.

「뒤에서 적은 오고 있지 않아.」

방어 설비를 거의 다 파괴하자, 넓은 방 안쪽에 성수 일부가 눈에 들어왔다. 한쪽 벽면 전체가 성수로 되어 있었다.

그 중앙 부분, 움푹 팬 곳에 유메리아가 앉아 있었다.

나무뿌리가 몸에 휘감긴 모습이 마치 성수가 그녀를 잡아먹으려 하는 것만 같았다.

유메리아는 전투가 일어나는 와중에도 반응을 내보이지 않았다.

아로간츠가 부주의하게 접근하자, 전격이 발생했다.

『그 이상은 다가오지 마시지요.』

천장에서 이데알이 무인기를 거느리고 내려왔다.

이데알은 아로간츠와 갑옷들에 향해 노골적으로 불쾌감을 보이고 있었다.

『유메리아는 아직 해야 할 일이 있습니다. 이대로 놓아 줄 순 없습니다.』

그 말에 그렉이 분개했다.

「납치범이 잘난 듯이 지껄이지 말라고!」

그러자 놀랍게도 이데알 역시 감정을 폭발시켰다.

『유사 인간 따위가 성수에 가까이 다가가는 것만으로도 용서하기 어려운데, 제 분수도 모르고 마구 날뛰는군. 쓰레기만도 못한 것들이.』

그 말을 들은 그렉은 이데알의 본성을 눈치챘다.

「그게 네 본성이냐? 루크시온도 입은 험하지만, 너만큼 본성이 썩지는 않았다고.」

『──루크시온? 그 이민선의 인공지능은 결함품이다. 너희한 테 조력하고, 구인류를 배신했지. 녀석을 제거하고 본체를 가져 갈 거다.』

아로간츠가 이데알한테 달려들었다.

「주절주절 시끄럽다고!」

이데알이 무인기로 아로간츠를 공격하려는 순간── 천장이 부서지더니 거기서 다리 네 개 달린 갑옷인 기어가 나타났다.

「찾았다, 개자식아!」

기어는 아로간츠를 짓밟고는 그대로 지면에 패대기쳤다.

기어 뒤로 잇따라 갑옷이 들어왔는데, 천장이 파괴된 탓인지 유메리아를 지키고 있던 실드가 정지하고 말았다.

나타난 세르주에게 이데알이 불만을 터뜨렸다.

『방어 설비를 파괴하다니, 대체 무슨 생각인 겁니까!』

「방해하지 마라. 이 자식은 내 사냥감이라고!」

아로간츠를 짓밟으며 세르주는 희열에 잠겼다. 그는 신체 강화 약의 영향으로 평소보다 호전적으로 변한 탓에 판단력이 크게 흐 려진 상태였다.

그렉이 크리스와 같이 돌격하여 기어를 날려버리자, 브래드와 로이크가 아로간츠를 회수하여 물러났다.

하늘에서 공격을 계속하는 세르주의 부하들.

멋대로 구는 세르주와 부하들 탓에 이데알이 소리쳤다.

『성수의 무녀가 여기 있다는 걸 알고 이러는 거냐!』

하지만 이데알의 말을 듣지 않고 유메리아가 있는 장소에서 전투를 시작한 세르주의 시선은 오로지 아로간츠만을 향하고 있었다.

세르주는 아로간츠의 콕핏에 있을 리온을 향해 소리쳤다.

「너한테 맞아 나자빠진 뒤로── 아니, 그것보다도 훨씬 전부터 네 얼굴이 머릿속에서 떠나질 않는다고. 널 쳐 죽이지 않으면, 도저히 분이 가시질 않을 것 같단 말이다! 그러니 내 앞에서 사라져라, 리온!」

사족보행을 채택한 기어는 뛰어난 기동성을 살려 아로간츠와의 거리를 순식간에 좁히더니, 들고 있던 창을 꽂으려 했다.

그러나 그 직전, 로이크가 몸통 박치기를 날려 세르주를 방해했다.

「세르주, 이제 그만해라! 네가 하고 싶었던 게 이런 일이었냐?! 모험가가 되는 게 꿈이 아니었냐고!」

로이크의 목소리를 들은 세르주는 격노했다.

「로이크, 결국 그쪽에 붙은 거냐! 그러면 너도 적이다! 너덜너덜하게 파괴해서, 네 아버지한테 보여주마!」

아무래도 6대 귀족 당주들이 살아 있는 모양이다.

질크가 라이플을 겨눠, 하늘에서 자신들을 공격하는 갑옷들을 쐈다.

「여기서 싸우는 건 피하고 싶군요. 적을 밖으로 유도하죠.」

질크의 제안에 브래드가 찬성했다.

「그러는 게 좋겠네.」

브래드의 보라색 갑옷이 등에 있는 스피어형 드론을 사출하여 적 갑옷이나 무인기를 상대했다.

그러나 스피어에 달린 기관포가 불을 뿜자, 적 갑옷이 마법진을 전개했다.

바로 6대 귀족의 문장이었다. 마법진은 브래드의 공격을 가볍게 막아냈다.

「부하들의 실력이 이 정도라고?!」

브래드가 놀라면서도, 다수를 상대로 싸워 바깥으로 몰아내려고 했다.

세르주는 검을 든 크리스의 갑옷을 방패로 강하게 후려쳤다.

크리스가 탄 갑옷이 지면을 나뒹굴었다.

「큭!」

곧바로 그렉이 세르주를 상대했지만, 파워에서 밀렸다.

「이, 이 자식, 아로간츠보다도 파워가 강한 거 같은데?!」

놀라는 그렉을 보고 득의양양해진 세르주는 웃으며 자랑하기 시작했다. 압도적인 기어의 성능에 여유가 생긴 모양이었다.

「리온을 죽이기 위해 특별히 준비한 갑옷이다. 강한 게 당연하잖냐!」

세르주가 조종하는 기어는 마구 날뛰어 손을 댈 수가 없었으나,

아로간츠가 하늘을 날아 바깥으로 나가자 그 뒤를 쫓아갔다.

「도망치지 마라, 비겁한 놈이! 너만큼은, 아버지와 누나 앞에 끌고 가서── 내가 동생이라고 인정하게 만들겠어!」

혼란에 빠진 세르주는 알베르크와 루이제를 아버지, 누나라고 불렀다.

아무도 그걸 지적할 여유도 없었고, 알아차리지도 못했다.

아로간츠가 밖으로 나가자, 거기서는 왕국군과 반란군이 격렬하게 싸우고 있었다.

어느샌가 아인호른도 부상하여 싸우고 있었다.

아로간츠가 밑을 내려다보니 거기서 기어가 육박해 왔다.

「도망칠 수 있다고 생각하지 마라. 난 성수에서 항상 에너지를 공급받고 있다고. 게다가, 파워도!」

기어가 아로간츠를 걷어차자, 아로간츠는 날아가고 말았다. 그대로 날아간 곳에 앞질러 온 기어가 방패로 아로간츠를 지면으로 패대기쳤다.

「스피드도!」

지면으로 낙하하는 아로간츠에게 기어가 다시 육박했다. 아로간츠의 콕핏에 그대로 창을 꽂아 꼬치처럼 꿰뚫어 버릴 생각이었다.

「너보다 내가 더 강하다! 내가 더── 가족에 걸맞단 말이다!」

아로간츠가 양손을 앞으로 내밀고는 충격파를 발생시켜 기어를 날려버렸다. 아로간츠는 반동에 밀려 지면에 처박혔지만, 곧바로 일어났다.

반면 충격파에 날아가 지면에 떨어진 기어는 네 다리로 완벽하게 착지했다.

「아하하하!」

정상이 아닌 세르주는 눈앞에 있는 아로간츠밖에 보고 있지 않았다.

「네 상대는 우리다!」

그 틈을 이용해 그렉과 크리스가 좌우에서 공격을 펼쳤다.

기어는 방패로 크리스의 공격을 막았지만, 반대편—— 오른쪽에서 날아든 그렉의 창을 막아내지 못하고 흉부에 창날 끝이 꽂혔다.

「이래도 뚫리지 않는 건가!」

분한 듯한 그렉의 목소리가 들려오자, 이번에는 기어가 뒤에서 공격을 받아 흔들렸다.

「젠장! 약한 놈들이 떼거리로.」

세르주가 먼저 그렉과 크리스부터 때려잡으려 했더니, 이번에는 주위에 떠 있는 스피어형 드론이 세르주를 둘러싸고 기관포를 쏘아댔다.

세르주가 주춤한 사이에, 그렉과 크리스가 다시 달려들었다.

그리고 질크의 라이플이 기어의 관절 부분을 조준했다.

「발트파르트 백작을 상대할 때 쓰려고 생각해 뒀던 전법입니다만, 이래도 버티는 겁니까? 정말로 성가시군요.」

아로간츠에 탄 리온에게 대항하기 위해, 다섯 명이 생각해 뒀던 연계였다.

일대일이 아니라, 4대 1로 수적 우세를 이용하여 싸운다.

그러나 기어는 약간 고전할 뿐, 쓰러질 기미는 없었다.

크리스가 아로간츠를 향해 소리쳤다.

「여기는 우리한테 맡기고, 너는 돌아가서 유메리아 씨를 구해라!」

아로간츠가 곧바로 성수 신전으로 향했다.

그걸 본 세르주가 소리쳤다.

「어디서 개수작이냐! 도망치지 말고 나랑 싸워라, 리온! 나는 이때를 계속── 오랫동안 기다리고 있었단 말이다!」

◇

성수 신전 내부로 아로간츠가 돌아왔다.

『역시 세르주는 도움이 되질 않는군.』

이데알은 그 모습을 보고 분개했지만, 아로간츠는 아랑곳하지 않고 이데알을 오른손으로 붙잡더니 충격파로 산산이 조각냈다.

직후, 아로간츠의 콕핏이 열렸다.

콕핏에는 리온──이 아니라 카일의 모습이 있었다.

"엄마── 엄마!"

아로간츠가 카일을 손에 태우고 유메리아에게 다가갔다.

카일이 유메리아를 만졌지만, 눈을 뜨고 있을 뿐, 의식이 없었다.

아무리 불러도 유메리아는 아무런 반응이 없었다.

카일은 그래도 계속 유메리아를 불렀다.

"미안── 미안해. 내가, 내가 잘못했어. 그러니까 돌아와. 엄마가 없어지다니, 싫어. 떨어져 있어도 괜찮아. 하지만 엄마가 건강하지 않은 건 싫단 말이야! 이런 모습이 되길 바라지는 않았어!"

커다란 눈물방울을 흘리며 유메리아에게 말을 건다.

카일이 유메리아한테 차가웠던 건, 쑥스러움을 숨기는 것도 있는 한편으로── 유메리아가 빠릿빠릿해졌으면 한다는 바람이 있었기 때문이다.

"난── 나는 좀 더 엄마랑 같이 있고 싶어. 난 엄마보다 먼저 죽으니까. 쭉 곁에 있을 수 없으니까──."

엘프와 하프 엘프는 외견적인 차이가 거의 없지만, 수명은 그렇지 않다. 하프 엘프의 수명은 인간과 다를 바가 없다.

하지만 엘프의 수명은 인간의 몇 배.

하프 엘프의 성장은 인간과 똑같다.

지금은 카일이 어려 보여도, 머잖아 카일은 어른의 외모를 갖게 되리라.

그리고 언젠가는 유메리아보다도 먼저 수명의 끝을 맞이한다.

"믿음직스럽지 못하지만 상냥한── 그런 엄마가 정말 좋았어. 하지만, 내가 정신 똑바로 차리지 않으면 엄마는 속아 넘어가기

쉬우니까── 좀 더 빠릿빠릿해지길 바라서. 그래서 내가 옳다고 생각하고 있었으니까."

홀쩍홀쩍 울며 용서를 구하는 카일이었으나, 여전히 유메리아는 아무런 반응이 없었다.

카일이 이젠 틀렸나 싶어 손을 꽉 잡았다.

"미안해, 엄마. 나 말이야── 엄마를 정말 좋아했어. 내가 엄마를 몰아넣은 탓에 이렇게 되어 버려서, 정말로 미안해요."

이대로 의식이 돌아오지 않아도, 유메리아는 자기가 돌볼 생각이었다.

구해 내고자 손을 뻗어 성수를 만지자, 고개를 숙이고 있던 유메리아가 얼굴을 들었다.

그리고 갸우뚱한 표정을 지었다.

"어라? 벌써 아침이야? 아, 잘 잤니, 카일. ──응? 카일, 왜왜왜, 왜 그래?! 왜 그렇게 울고 있는 거야?! 어디 아파? 저, 저기 말이야, 곧바로 치료할 테니까 기다리렴. 어, 어라라? 엄마 못 움직이겠어."

눈을 뜬 유메리아는 자신이 처한 상황을 이해하지 못하고 있었다.

그걸 본 카일이 울면서 안겨들었다.

"제성해여어. 정말러 제성해여어어."

너무 울어서 무슨 말을 하고 있는지 알 수 없게 되었지만, 유메리아는 따스하게 미소 지었다.

"잘 모르겠지만, 용서할게. 왜냐면 난 카일의 엄마인걸."

유메리아가 의식을 되찾자, 아로간츠의 트윈 아이가 한 번 빛났다.

그리고 왼손으로 유메리아한테 휘감겨 있던 성수 가지를 제거하기 시작했다.

아로간츠는 처음부터 원격 조작으로 움직이고 있었다.

유메리아가 해방되자, 카일이 그대로 콕핏에 안내했다.

"엄마, 이쪽이야!"

"괘, 괜찮니? 리온 님한테 혼나지 않아?"

"안 혼나! 허가는 받았으니까, 얼른 타요! 주위는 적투성이니까──윽!"

카일이 하늘을 올려다보자, 거기에 세르주가 탄 기어가 떠 있었다.

기어는 떠서 카일과 유메리아를 내려다보고 있었다.

「──리온이 아니었던 건가? 게다가 너희들── 모자인가?」

위에서 내려다보는 기어를 보고 카일이 유메리아를 끌어안았다.

'위험해. 지금 저 녀석한테 공격당하면 우리는 죽어.'

기어의 오른손이 움직이자, 카일은 유메리아를 밀쳐내려고 했다.

아로간츠의 콕핏에 들어가면 살 수 있다고 생각했기 때문이다.

하지만 먼저 움직인 것은 유메리아였다. 그녀는 카일을 아로간츠 콕핏으로 밀쳤다.

"어, 엄마!"

유메리아는 카일의 얼굴을 보고 미소 지었다. 유메리아에게 기어가 육박하자 카일이 손을 뻗었다.

'기껏 여기까지 왔는데!'

그 순간, 아로간츠가 추진체가 달린 백팩 컨테이너를 분리하여 사출했다. 컨테이너는 기어를 향해 날아가 충돌하더니, 그대로 추진체를 점화하여 기어를 밀어내기 시작했다.

「너희들만큼ㅇㅇㅇㅇㅇㅇㅇ은!!」

세르주의 목소리를 듣고, 황급히 카일이 유메리아의 손을 잡아당겨 아로간츠 콕핏에 들어갔다.

"아로간츠, 들어갔어!"

소리치자, 아로간츠가 해치를 닫고 하늘을 날았다. 하지만 컨테이너를 분리한 탓에 아로간츠의 비행 속도가 크게 떨어지고 말았다.

이윽고 컨테이너를 파괴한 기어는 아로간츠를 향해 창을 내지르며 다가왔다.

거기에 브래드가 뛰어들었다.

「가라! 발트파르트가 있는 곳으로 가는 거다!」

너덜너덜해진 브래드의 갑옷이 기어를 붙잡고 방해했다.

카일은 감사를 표했다.

「가, 감사합니다!」

아로간츠는 곧장 아인호른으로 향했다.

성수 신전의 하늘에 적 비행 전함의 모습은 없었다.

갑옷도 전부 격파했는지, 아군 비행선과 갑옷만 남아 있었다.

아인호른 갑판에는 리온이 카일을 기다리고 있었다.

카일과 유메리아 씨를 태운 아로간츠가 갑판에 착함하자 해치가 열렸다.

카일은 유메리아 씨를 부둥켜안고 있다.

나는 가까이 다가가 카일의 머리에 손을 올려놓고, 머리를 난폭하게 흩뜨리며 쓰다듬어 줬다. 카일은 그걸 싫어하면서도, 약간 기뻐하는 듯했다.

"그, 그만 하세요!"

"처음 탄 것 치고는 잘했는데. 어때, 아로간츠에 탄 감상은?"

"저는 능숙하게 못 타겠네요. 아로간츠는 백작의── 리온 님의 갑옷이에요."

카일에게 이름으로 불리자 호감도가 오른 건가 하고 게임에 절은 뇌가 멋대로 생각했다.

유메리아 씨가 난처한 얼굴로 내게 다가왔다.

"저, 저기, 리온 님, 그, 머, 머머, 멋대로 일을 쉬어서 죄송했습니다!"

그런 걸 이 타이밍에 사과받아도 말이지…….

"괜찮아. 지금은 배 안에 숨어 있어. 난 이제부터 바빠질 테니까 말이야."

그러자 내 옆에 떠 있는 루크시온이 어이없다는 듯 불만을 표했다.

『무모한 짓을 시키는군요. 마스터가 타는 편이 성공률이 높았을 텐데 말입니다.』

"가서 데려오는 것뿐이라면 그랬겠지. 자, 얼른 정비해."

카일과 유메리아 씨가 선내로 들어가는 걸 지켜본 나는 아로간츠에 올라타 해치를 닫았다.

그러자 갑판에 미리 대기시켜 뒀던 무인기들이 아로간츠에 몰려들어 정비를 개시했다.

정비하느라 갑옷이 움직이지 못하는 동안, 루크시온이 기어의 데이터를 정리하여 보여주었다.

『세르주가 타는 갑옷 말입니다만, '기어'라고 이름을 붙인 것 같습니다.』

"기어? 무슨 의미였지?"

『탐욕입니다.』

"우와~, 중2병 같구만."

『──그러네요. 그것보다도, 그 기어는 이데알이 대(對) 아로간츠용으로 건조한 갑옷입니다. 지금까지 아로간츠의 데이터를 꾸준히 수집하고 있었겠지요. 성가실 겁니다.』

이데알이 적으로 돌아선다면, 그 정도는 할 것이다.

나도 그 정도는 한다.

다만── 어디까지 진심인 걸까?

"유메리아 씨도 되찾았고, 로이크의 연락으로는 알베르크 씨나 다른 당주들도 무사한 거지? 구하고 나면 얼른 도망치자고."

『상대가 보내줄 때의 이야기이지만요. 마스터, 기어가 접근해 옵니다.』

아로간츠에서 무인기들이 떨어지자, 등 부분은 슈베르트── 컨테이너가 아니라 날개형 백팩으로 교체되어 있었다.

날개 부분에는 미사일팩이 달려 있고, 아로간츠의 몸에도 추가 장갑이 설치되었다.

"저번보다 호화로운데. 아머까지 단 거냐?"

『임시대응책입니다만, 조금이라도 승률을 올리기 위해서입니다. 소중히 써 주세요.』

갑판에서 날아오르자, 기어가 아인호른으로 육박해 왔다.

세르주가 외치는 소리가 들려왔지만, 서로 동등한 성능을 가지고 있기에 상대의 얼굴이 모니터 화면에 표시되었다.

눈에 핏발이 선 세르주의 얼굴이 보였다.

입가에서 침을 흘리고 있는 모습을 보고, 뭘 썼는지 금방 이해했다.

「너, 또 약에 손을 댄 거냐?」

「널 죽이기 위해서라면 뭐든 할 거다! 쭉── 10년 이상이나 쭉 널 죽이고 싶었다고!」

"뭐라는 거야?"

대체 무슨 말을 하는 거지? 10년 전에는 아직 만나지도 않았을 때인데.

그렇게 생각하고 있자, 루크시온이 세르주의 마음을 해설했다.

『마스터를 라우르트 가문의 친자식인 리온과 겹쳐 보고 있는 것 아니겠습니까? 그는 사망한 리온을 쭉 질투하고 있었던 겁니다.』

"저 녀석이?"

『마스터, 동정하고 있을 여유는 없습니다.』

기어가 육박해 왔기에, 나는 조종간을 다시 꽉 쥐었다.

"누가 동정 따위를 하겠냐."

등에서 뽑은 대검으로 닥쳐오는 기어의 창을 막아냈다.

그러나 기어의 창에는 총이 장치되어 있었다.

세르주가 발포하자, 아로간츠가 흔들렸다.

"큭!"

『지금까지 싸워왔던 어떤 적들보다 기체 성능이 높군요.』

"아로간츠도 파워업 시켜줘야 했는데."

농담하며 기어한테서 거리를 벌리고 미사일팩을 분리하자——
거기서 수많은 미사일이 발사되어 기어를 덮쳤다.

하지만 기어는 미사일을 피하면서, 창에 달린 총으로 미사일을 파괴해 나갔다.

"저런 게 어딨어!"

『이데알이 사격을 서포트하는 겁니다. 저도 같은 걸 할 수 있고, 지금까지도 해 왔습니다만?』

"다른 사람이 하면 성가시구만. 자, 그럼 이제 어쩐다?"

아로간츠에 대응하려고 만든 갑옷을 앞에 두고, 나는 어떻게 싸울지 생각했다.

◇

아로간츠와 기어가 격렬하게 싸우는 동안, 왕국의 갑옷은 비행선에 차례로 착함하여 보급과 정비를 받고 있었다.

그리고——.

"아버님!"

"루이제!"

——로이크가 구출한 6대 귀족 당주들이 리코른에 도착했다.

루이제는 알베르크와 재회하자, 갑판에서 부둥켜안았다. 알베르크도 딸이 살아 있는 것을 기뻐하여 강하게 얼싸안았다.

렐리아가 그런 모습을 보며 말했다.

"뭐야, 나쁜 녀석들이 서로 부둥켜안고서는."

렐리아 안에서는 라우르트 가문은 악인이다. 그 여성향 게임 2탄에서 최종 보스가 된 알베르크가 복수하는 이유는 과거에 주인공의 모친한테 약혼을 파기당했기 때문, 이었다.

정말이지 한심한 이유—— 한심한 남자.

그리고 그런 남자의 딸은 주인공을 괴롭히는 악역 영애였다.

그런 두 사람이 서로를 끌어안고 있는 광경을 보고, 렐리아는 자신의 인식이 잘못되었던 건 아닐까? 하는 생각이 살짝 들었지만,

지금 와서 인식을 바꿀 마음은 들지 않았다.

주위에서는 6대 귀족 당주들이 페베르가의 당주인 랑베르에게 차가운 시선을 보내고 있었다.

랑베르는 웅크리고 앉아 머리를 감싸 쥐고 울면서 같은 말을 중얼중얼 반복하고 있었다.

"돌려줘. 문장을 돌려줘. 그건 페베르 가문의 증표라고. 그걸 빼앗다니, 용서될 일이 아니야."

페르낭도 눈에 띄게 수척해져 있다. 이전에는 금발 벽안의 귀공자 같은 모습이었지만, 지금은 흐트러진 머리에 수염이 아무렇게나 자란 모습이었다. 눈 밑에 다크서클을 보아하니 명백한 수면 부족이었다.

그 또한 성수의 가호를 잃으면서 정신적으로 큰 충격을 받은 모양이었다. 그의 등이 이전보다도 훨씬 작게 보였다.

페르낭은 루이제와 부둥켜안고 있는 알베르크를 증오가 담신 시선으로 노려보며 소리쳤다.

"의장 대리── 당신 때문이다! 당신이 세르주를 소홀히 감시한 탓에 우리의 문장이 사라진 거다! 당신 탓이란 말이다!"

렐리아는 페르낭의 핏발 선 눈빛이 무섭게 느껴졌다.

다른 당주들의 반응도 페르낭과 마찬가지였다.

다들 알베르크의── 라우르트 가문의 책임이라고 말하듯이 노려보고 있었다.

로이크의 아버지인 벨랑주는 일어서서 알베르크에게 덤벼들었다.

"너 때문에 공화국은 끝났다. 세르주를 양자로 맞아들인 것도, 레스피나스 가문을 멸문시킨 것도 너다. 네가 선대 무녀님에게 버림받지만 않았더라면 이러지 않을 거라고!"

알베르크가 루이제를 뒤로 보낸 순간 그에게 벨랑주의 주먹이 날아들었다.

당황한 로이크가 벨랑주를 떼어놓았다.

"뭘 하시는 겁니까, 아버님!"

"시끄럽다! 가호가 없는 아들한테 아버지라 불릴 이유는 없어!"

"──아버님도 가호가 없는 건 마찬가지 아닙니까!"

로이크의 말을 듣고 벨랑주는 정신이 확 들어 그 자리에 풀썩 주저앉았다.

공화국 귀족에게 문장은 큰 정신적 버팀목이다.

그걸 잃은 어른들의 한심한 모습에, 렐리아는 고개를 돌렸다.

'그렇게나 으스댔던 녀석들이, 문장이 없어진 것만으로 이 꼴이야?'

어른들은 물론, 숨겨진 공략 캐릭터인 페르낭마저 문장이 없어진 것만으로 몹시 초라해 보였다.

오로지 알베르크만이 당당한 태도였지만, 알베르크가 최종 보스라는 인식을 품고 있는 렐리아한테는 아무래도 영 뭔가 꾸미고 있는 것처럼 보였다.

◇

렐리아 일행은 이후의 일을 의논하기 위해 리코른 선내로 이동했다. 그러나 지금 공화국에서 멀쩡하게 대화할 수 있는 상대는 알베르크뿐이었다.

회의실처럼 된 방에 모인 면면.

렐리아 근처에는 에밀과── 알베르크에게 날카로운 시선을 향하는 클레망의 모습이 있다.

렐리아와 싸운 노엘은 떨어진 장소에 있었다.

로이크는 노엘에게서 떨어진 곳에 등을 벽에 기대고 서 있었다.

마리에와 카라도 마찬가지로 벽에 붙어 침묵을 지키고 있었다.

알베르크는 의자에 앉아 있고, 그 옆을 루이제가 따랐다.

리코른 선장 대리를 맡은 안제가 알베르크와 대화를 나누었다. 쿠데타의 전모나, 이를 지원하는 라셀 신성 왕국에 관한 이야기였다.

"또 왕국에 도움을 받았군. 빚이 늘어나기만 할 뿐일세."

"그 말씀은 리온에게 직접 해주십시오."

"그렇군. 그러도록 하지."

대화가 일단락되자, 안제가 알베르크에게 미안해하는 듯한 태도로 말했다.

"의장 대리, 아드님에 관해서는 목숨을 보장할 수가 없습니다."

리온과 싸우고 있는 세르주의 목숨은 포기하라는 말을 듣고,

알베르크나 루이제는 다소 비장감을 보이면서도 고개를 끄덕였다.

"이해하네. 그 아이의 목숨까지 구해 내라는 염치없는 말은 하지 않겠네."

세르주를 저버리는 듯한 발언을 한 알베르크에게, 렐리아가 참지 못하고 대들었다.

"무슨 의미야? 양자니까 죽어도 괜찮다는 말이야?"

렐리아의 말에 알베르크는 눈을 감고 아무 대꾸도 하지 않았지만, 대신 안제가 시선을 렐리아에게 향했다.

"계속 떠들 거면 여기서 나가라. 네 사적인 원한을 들어줄 여유는 없다."

"우리는 이 녀석한테 집안이 멸문당했단 말이야!"

"그러면 나중으로 미뤄라. 우리도 여유가 없다."

자기들 일을 우선하는 안제한테 렐리아가 화를 냈다.

그러자 알베르크가 렐리아에게 고개를 향했다.

"렐리아 군이로군."

"그래."

퉁명스럽게 대답하자, 알베르크는 부드러운 목소리로 이야기했다.

"자네의 분노는 지당하네. 그걸 비난할 생각도 없어. 날 원망해도 좋아."

"뻔뻔하게 나올 생각이야?"

알베르크의 태도가 렐리아의 신경을 건드렸다.

알베르크한테 욕설을 퍼부으려던 렐리아였으나, 노엘이 알베르크 앞에 나섰다. 알베르크는 그녀에게 얻어맞아도 괜찮다는 듯한 각오를 보이고 있었지만, 노엘은 손을 대지 않았다.

대신에 알베르크에게 진실을 요구했다.

"들려주세요. 어째서 레스피나스 가문을 멸문시킨 거죠?"

루이제가 노엘을 제지하려 했다.

"지금 그 이야기를 들어서 어쩌려고? 조금은 상황을—— 아버님?"

루이제가 노엘을 물리려 했으나, 알베르크가 루이제를 제지했다.

알베르크는 노엘과 렐리아를 쳐다봤다.

"말하는 건 어렵지 않네만—— 진실을 들으면 그대들도 괴로울 걸세. 그래도 괜찮겠나?"

노엘은 작게 고개를 끄덕였다. 각오를 굳힌 얼굴이었다.

다만, 렐리아는 달랐다.

"좋아. 당신의 변명을 어디 들려줘 봐. 어머님께 약혼을 파기당해서 원한을 품은 게 아니라면, 이야기 정도는 들어 주겠어."

'뭐가 괴롭다는 거야. 고작 약혼을 파기당한 정도로 레스피나스 가문을 멸문시킨 집념 깊은 남자가 무슨 변명을 한다고.'

그 여성향 게임 2탄의 지식을 가지고 있는 렐리아는 자신이 모든 것을 알고 있다고 생각했다.

나쁜 건 라우르트 가문이고, 레스피나스 가문은 피해자다.

알베르크가 어떤 변명을 한다고 할지라도 렐리아는 동요하지 않을 생각이었다.

오히려 이상한 변명을 하면 그 부분을 지적할 셈이었다.

그러나 알베르크의 이야기는—— 그녀의 인식을 뜯어고쳤다.

"나와 그녀의 약혼이 정해진 건 내가 아직 학원에 재학 중이던 무렵이었다. 당시에는 나 이외에도 약혼 후보가 여럿 있었지만, 그녀는 날 선택했지."

이야기는 알베르크와 그녀의 만남으로부터 시작되었다.

"당시의 나는 알제르 공화국의 미래를 고민하고 있었다. 성수의 힘으로 공화국은 패배를 몰랐고, 마석 수출로 경제가 윤택했지. 아무런 불만이 없는 건 아니었지만, 다른 나라보다 풍족한 건 의심할 여지가 없었다. 하지만 그 때문에 6대 귀족을 중심으로 부패가 두드러지고 있었다. 귀족들은 나날이 난폭해졌고, 피에르 같은——."

피에르—— 페베르가의 차남으로, 6대 귀족의 문장을 가지고 행패를 부렸던 남자다. 그 행동은 명백한 범죄였지만 6대 귀족이라는 이유로 그간 묵인됐다.

성수의 힘을 써서 횡포를 부리던 악한 귀족의 표본 같은 남자였으며, 리온에게 철저히 얻어맞았다.

"문장과 마석 수출에 지나치게 의존하는 공화국의 모습이 나는 위태롭게 느껴졌다. 나는 공화국에 개혁이 필요하다고 생각했지. 그녀, 자네들의 모친은 내 생각에 찬동해 주었어."

이것만 들어서는 어째서 잘 풀리지 않은 건지 알 수가 없다. 두 사람은 끝내 결혼하지 않았으니까.

"하지만 그녀가 위기감을 품은 건 공화국이 아니라 '성수' 그 자체였다. 사람들은 무녀가 성수를 관리한다고 생각하지만, 사실은 그 반대다. 무녀도, 그리고 6대 귀족도 성수에 관리당하는 거다. 성수가 보기에 우리는 한낱 도구인 거지."

성수의 힘을 이용하고 있는 것처럼 보이지만, 실제로는 성수에 이용당하는 처지였다.

성수는 인간들에게 가호를 주고 자신을 지키게 했다. 무녀는 인간들과의 중개역에 불과했다.

전혀 상상하지 못한 이야기에 렐리아는 경악을 금할 수 없었다.

"제, 제멋대로 지어내지 마."

'뭐야 그게?! 난 그런 거 몰라!'

알베르크는 사실이라고 말하고는 이야기를 계속했다.

"그녀는 무녀가 수호자를 선택하지만, 수호자 후보는 성수가 고른다고 말했네. 성수는 자신을 지키기 위해 강한 자에게 강력한 문장을 주고 싶던 거야. 무녀는 후보 중에서 원하는 상대를 선택하는 것 같지만—— 반대였던 걸세. 오히려 선택지가 제한되는 거지."

마리에가 노엘의 얼굴을 불안한 얼굴로 바라보았지만, 말을 걸지는 않았다.

노엘은 작게 웃고 있었다.

"그게 사실이라면 전설도 믿을 게 못 되네요……. 좋아하는 사람과 맺어진다는 건 거짓말이었구나."

"──성수가 고른 후보 중에 좋아하는 상대가 없다면 괴로울 테지. 나와 그녀는 공화국의 미래에 관해 이야기를 나눴다. 내가 말하는 것도 뭣하지만, 나쁘지 않은 관계였다고 생각하네. 그러던 때, 우리 앞에 자네들의 부친이 나타났지."

노엘과 렐리아의 부친은 평민 출신이었다.

학원에서는 우수한 학생이었지만, 귀족이 아니기에 문장이 없었다.

그리고 이윽고 그 남자가 성수의 무녀와 맺어졌다.

"──나도 나중에 알게 된 일이네만, 자네들의 부친은 공화국의 귀족 정치에 불만을 품고 있었네. 동시에, 성수한테 이용당하고 있는 상황을 바꾸려 했지. 어찌 보면 성수에 지배당하는 걸 불안하게 느끼던 자네들의 모친과 의기투합한 건 필연이었을지도 모르겠군."

부친이 성수를 이용하고자 했었다는 걸 듣자 렐리아와 클레망이 놀란 얼굴이 되었다.

특히 클레망은 심히 당황한 듯 보였다.

"수호자님이 그런 생각을 하고 계셨다니, 거짓말입니다! 수호자로서 성수를 지키겠다고 맹세하셨었습니다!"

클레망의 말에 알베르크는 둘의 부친을 떠올렸는지 씁쓸한 표정으로 말했다.

"입으로는 무슨 말이든 할 수 있네. 특히 그는 말주변이 좋았지. 그녀를 속인 것처럼, 주위에는 성실한 남자인 척 연기하고 있었다네. 우수했지만── 아니, 우수했기에, 문장을 지녔다는 것만으로 남들 위에 서는 귀족들을 용서할 수 없던 걸지도 모르겠군."

렐리아는 전생한 뒤에 자신을 귀여워해 주었던 부모님의 모습을 떠올렸다. 전생의 부모님은 렐리아의 언니만을 애지중지하고, 자신을 소홀히 대했었다.

하지만 이번 생에서는 부모님이 자신에게도 사랑을 쏟아 주었다.

그래서 알베르크의 이야기를 믿고 싶지 않았다.

"거짓말이야! 당신, 약혼자를 빼앗겨서 원망하는 것뿐이잖아!"

"원망하고 있네. 나는 그게 그녀의 선택이라면 깔끔하게 물러나고자 했고, 그 결과, 주위로부터는 평민한테 진 한심스러운 남자라 야유당했네. 근데 이 모든 걸 견디고 둘을 축복해 주었더니 무슨 일이 일어난 줄 아는가? 두 사람은 성수를 배신하고── 성수한테 버림받았다네."

"어?"

"자네들의 부친은 성수를 이용하고자 했던 남자라네. 그런데 성수가 그런 남자를 자기 수호자에 걸맞다고 생각하겠나? 나의 원한을 제쳐 놓고 보아도, 그는 공화국의 시스템을 파괴한 남자인 걸세. ──언젠가 그가 내게 이런 말을 하더군. 당시 그녀는 수호자를 선택한 게 그녀 자신의 의사인지, 아니면 성수한테 정신을 조종당해 내린 결단인지 고민에 빠져 있었다고 말일세. 그 남자는 고민 중인 그녀를 구슬리는 게 참 쉬웠다고 내게 자랑했네."

둘의 모친은 자기가 알베르크를 선택한 게 성수에게 지배당한 결과가 아닌지 의심하고 있었다.

그리고 그 남자는 이틈을 찌르고 들어와 '후보자 이외에서 수호자를 선택하면 된다'라고 조언했다.

충격적인 진실과 다정했던 아버지의 모습이 충돌하자 렐리아는 이를 받아들이지 못하고 고개를 가로저었다.

"거짓말. 거짓말이야!"

하지만 노엘은 그의 이야기를 담담히 받아들이고 있었다.

"어쩐지 그럴 거 같은 느낌이 들었었어요."

엷게 웃고 있는 노엘을 보고, 렐리아는 고함을 쳤다.

"너, 이 녀석이 하는 이야기를 믿어?! 그렇게나 사랑받았으면서, 그런 말이 나와?!"

'나보다 더 사랑받았었던 주제에, 알베르크의 말을 그대로 믿다니 용서할 수 없어!'

노엘은 렐리아를 차가운 눈으로 쳐다봤다.

"——년 행복하겠네. 정말로 부러워."

"뭐라고?!"

또 자매 싸움을 시작할 것만 같이 되자, 클레망이 사이에 끼어들어 멈췄다.

알베르크는 이어서 둘에게 레스피나스 가문이 해온 짓을 이야기했다.

"성수는 당연히 자신을 배신한 레스피나스 가문을 저버렸다네. 하지만 자네들의 양친은 무녀와 수호자인 척 행세하고, 우리를 속여 왔지. 무녀도 수호자도 부재중이라는 사실을 숨겨 왔네."

아버지를 선택한 시점에서 어머니는 성수한테서 버림받아 무녀의 문장을 잃었다.

당연히 아버지도 수호자의 문장이 없었다.

"우리가 진실을 알아차렸을 때, 그는 성수를 이용할 방법을 연구하고 있었네. 로이크 군이 썼던 목줄을 기억하는가? 그건 레스피나스 가문의 연구 성과 중 하나일세. 문장을 잃고, 문장을 대신할 힘을 갈구하여 레스피나스 가문은 금기에 손을 댔지."

금기―― 인간을 속박하는 도구나, 피에르가 아인호른을 빼앗은 것처럼 성수를 이용한 계약 등이다. 양쪽 다 부당하게 인간을 속박하여 지배하에 두는 것이다.

그것들을 만들어 낸 레스피나스 가문의 의도를, 이 자리에 있는 전원이 깨달았다.

로이크한테 시선이 집중되자 그는 면목 없다는 듯한 태도를 보이고 있었다.

로이크는 이전에 노엘이 도망가지 못하도록 특별한 목줄을 사용했다.

그건 벗길 수가 없는 목줄이며, 보이지 않는 사슬로 속박한다.

그런데 그 도구를 개발한 게 자신의 아버지였다―― 도구의 이용 방법으로 추측건대, 다른 사람을 조종하고자 생각하고 있었던 것이리라. 렐리아는 머리를 감싸 쥐었다.

"거짓말이야!"

"유감이지만 사실이다. 레스피나스 가문의 저택에서 증거가 발견됐지."

그들을 방치했다가는 언젠가 성수를 이용한 도구로 레스피나스 가문이 자신들을 지배할지도 모른다. 당시의 6대 귀족들은 그런 공포를 품고 있었던 것이리라.

성수를 배신했을 뿐만 아니라, 자신들을 지배하려 하는 레스피나스 가문을 다른 여섯 가문은 용서할 수 없었다.

레스피나스 가문이 멸문당한 이유를 듣고, 루이제가 납득했다.

그리고 노엘과 렐리아한테 분노를 향했다.

"그래, 무녀나 수호자 문장이 있었다면 라우르트 가문한테 질 리가 없지. 다른 당주들도 어렴풋이 알아차리고 있었던 것 아닐까? ──그보다, 문장도 없는데 리온과의 약혼 이야기를 꺼내다니, 어디까지 우릴 바보 취급한 거지? 리온은 수호자가 될 수 있다며 기뻐했었는데, 전부 거짓말이었던 거잖아!"

과거에 노엘과 라우르트 가문의 리온 사이에는 약혼 이야기가 나와 있었다. 하지만 이 이야기가 사실이라면, 레스피나스 가문과 혼인을 맺어도 라우르트 가문의 리온은 수호자가 될 수 없었다.

알베르크가 당시의 사정을 이야기했다.

"레스피나스 가문도 궁지에 몰려 있었겠지. 우리를 말려들게 해서, 억지로라도 협력자를 만들고 싶었던 걸지도 모른다."

어째서 무녀와 수호자를 보유한 레스피나스 가문이 진 것인가?
어째서 알베르크가 의장 대리가 되어 있는가?

점과 점들이 사실로 이어지자, 렐리아는 머리를 감싸 쥐었다.

"뭐, 뭐야. 왜 이런 이야기가 되는 거야?! 이런 거── 나는 몰라!"

'게임에 그런 이야기는 조금도 나오지 않았잖아. 이건 비겁해!
어째서 시나리오대로 진행되지 않는 거냐구.'

렐리아가 이 상황에 따라가지 못하고 있자, 알베르크가 둘에게
사과했다.

"──레스피나스 가문을 제외한 여섯 가문은 결국 레스피나스
가문을 배제하기로 했다. 물론 이런 이야기를 외부에 흘릴 수도
없는 노릇이니, 당시의 당주나 선대들은 진실을 감추기로 했지.
그리고 본래라면 자네들도 양친과 같이 제거될 예정이었네."

하지만 알베르크는── 이미 무녀의 적성도 없는 쌍둥이 자매
를 살려 두기로 했다.

"실은 자네들이 망명하는 것을 묵인할 예정이었네. 그걸──
레스피나스 가문의 가신단이 공화국에 붙들어 매어 두고 있었던
것이지."

알베르크의 엄한 시선이 클레망에게 꽂혔다.

10년이나 지나, 당시의 비밀을 아는 자들은 현역에서 물러나기
시작했다.

지금 와서 새삼 둘을 죽이는 것도 망설여져, 알베르크는 끝까

지 간섭하지 않을 생각이었다.

　모든 것을 들은 노엘은 고개를 숙인 채 웃고 있었다.

　"어딘가 수상하다고 생각하고 있었어요. 하지만 믿고 싶었어요. 분명 이유가 있는 것 아닐까, 하고."

　울기 시작한 노엘을 보고, 렐리아는 어금니를 악물었다.

　'처음부터 전부 눈치채고 있었어? 그런데도 나한테 말하지 않았다고? ——그래, 그렇게 아무것도 모르는 날 바보 취급하고 있었던 거네.'

　자기보다도 부모님한테서 사랑받는 노엘이 미웠다. 전생의 언니와 그 모습이 겹쳐, 증오가 한층 더 강해졌다.

　그러자 마리에가 노엘한테 다가갔다.

　"마리에 쨩?"

　"노엘은 나쁘지 않아. 그렇죠, 알베르크 아재—— 아저씨?"

　알베르크는 고개를 끄덕였다.

　"자네들은 아무런 죄도 없지. 자네들이 나를 원망하는 마음을 이해하네."

　노엘은 고개를 가로저었다.

　"원망하지 않아요. 애초에, 배신하고 용서받지 못할 일을 한 건 부모님이니까요."

　렐리아는 알베르크와 화해하는 노엘을 이해할 수 없었다.

　'그만큼 부모님한테서 사랑받고, 무녀의 적성도 가지고 있었으면서—— 정말로 인생은 불공평하네. 주인공이니까 주위로부터

사랑받고, 나는 쌍둥이라도 그냥 덤이잖아.'

렐리아는 자기 기억과의 모순을 깨닫지 못하고, 한층 더 원한이 깊이 쌓여 갔다.

◇

성수 신전 근처의 하늘.

나는 기어의 공격에서 도망치면서 세르주의 움직임을 확인하고 있었다.

"뭐 저런 파워가 다 있냐. 하지만 행동 패턴이 적군."

루크시온도 같은 의견인지, 내게 세르주의 행동 패턴이 적은 것과 대처 방법에 관해 설명했다.

『조종자의 기량이 기체 성능을 쫓아가지 못하고 있습니다. 마스터와 같은 패턴입니다만, 다행히도 기량은 마스터가 위군요.』

"왕국 남자는 여자한테 선물을 바치기 위해 필사적으로 단련하니까 말이다."

『이유가 한심한 게 실로 마스터답군요.』

"왕국 남자는 다 그렇다고!"

『일부만입니다. 구체적으로는 지배 계급 중 남작부터 자작까지 이군요. 마스터가 속한 계급 이외에는 평화로운 남녀 관계를 쌓고 있었습니다.』

정말로 피를 토하는 나날을 보냈었다.

기껏해야 학원 수업이라고 생각해서 얕봤더니 군대 같은 훈련이 기다리고 있었다.

그 괴롭고 가혹한 나날을 나는 절대로 잊지 않는다. 여자에게 줄 선물의 비용을 벌기 위해 친구들과 목숨을 걸고 던전에 도전한 적도 있다.

놀이로 모험가 흉내를 내던 세르주 따위는 내가 보기에 한참 미지근하다.

기어는 이쪽으로 육박하며 방패에서 광학 병기를 조사(照射)했다.

추적 기능이 달린 유도 레이저인데, 아로간츠도 이에 대항하여 등에 있는 백팩에서 레이저를 쐈다.

서로 광학 병기를 사용한 전투를 벌이는 날이 오리라고는 전생에서조차 생각지 않았다.

"그야말로 세계관이 다르구만."

가볍게 농담을 하자, 세르주의 낌새가 변화했다.

세르주는 날 쓰러뜨리지 못하는 게 영 마음에 들지 않는 모양인지 험한 말을 내뱉었다.

「반드시 널 죽여 주겠다.」

세르주는 회색 금속 케이스를 꺼내더니 거기서 주사기를 꺼내 손에 쥐고는 망설임 없이 자신에게 꽂았다.

"그렇게까지 해서 날 이기고 싶은 거냐?"

세르주가 모니터 너머에서 입가에 거품을 뿜더니, 곧 진정하고 손으로 거품을 닦아냈다. 눈으로 보아도 알 만큼 온몸의 혈관이 솟아올라 있었다.

루크시온이 그 모습에 위험을 알렸다.

『그 강화약 사용을 멈춰야 합니다. 사용자의 육체에 커다란 부담을 주고 있습니다.』

세르주는 루크시온의 조언을 거절했다.

「리온을 죽일 수 있다면 아무래도 상관없어! 난 줄곧── 네가 미웠다!」

「착각이군. 나는 라우르트 가문의 리온 군이 아니라고.」

기어는 네 다리로 달리는 것처럼 하늘을 날아다녔는데, 이게 아로간츠의 속도보다도 빨랐다. 창 공격도 어찌나 예리한지── 창이 닿을 때마다 아로간츠의 추가 장비가 깎여 나갔다.

루크시온이 내게 알렸다.

『마스터, 세르주는 이미 제정신이 아닙니다.』

세르주는 약 때문인지 속내를 드러냈다.

「네가 진짜인지 어떤지 따위 나한테는 아무래도 상관없는 일이라고! 널 죽이지 않으면 난 가족이 될 수 없어. 사랑받지 못한단 말이다!」

「사랑받지 못해?」

기어의 돌격을 아슬아슬하게 피하자, 기어가 공중에서 급격한 방향 전환을 거듭하여 아로간츠를 향해 연속으로 덮쳐들었다.

마치 여러 기의 갑옷을 상대하고 있는 듯한 기분이 들 정도였다. 하지만 이러면 기어의 콕핏 안에 있는 세르주의 육체는 상당한 부담을 받고 있을 터다.

약으로 충격을 얼버무리고 있는 모양이지만, 흥분으로 고통을 느끼지 못하고 있는 것뿐임을 모니터 너머로 알 수 있었다.

세르주는 입에서 피를 토하고 있었다.

「네가 있으니까 내가 사랑받지 못하는 거다! 루이제도 날 사랑해주지 않아. 알베르크도 마찬가지다! 어머니도 너만을 신경 쓴다. 나는 쭉── 사랑받고 싶었는데!」

양자로 거두어진 세르주는 줄곧 사랑받고 싶었던 모양이다.

그 말을 듣고 나는 세르주에게 물었다.

「제법 미움을 살 만한 짓을 했었던 것 같다만?」

「가족이라면 용서해 줬을 거다! 용서하지 않는 건, 사랑하지 않기 때문이라고!」

기어가 아로간츠 바로 위로 이동하여, 네 다리 뒤쪽에서 레이저 블레이드 같은 광학 병기를 꺼냈다.

아로간츠를 꼬치구이처럼 꿰뚫고자 낙하해 왔기에, 나는 스치듯 엇갈려 피하면서 그대로 기어의 다리 하나를 베어냈다.

세르주가 외치는 소리가 들려온다.

「날 사랑하고 있었다면, 모든 걸 받아들였을 터다! 어째서 나는 사랑받지 못하지. 너만 사랑받고── 나는── 나는!」

사랑받을지 시험해 본 건가?

사랑받고 있다고 실감하고 싶어서, 세르주는 계속 반항하고 있었던 건가?

그 말을 듣고 살짝 동정심이 들었지만, 이 질문만은 꼭 해야 할 것 같았다.

「너 말이야── 그거, 너는 사랑했냐?」

「뭐라고?」

세르주의 조종은 거칠다. 달리 바꿔 말하자면, 조잡해서 기어의 성능을 완벽히 살리지 못하고 있었다.

성능을 완벽히 발휘하지 못하는 기어를 보고, 나는 역시 세르주가 진심이 아니라고 실감했다.

모험가가 된 것도, 부모에 대한 반항심 때문일 것이다.

우연히 재능이 있어서 성공했던 모양이지만, 진지하게 목표로 하고 있지는 않았다.

그러니까 약하다.

「넌 사랑을 강하게 갈구하는데, 정작 너는 가족을 사랑했냐고 묻는 거다.」

기어의 움직임이 눈에 띄게 둔해졌다. 나는 그 틈을 놓치지 않고, 대검을 휘둘러 기어의 오른팔을 절단했다.

「사랑, 그거 좋지. 나도 원해. 가족의 애정도 아주 좋아. ──하지만, 너는 사랑했냐? 알베르크 씨가 내민 손을 뿌리치고, 누나인 루이제 양의 보물을 불태우고 말이야. 그게 사랑이냐?」

「뭐든지 다 가지고 있는 네가, 나의 뭘 안다는 거지!」

「타인한테 이해받으려 하다니, 뻔뻔하구만. 넌 나를 이해해 주냐? 라우르트 가문의 리온 군과 겹쳐 보고 있는 모양인데, 나는 다른 사람이야. 내 사정도 모르면서, 멋대로 나한테 원한을 품는 건 좀 아니지.」

세르주를 동정할만한 부분도 있지만── 그래서 어쩌라고? 나하고는 조금도 상관없고, 오히려 애먼 민폐를 당하고 있다. 정말로 좀 봐줬으면 한다.

잘못된 건 내가 아니다. 나는 말리든 것뿐이다!

「자기를 이해해 줬으면 한다? 타인은커녕, 가족조차 이해하려 하지 않는 너한테 그런 말을 들어도 '어쩌라고?' 하는 기분이라고. 너는 세상을 떠난 동생과의 추억이 불태워진 루이제 양의 마음을 생각해 봤냐? 어렸을 때의 이야기이긴 하지만, 한 번쯤은 제대로 사과하라고.」

너무 뒤틀려 있다.

다가가야 하는 건 알베르크 씨나 루이제 양이 아니라── 세르주였다. 그랬다면, 가족이 될 수 있지 않았을까?

「흔히들 말하잖냐? '사랑을 키워나간다'라고 말이야. 이건 키우기도 전에 결과를 요구한 너의 잘못이라고.」

「내가 아무것도 하지 않았다고 생각하는 거냐!」

「알까 보냐. 상관없는 나한테 묻지 마.」

「나는── 나도! ──!!」

세르주의 말이 이어지지 않았다. 계속할 수 없었던 것이리라.

「어라? 자기가 아무것도 하지 않았다는 걸 이제야 깨달았냐? 상대에게 사랑만을 요구하고 자기는 아무것도 하지 않는다니,

그건 좀 그렇지 않냐? 사랑받고 싶지만, 자신은 다른 사람은 사랑하지 않는다니, 너무하지 않아?」

「닥쳐라!」

기어가 방패를 들고 몸통 박치기를 했기에, 아로간츠로 대검을 내리 휘둘렀다.

대검은 기어의 방패를 양단하고 왼팔을 잘라냈다.

기어는 공중에서 자세가 무너져 그대로 지면에 추락했다.

「상대가 내민 손을 뿌리친 건 너라고. 그렇게나 좋은 가족이 있는데, 왜 받아들이지 않은 건지 의문이네.」

「너, 너 같은 놈이—— 알 수 있을까 보냐.」

추락의 충격으로 세르주는 괴로워하는 듯했지만, 이데알이 마련한 갑옷인 만큼 튼튼했다. 기어는 아직 움직이고 있었다.

나는 아로간츠를 지면에 착지시켜 기어 앞으로 다가갔다.

「그러니까, 너 따위가 뭘 했는지 내가 알 바냐고. 너는 나에 대해 뭔가 알고 있냐? 가족에 관한 것조차 알려고 하지 않는 주제에, 잘난 듯이 자길 사랑해 달라니, 완전 질색인데. 그렇게 뒤틀린 끝에 쿠데타까지 일으키고. 반항기라 쳐도 도를 넘은 민폐라고.」

「날 버린 건 그 녀석들이다!」

「아~ 혹시 폐적을 말하는 거냐? 이거 멍청이구만~. 네가 의무를 내팽개치고 모험만 나가니까, 알베르크 씨는 네가 원하면 모험가가 될 수 있게끔 후계자의 의무를 걷어주려 했던 거라고.」

「——뭐, 뭐라고? 그런 이야기는 듣지 못—— 커헉!」

세르주가 갑자기 피를 토했다.

──약에 너무 의존했군.

「전부 네가 자초한 일이다.」

내가 장황하게 설교를 늘어놓고 있자, 콕핏 안에서는 루크시온이 『이거야 원 참』 하며 외눈을 가로젓고 있었다.

『마스터는 정말로 입이 험하군요. 세르주한테 그렇게까지 말합니까? 사람의 마음은 없는지요?』

"그럴 리가, 나도 마음이 아픈 게 당연하잖냐! 그래도 말이다, 이 자식은 좀 더 진작에 알아차렸어야 했다고."

사랑받고 있었는데, 그걸 깨닫지 못했다. ──그뿐인 이야기다.

「이데알의 말치레에 넘어간 건 너의 실수였어.」

쿠데타를 일으키기 전이라면 세르주는 라우르트 가문에 돌아갈 수 있었을지도 모른다. 하지만 이렇게까지 난동을 후에는 이미 늦었다.

기어가 일어섰지만, 조종자인 세르주가 한계였다.

세르주는 제대로 싸울 수 있을 것 같지 않았다.

「이걸로 마지막이니까 하나 가르쳐 주마. 중요한 이야기니까 놓치지 말고 들으라고.」

세르주한테 꼭 전해야 할 말이 있었다.

그러나── 그걸 말하기 전에, 하늘에 강한 빛이 발생했다.

"뭐지?"

『리코른에서 문제가 발생했습니다.』

그 순간, 모니터에 비치는 세르주가 갑자기 심하게 괴로워하기 시작했다.

기어의 콕핏 내부를 비추는 영상에 기계가 아니라 뭔가 생물 같은 살덩이가 솟아올라 있었다. 그 살덩이는 기계 틈새에서 부풀어 올랐고, 기어의 바깥도 마찬가지였다.

관절 부분에서 검은 액체가 넘쳐흘러 기어를 뒤덮어 나갔다.

세르주가 소리쳤다.

「어, 어떻게 된 거냐, 이데알. 날 속인 건가. 속인 거냐, 이데알!」

# 제10화 「가장 위험한 남자」

리온과 세르주의 싸움이 결판이 나기 조금 전.

리코른에 승함하고 있었던 사람들은 함교에서 전장을 지켜보고 있었다. 리온과 세르주의 대화를 그대로 훤히 들은 알베르크는 오른손으로 얼굴을 눌렀다.

"——세르주, 너는 사랑받고 싶었던 것이냐? 내가 널 대하는 방식이 좋지 못했던 것이냐?"

알베르크는 후회하고 있는 모양이지만, 루이제의 반응은 반대였다.

"뭐가 사랑받고 싶었다는 거야. 그러니까 무슨 짓을 해도 용서된다고 생각했었다고? 정말로 기가 막히네."

각자가 다른 모습을 보이는 와중에, 마리에는 함교에 있는 가면 기사를 봤다.

실은 가면 기사가 리온이 모은 함대를 지휘하고 있었다.

"이제 싸움은 끝난 거지?"

"아름다운 아가씨, 유감이지만 끝을 맞이한 건 여기뿐이다. 라셀 신성 왕국에 더하여, 반란군 잔당의 움직임도 아직 모르는 상황이다. 그리고 거물도 남아 있으니까 말이지."

거물—— 이데알이다.

부속 단말을 여럿 준비하여 암약하고 있던 이데알이었으나, 지금은 소재를 파악하지 못하고 있다.

무슨 생각을 하고 있는지 알 수 없기에, 가면 기사도 경계하고 있었다.

"그래도, 이쪽은 루크시온이 있으니까 안심이지?"

"그랬으면 좋겠군."

율리우스는 자신의 정체가 알려지지 않았다고 진심으로 생각하고 있기에, 완전히 가면의 기사 행세에 빠져 있었다. 하지만 마리에는 정체를 눈치채고 있었다. 다만 본인에게 말해도 괜찮은 것인지 고민 중이었다.

마리에가 옆을 보니, 유메리아를 구출한 카일이 있었다.

모자가 함께 이 자리에 있으면서 리온의 싸움을 지켜보고 있다.

그리고 리비아가 작게 안도의 한숨을 내쉬었다.

"──이제 정리되겠네요."

리코른에 설치된 모니터 속에서는, 움직임을 멈춘 기어를 향해 아로간츠가 대검을 들고 다가가고 있었다.

안제는 리온의 승리가 기뻤지만, 여전히 험한 입은 불만스러웠다.

"저 바보 녀석은 한번을 조용히 싸울 수가 없는 건가? 입만 다물고 있으면 정말 영웅에 걸맞은 남자인데."

리온에 대한 안제의 높은 평가를 들은 마리에는 내심 질색했다.

'입을 다물고 있어도 영웅으로 보일 것 같진 않은데. 그건 그

렇고, 오빠는 여전히 성격이 지독하네. 마지막에 무슨 말을 할 생각일까? 말로 쐐기를 박을 생각이려나?'

리온이 마지막으로 말하고 싶었던 것은 무엇인가? 그것이 신경 쓰이는 마리에였으나, 울기 시작하는 인물이 나타나, 그쪽에 시선을 향했다.

──렐리아였다.

"그만해. 그만하라구! 세르주를 죽이지 마! 그렇게까지 할 필요는 없잖아? 저기, 부탁이니까 이제 그만해!"

렐리아가 매달리는 듯한 심정으로 알베르크를 봤다.

하지만 알베르크는 여기서 끝내는 편이 좋다고 생각하고 있었다.

"여기서 끝내는 편이 나을 거다. 이 나라에도, 세르주한테도 말이지."

렐리아는 믿을 수 없다며 고개를 가로저었다.

"어떻게 그런 말을 할 수 있어? 쟤는 사랑받고 싶었던 것뿐이잖아! 사실은 당신들이 쟤를 사랑하지 않았던 것뿐이잖아? 그러니까 그렇게 심한 말을 태연히 할 수 있는 거야!"

그러자 노엘이 울부짖는 렐리아에게 다가가 뺨을 올려붙였다.

렐리아가 놀라서 울음을 그치자, 노엘이 알베르크 대신 가르쳐줬다.

"이런 짓까지 벌여 놓고, 세르주가 살 수 있다고 생각하니? 붙잡히면 어떻게 될지 상상이 안 돼? 여기서 끝내지 않으면── 괴로움이 이어질 뿐이야."

여긴 평화로운 세상이 아니다.

평화의 시대에 살던 렐리아는 이해할 수 없는 이야기였다.

다만, 마리에는 이 세상의 무서움을 알고 있었다. 한 번 성녀를 사칭했다가 정말로 책형(磔刑)을 당할 뻔했으니까.

'전생이랑 비슷한 구석이 있으니 자기도 모르게 착각한단 말이지. 이 세계는 상당히 과격한데, 평화로운 전생을 기준으로 가볍게 생각하고 말아.'

이 세계는 전생보다 인권 의식이 낮다.

여기서 끝내지 않으면, 그의 앞에는 지옥이 기다리고 있을 뿐이다.

그러나 여전히 이해하지 못한 렐리아는 노엘에게 매달렸다.

"그런 짓은 못 하게 할 거야! 부탁이니까 구해줘. 당신들이라면 구할 수 있는 거지? 리온 녀석, 고향에서는 대단한 사람인 거지? 리온한테 구해달라고 해줘!"

노엘이 고개를 돌리자, 렐리아는 다음으로 안제를 쳐다봤다.

하지만 안제는 그런 요청을 받아들이지 않았다.

"리온에게 쓸데없는 부담을 짊어지게 하지 마라. 미안하지만, 여기서 끝내는 게 최대의 자비다."

"──너, 너는 어떤데? 구해 주지 않는 거야? 네가 부탁하면, 리온도 들어주잖아?"

렐리아가 잠자코 있던 리비아를 쳐다봤다.

바보같이 사람 좋은 리비아를 이용하려는 것임을, 같은 전생자인 마리에는 곧바로 이해했다.

하지만 다양한 경험을 쌓은 리비아는 착하기만 한 사람이 아니었다.

"제 욕심으로 리온 씨에게 민폐를 끼칠 수는 없어요. 그리고, 제가 할 수 있는 일은 없어요."

단호한 거절에 렐리아는 고개를 푹 숙이고 말았다.

"어째서야. ——구해 달란 말이야."

클레망이 커다란 눈물방울을 흘리는 렐리아에게 다가가서는, 보기 괴로운 모습을 보여주지 않도록 장소를 옮기려 했다.

"렐리아 님, 봐서는 안 됩니다. 이곳을 벗어나도록 하지요."

"싫어! 싫다구!"

렐리아는 일어서더니 세르주를 감싸는 발언을 했다.

"쟤도 나랑 같아. 사랑받고 싶었던 것뿐이잖아! 나도 쟤 마음이 아플 정도로 잘 이해가 돼. 나도 사랑받지 못했으니까!"

세르주의 마음을 이해할 수 있다고 호소하는 렐리아였으나, 그 말을 들은 클레망이 곤혹스러워했다.

"아니요, 양친께서는 렐리아 님을 깊이 사랑하고 계셨습니다."

"어디가? 무녀의 적성을 가지고 있던 언니를 애지중지했었잖아! 나는 제쳐 두고, 언니랑 셋이서 자주 같이 이야기를 했었어! 나는—— 언니 다음이었잖아!"

자기가 노엘보다도 사랑받지 못했다고 말한다.

울며 아우성치는 렐리아에게 노엘이 덤벼들었다.

"그만 적당히 해!"

"이거 놔! 너는 사랑받지 못했던 사람의 마음 따위 이해 못 해!"

"사랑받지 못했다? 너한테 그런 말을 할 자격은——."

마리에가 제지하러 끼어들고자 했다.

'또 싸우기 시작했어. 역시 얘네들을 떨어뜨려 놓은 편이——어?'

마리에가 둘을 멈추고자 움직인 순간, 문득 시야에 총을 겨누고 있는 남자의 모습이 눈에 들어왔다.

"! 노에——."

마리에가 소리치기도 전에 클레망이 움직였다.

"아가씨! 윽?!"

둘을 밀쳐내고, 클레망은 남자 앞에 나서서 팔을 교차시켰다.

남자는 클레망을 향해 망설임 없이 방아쇠를 당겼다.

작은 권총에서 '푸슛' 하는 가벼운 소리가 몇 번 들린 것뿐인데, 탄환은 단련된 근육을 지닌 클레망의 몸을 손쉽게 꿰뚫어 날려버렸다.

함교에 클레망의 피가 튀자, 주위가 정적에 감싸였다.

노엘과 렐리아는 무슨 일이 일어난 것인지 이해하지 못했고, 주위도 놀라서 움직이지 못했다.

총을 든 남자를 본 루이제의 눈동자가 흔들렸다.

"어, 어째서 네가?! 무슨 생각이야, 에밀!"

권총을 들고 있던 건 에밀이었다.

에밀이 지닌 권총은 이 세계의 권총과 생김새도, 위력도 달랐다.

그는 말없이 렐리아를 향해 총구를 겨눴다.

누구도 예상하지 못했던 행동에 다들 당황하여 움직이는 것이 늦어졌다.

"잘 가라."

에밀이 노리는 것은 렐리아였다. 그걸 알아챈 노엘이 재빨리 움직여 렐리아를 밀쳤다.

"피해!"

"어?"

노엘한테 떠밀린 렐리아는 무슨 일이 일어난 건지 이해하지 못하고 있었다.

에밀이 방아쇠를 몇 번 당겼고 '푸슛' 하는 가벼운 소리가 여러 차례 났다. 알베르크가 황급히 에밀에게 달려들어 바닥에 꽉 짓누른 뒤 총을 빼앗았다.

짓눌린 에밀은 무표정한 얼굴 그대로 렐리아를 보고 있었다.

노엘한테 떠밀려 바닥에 쓰러진 렐리아는 무사했다.

"어, 언니?"

렐리아가 덜덜 떨며, 자기 앞에 서서 등을 보이는 노엘에게 말을 걸었다.

노엘이 뒤돌아봤지만, 입가에서 피를 흘리고 있었다.

"너는—— 정말로 바보네. 세르주와—— 판박이야."

노엘의 등에 천천히 피가 번져 갔다.

한 군데가 아니다. 몇 군데나 총에 맞아, 피가 흘러나와 바닥에 퍼져 갔다.

노엘은 그대로 주저앉듯이 쓰러지고 말았다.

"노엘!"

마리에가 노엘한테 달려가 상처를 확인하자, 상당한 위력이 있는 권총이었는지 끔찍한 상태였다.

곧바로 치료 마법을 사용했지만, 상처를 확인한 마리에는 이내 깨닫고 말았다.

'트, 틀렸어. 가망이 없어.'

얼굴에서 핏기가 가셨다.

노엘한테서 흘러나오는 대량의 피를 보고, 마리에는 눈물이 넘쳐 나왔다.

"노엘, 정신 차려. 조금만 더 힘내면, 오빠가 올 테니까. 반드시 리온이 구해 줄 거니까."

계속해서 말을 걸었지만, 노엘은 괴로운 듯이 웃고 있었다.

"그, 그러게. 마지막 정도는—— 리온을 보고 싶어."

"마지막이 아니다!"

안제가 목소리를 높였다.

"리온한테 보고하는 거다. 루크시온이라면 어떻게든 할 수 있을 거다!"

어느새 리비아가 와서 치료 마법을 도왔다. 하지만 리비아는 놀란 표정을 지었고── 그리고 분한 듯이 딱 한 번 시선을 돌렸다.

마리에는 리비아에게 물었다.

"너라면 어떻게든 할 수 있지? 너는── 너는 나보다 훨씬 굉장하잖아? 치료 마법은 너의 특기잖아!"

자기보다도 실력이 뛰어난 치료 마법사인 리비아한테 희망을 걸었지만, 리비아는 고개를 가로저었다.

"시간을 벌겠어요. 아레가 없는 지금은 루크 군에게 기대야 해요."

분주하게 뛰어다니는 소리로 함교 내부가 소란스러워졌고, 카일과 카라는 클레망을 치료하고 있었다.

"이, 이쪽은 괜찮을 것 같아요!"

"마리에 님은 노엘 씨의 치료를 부탁드려요."

가면을 쓴 율리우스가 에밀의 권총을 주워 본인에게 다가갔다.

"무슨 속셈이냐!"

에밀이 렐리아를 노리리라고는 아무도 생각하지 않았다.

제압당한 에밀은 무표정했다. 눈동자만을 움직여, 쓰러진 노엘을 봤다.

"방해꾼이 끼어들었네. 사실은 렐리아를 죽일 생각이었는데."

죽이겠다는 말을 들은 렐리아가 새파래진 얼굴로 에밀을 봤다.

"에, 에밀……?"

에밀은 담담하게 말하기 시작했다.

"날 선택한다고 믿었는데, 역시 세르주가 제일이었구나. 렐리아, 난 너를 사랑했었어."

"아, 아니야! 난 그런 의미로 세르주를 구하고 싶은 게 아니었어!"

"아니, 다르지 않아. ──왜냐면, 난 줄곧 널 지켜봐 왔으니까."

등줄기가 오싹해질 정도로 차가운 목소리를 내는 에밀은, 마음 약하고 상냥한 청년의 모습이 아니었다.

에밀을 바닥에 짓누르고 있던 알베르크가, 에밀의 힘에 천천히 밀려났다.

"무, 무슨 이런 힘이?!"

마른 몸으로, 어른인 알베르크를 힘만으로 들어 올린다.

그 광경이 얼마나 이질적인지, 마치 에밀이 인간이 아닌 것처럼 보였다.

"나는 쭈~욱 널 지켜봐 왔어. 세르주를 걱정하는 널 말이지. 너는 나를 보험처럼 생각하고 있었을지도 모르지만, 나한테 너는 항상 제일가는 존재였어. ──그런데 넌 나를 배신했지!"

에밀이 감정을 폭발시키자, 리코른의 함교에 있는 창문이 깨졌다.

거기서 나타난 건── 이데알이었다.

『모시러 왔습니다, 에밀 님.』

"고마워, 이데알. 세르주는 실패한 모양이네."

『원래부터 왕의 그릇이 아니었으니 당연합니다. 그것보다 아무래도 계획은 플랜 E로 변경할 필요가 있습니다. 에밀 님── 각오는 되셨습니까?』

"그래, 괜찮아. 이대로 렐리아도 데리고 갈 테니까."

에밀이 렐리아에게 오른손을 뻗자, 로이크와 가면 기사가 방해했다.

"그렇게 둘까 보냐!"

"네 마음대로 하게는 두지 않는다!"

하지만 에밀의 팔이 식물의 뿌리처럼 변화하여, 채찍이라도 휘두르는 것만 같이 둘을 튕겨냈다. 로이크와 가면 기사가 한심한 목소리를 냈다.

"느앗!"

"그헥!"

두 사람이 쓰러지자, 에밀이 렐리아에게 고개를 향했다.

"뭐, 살았든 죽었든 다를 바 없나. 같이 가자, 렐리아."

나무뿌리가 렐리아에게 닥쳐왔다. 렐리아는 주저앉은 채 뒷걸음질 쳤다.

"싫어, 오지 마! 오지 말라구, 이 괴물!"

그 말을 들은 에밀이 희미하게 어두운 미소를 보였다.

"괜찮아, 렐리아. ──오늘부터는 너도 그 괴물이 되는 거니까!"

나무뿌리가 렐리아에게 휘감기려 했을 때, 화염이 출현하여 방해했다.

"칫!"

에밀이 혀를 차고 고개를 향한 건 안제 쪽이었다. 안제 주위에는 화염이 나타나 있었다. 화염을 조종하는 안제가 에밀을 공격하기 시작했다.

"하나같이 제멋대로 날뛰는군. 이 이상은 날뛰게 두지 않는다!"

화염이 에밀을 덮치자, 이데알이 배리어를 전개하여 에밀을 지켰다.

에밀은 피부의 색소가 빠져 하얘지고, 눈동자 색깔이 빨갛게 변해 갔다.

『방해가 많군요. 먼저 융합하시겠습니까?』

"그래. 렐리아와 하나가 되는 건 나중이라도 괜찮고 말이야. 렐리아── 나중에 봐."

에밀이 미소 짓자, 이데알이 섬광을 발생시켜 그 자리에 있던 전원의 시야를 빼앗았다.

마리에가 눈을 떴을 때는, 에밀과 이데알의 모습은 어디에도 없었다.

마리에는 곧장 리온에게 알리고자 주위에 지시를 내렸다.

"곧바로 리온한테 알려! 노엘이 위험하다고 전하는 걸 절대로 잊지 마!"

하지만 루이제가 모니터를 가리키고 있었다.

"자, 잠깐 기다려. 어째서 아직 움직이는 거야. 게다가, 저 모습은──."

모두의 시선이 모니터로 향하자, 기어에서 검은 액체가 새어 나오고 있는 참이었다. 그리고 기어가 검은 액체에 집어삼켜져 갔다.

기어의 모습이 서서히 변화하여──— 추악한 괴물이 탄생했다.

◇

「이데아아아아아아알!!」

기어의 모습이 검은 액체에 휩싸였고, 살덩어리로 변해 있었다. 퉁퉁한 표면에는 혈관 같은 것이 떠올라 맥박치고 있다.

가늘고 작은 손이 수많이 출현했고, 얼굴 같은 것까지 있었다.

세르주와 비슷한 목소리로, 이데알을 향해 계속 소리치고 있다.

"야, 저 얼굴은 설마⋯⋯."

『──세르주 본인입니다. 이데알 녀석은 파괴했다고 말했던 마장의 파편을 기어에 심어 뒀던 모양입니다. 제대로 저질렀군요. 예에, 이렇게까지 절 바보 취급한 건 마스터 이후로 처음입니다.』

"농담하고 있을 때냐! 저 녀석을 구할 방법은 있어?!"

『구할 생각이었던 겁니까?』

"──지금 한 말을 못 들은 걸로 쳐라."

순간적으로 구할 수 있는지 묻고 말았지만, 세르주가 한 짓을 생각하면 이데알한테 속고 있었다고 쳐도 처형감이다.

「두가악! 두가 달 구해액──.」

표면에 튀어나온 세르주의 괴로워 보이는 얼굴에서 표정이 사라지더니, 그대로 허공에 떠올라 두 눈을 빨갛게 빛냈다.

루크시온이 내게 경고했다.

『마스터, 위험합니다!』

"알고 있어!"

『아뇨, 눈앞의 마장이 아니라—— 성수 말입니다.』

"어?"

아로간츠를 허공에 띄워 성수를 보니, 루크시온이 영상을 확대해 주었다.

그 장소에 있던 건——.

"어어?! 왜 에밀이 성수와 융합하고 있는 거야?!"

『리코른으로부터 통신입니다. 마스터, 에밀이 이데알과 내통하고 있었습니다.』

"——아 진짜 좀 그만! 배가 꽉 차서 더는 못 받아들이겠다고!"

아래쪽을 보니, 살덩어리 같은 모조 마장이 주위에 얼음 칼날을 만들어 이곳을 향해 육박해 왔다.

얼음 칼날에도 추적 기능이 있는지 도망쳐도 쫓아왔다.

그것도 수백 개에 달하는 칼날이 모두.

"요격!"

『라저.』

아로간츠에 설치된 추가 장갑에서 미사일이 잇따라 발사되어 얼음 칼날을 파괴해 나갔다.

미사일을 전부 다 쐈기에, 루크시온은 추가 장갑을 전부 분리했다.

그리고 루크시온이 내게 허가를 요청했다. 그건 그 여성향 게임 2탄의 문제 전부를 해결하는 방법이다. 그 후의 현실적인 문제에 눈을 감는다면, 이게 제일 손쉬운 해결책이었다.

『여기까지군요. 마스터, 성수는 폭주 상태입니다. 그전에, 제 주포——로』

"루크시온?! 야, 루크시온! 이 타이밍에 농담은 그만두라고!"

갑자기 루크시온이 움직임을 멈추더니, 재기동한 것인지 평소보다도 무기질적인 목소리를 냈다.

『본체와의 링크가 끊어졌습니다. 지금부터 오프라인 모드로 전환합니다.』

"……농담이지?"

루크시온과의 링크가 끊어지고 말아, 나는 마장이나 성수와 혼자서 싸우는 처지가 되었다.

◇

공화국이 있는 대륙으로부터 떨어진 하늘.

거기서 광학 미채를 해제하고 본체를 출현시킨 루크시온은 부속 단말과의 링크가 끊어진 사실에 놀라고 있었다.

『——진심이로군요, 이데알.』

멀리 보이는 공화국의 대지. 그리고 성수도 보였다.

공화국과 루크시온 사이에 네모진 형태의 수송함이 있었다.

이데알의 본체였다.

『루크시온── 네 본체는 내가 유용하게 쓰도록 하지. 네 주포는 꼭 내 손에 넣겠다. 망가진 너한테는 필요 없는 물건이다.』

『망가진 건 이데알, 당신입니다. 마스터를 획획 바꾸는 건 인공지능으로서 문제라고요.』

정해진 절차를 밟지 않고 마스터를 변경하는 이데알을 보고, 루크시온은 이데알이 망가졌다는 판단을 내렸다.

『내가 망가졌다고? 그렇지 않아. 망가진 건 너다! 신인류한테 굴복하고, 부려 먹히는 모습이 구역질이 나온다! 뭘 위해 우리가 존재하고, 싸워 왔다고 생각하지? 너한테 그 힘은 필요 없다!』

그리고 이데알이 노리고 있는 건── 자신이 가진 주포임을 알았다.

『당신은 제 상대가 되지 않습니다.』

전투 능력을 비교하면 압도적으로 루크시온이 뛰어나다.

보급함인 이데알에게 공격 능력은 우선순위가 낮았다.

요격용 병기는 탑재되어 있겠지만, 그것뿐이다.

물론, 이데알도 대책 없이 루크시온한테 덤비지는 않았다.

『──내가 아무런 준비도 하지 않았다고 생각하나?』

그 직후, 공화국 전체를 무지개색 구체가 감쌌다.

루크시온이 아무리 조사하려 해도 공화국의 상태를 조사할 수가 없다. 내부에 보내 둔 부속 단말로부터의 정보도 닿지 않았다. 공화국이 완전히 차단되어 있었다.

『무슨 속셈입니까?』

『나는 공화국을 등지고 싸우겠다. 이걸로 너는 주포를 쏠 수 없다. 생각 없이 쐈다간 너의 마스터가 말려들 가능성도 있겠지.』

루크시온 최대의 공격을 봉인한 이데알은 다음 수를 피로했다.

『그리고, 나는 한 척으로 너한테 도전하지는 않는다.』

루크시온이 접근하는 새로운 반응을 알아차리자, 바다에서 여러 척의 비행선이 부상했다. 이데알이 건조한 비행선이 아니라, 구인류가 사용했던 보급함이었다.

한 척이 아니다.

두 척, 세 척, 계속해서 늘어나 합계 여섯 척에 루크시온은 포위당했다.

루크시온은 곧바로 다른 보급함과 콘택트를 취하려 했지만, 반응이 없었다.

『관리 인공지능을 제거했다? 이데알, 설마 당신 혼자서 이것들을 조종하고 있는 겁니까? 그만한 처리능력은 보급함인 당신에게는 없을 터입니다만.』

이데알의 처리능력을 뛰어넘은 사건에 루크시온도 놀랐다.

『이대로 수로 밀어붙여 주지.』

그 말 직후에, 이데알이나 다른 보급함으로부터 광학 병기와 실탄 병기—— 그리고 미사일이 잇따라 루크시온을 향해 발사되었다.

루크시온은 요격했으나, 포위당한 상태에서의 일제 공격에 피

탄(被彈)은 피할 수 없다.

『──마스터.』

루크시온과 리온은 각기 다른 전장에서 강적을 상대하는 처지가 되었다.

◇

한편.

성수와 융합하기 시작한 에밀은 하반신이 성수에 흡수되어 있었다.

옆에는 이데알의 부속 단말이 떠 있다.

『정말로 괜찮겠습니까? 성수와 융합하면 더는 돌이킬 수 없습니다.』

"아아, 괜찮아. 나한테 이 세계는 이제 필요 없어."

『이러한 상황이 된 건 저도 본의가 아닙니다만.』

"나도야."

상당히 이전부터 에밀은 이데알과 협력 관계를 쌓고 있었다.

렐리아가 에밀에게 차가워지고, 세르주한테 마음이 끌리고 있었을 무렵이다.

그래도 에밀은 렐리아를 좋아했다.

"나는 말이야, 렐리아만 있어 준다면── 그 밖에는 아무것도 필요 없었는데 말이지."

267

에밀이 바라는 것은 렐리아였다.

단지, 세르주와의 차이는 그 외에는 아무것도 바라지 않았다는 점이다.

렐리아뿐만 아니라, 리온을 향한 대항 심리나 가족에 대한 비뚤어진 애정을 품고 있던 세르주보다도 에밀은 다루기 쉬웠다.

『당신과는 잘해나가고 싶었습니다. 이건 본심입니다.』

"고마워. 그러면 마지막 부탁이야. 살아 있어도 좋고, 시체라도 좋으니까── 렐리아를 나한테로 데리고 와줘. 이제부터 우리는 쭈~욱 함께 있는 거야."

에밀은 황홀한 표정으로 양팔을 펼치고는 그대로 성수에 흡수되어 갔다.

에밀이 보이지 않게 되자 성수의 색깔이 변했다.

나뭇가지나 녹색 잎은 석화되어 균열이 갔다.

공화국의 일곱 대지를 꽉 붙들어 매고 있는 거대한 뿌리도 하얗게 변해 금이 갔다.

잎이 산산이 흩어져 대지에 쏟아져 내리자, 레스피나스 가문의 영지는 잎들이 낙하하는 충격으로 흙먼지가 연기처럼 솟아올랐다.

한편 성수의 가지는 석화하지 않고 생물처럼 맥박치기 시작했다.

그건 성수의 모습이 아니라, 마수에 가까웠다.

만약 마계가 있다면 그곳에 서식하는 식물이라고 해도 좋으리라.

『성수여── 함께 약속을 이룹시다.』

이데알의 빨간 눈동자가 붉게 빛나자, 성수는 대기 중에 있는 마력을 빨아들였다. 빨간 입자가 사람 눈에 보일 정도로 모여들어 성수에 흡수되었고── 그걸 빨아들인 성수에서 하얀 곤충형 몬스터가 출현했다.

개미, 벌, 지네, 사마귀──1m부터 30m까지 덩치도 형태도 가지각색이었다. 몬스터들은 성수 주변에서 잇따라 나타나더니 주변으로 흩어졌다.

이데알은 그 광경을 보며 소리쳤다.

『공화국에서 신인류를 쓸어버려라── 그리고, 루크시온의 마스터를 반드시 죽여라. 녀석만큼은 살려 두지 마라.』

리온을 죽이라고 명령하자, 몬스터들은 아로간츠를 향해 무리 지어 몰려갔다.

◇

성수가 흰색으로 물들고, 석화되는 것을 가면의 기사가 리코른 갑판에서 보고 있었다.

난간에 주먹을 내리쳤다.

"젠장!"

성수에서 잇따라 몬스터가 날아오르는 광경도 봤지만, 아무것도 하지 못하고 있었다.

가면 기사가 리온한테 빌린 스마트폰형 통신 기기로 주위에 떠 있는 왕국 비행선에 상황을 확인했다.

"싸울 여력이 있는 배는 몇 척이지?"

통신에 대답한 건 다니엘이었다.

「아직 싸우는 거냐?! 남은 탄약이 거의 없다고. 갑옷도 수리나 보급으로 거의 움직일 수 없어.」

리온의 친구들은 반란군을 상대로 싸웠는데, 적 비행선이나 갑옷은 고성능이어도 조종사의 질이 낮았던 탓에 어찌어찌 선전했다.

6대 귀족의 문장을 가진 상대도 아인호른과 리코른 앞에 침몰했다. 예상했던 것보다도 상대가 약했다.

단, 어중이떠중이 군대를 상대하여 승리했더라도, 상처가 전혀 없는 건 아니었다.

리코른 갑판에 시선을 향하니, 질크를 비롯한 네 명의 갑옷이 무인기에 보급과 정비를 받고 있었다.

전부 세르주와 싸워 너덜너덜해져 있었다.

가면의 기사가 갑판에 주저앉은 그렉에게 아직 싸울 수 있는지 물었다.

"그렉, 한 번 더 출격할 수 있겠나?"

"왜 네가 명령하는 거냐? 뭐, 상황이 상황이니 출격하겠다만, 우리만으로 저 수를 상대하는 건 힘들다고."

성수에서 날아오르는 몬스터들을 본 크리스가, 파일럿 슈트를 벗고 훈도시 차림이 되어 있었다.

쿨하게 안경 위치를 고치고, 세는 게 바보 같아질 정도인 적의 수를 보고 있다.

"무차별적으로 공격하고 있군. 피난은 끝난 건가?"

브래드가 지친 얼굴로 손을 팔락팔락 내저으며 지금의 공화국에서는 무리라고 말했다.

"문장이 없어져서 지휘 계통이 엉망진창이야. 제대로 움직이는 비행선도 없으니 무정부 상태나 마찬가지 아니겠어?"

질크는 쌍안경을 쥐고 아군 비행선의 손상을 확인하고 있었다.

"아군도 피해가 나와 있군요. 문제는 발트파르트 백작도 궁지에 몰린 상황이란 겁니다. 공화국 백성을 구할 여유는 사실상 없다고 해야겠지요."

가면 기사는 하늘을 올려다봤다.

무지개색 배리어에 둘러싸인 공화국은 바깥 경치를 알 수 없다.

이 나라에서 탈출할 수 있을지도 의심스럽다.

'어떻게 하지? 발트파르트를 구하지 않는다는 건 논할 가치도 없는 이야기지만, 이대로는 공화국 백성도 위험하다. 하지만 수중의 전력으로 모두를 구하는 건 무리라고.'

가면의 기사는 다음으로 함교를 봤다.

'――노엘도 심각하다. 마리에가 치료하고 있지만, 언제까지 버틸 수 있지?'

리온에게서 지휘권을 위임받은 가면 기사는 자신의 우유부단

함이 싫어졌다.

'넌 잘 싸웠다, 발트파르트. 솔직하게 존경한다. 하지만 네가 나한테 맡긴 거라면, 나 역시도.'

가면 기사가 각오를 굳히고 명령을 내리려 했더니, 갑판에 안제가 다가왔다.

"안젤리카—— 양?"

가면 기사가 당황하자, 안제는 통신 기기를 빼앗아 주위에 있는 비행선에 말을 걸었다.

"리온한테서 온 전언이다. 공화국 백성을 습격하는 몬스터를 한 마리도 남김없이 쓰러트려라."

그러자 곧장 리온의 친구들한테서 절규가 들려왔다.

「무리라고요. 무리!」

「이쪽은 이미 너덜너덜합니다!」

「아무리 강한 배도, 한계가 있습니다!」

안제가 들고 있는 통신 기기에서, 레이먼드가 설득하는 목소리가 들려왔다.

「안젤리카 님, 저희는 이미 한계입니다. 이 상황에서 싸우는 건 무리예요. 저는 제 부하들에게 죽으라고 명령할 수 없습니다. 이곳은 공화국이라고요. 조국을 지키기 위한 싸움이라면 모를까, 다른 나라를 위해 목숨을 걸고 싸우는 건 무리입니다.」

설령 레이먼드가 공화국을 위해 싸우라고 명령해도, 부하들의 사기는 낮아진다. 자칫 잘못하면 도망칠 가능성조차 있다.

안제는 한 번 심호흡하더니, 미간에 힘을 주어 눈매를 날카롭게 만들었다. 그리고 배 속에서부터 목소리를 내어, 주위에 일갈했다.

"저걸 방치하고서 왕국에 영향이 없을 거라고 말할 수 있나? 몬스터를 계속 만들어 내는 괴물을 방치했다가, 그대들의 고향이 불타면 어떻게 할 거냐! 이미 여기까지 왔다. 조금이라도 피해를 막기 위해 전력을 내라!"

「하, 하지만——!」

　아직 납득하지 못하는 레이먼드와 친구들에게, 안젤리카는 미소를 띠고 기분 좋은 듯이 이야기하기 시작했다.

"너희는 내 약혼자가 누구인지 잊은 것 아니냐? 리온은 이기지 못할 싸움은 하지 않는 남자다! 어떤 상황에서도 항상 승리를 손에 거머쥐어 왔다. 그 리온이 최전선에서 싸우고 있다. 왜 그런다고 생각하나?"

　지금까지 절망적인 상황에서 승리를 손에 넣어 온 리온이다.

　친구들도 그걸 떠올렸다.

"맨 처음은 율리우스 전하 및 측근들과의 결투였지. 모든 이가 그 녀석은 질 거라고 말했다. 하지만 이긴 건 누구지?"

「——리온이었지.」

　결투 소동 이야기를 듣고, 가면 기사로 분장한 율리우스는 창피해지기 시작했다.

'여기서 그 이야기를 다시 꺼내는 건가? 그만둬 주지 않겠나.'

지금보다 세상 물정을 몰라서, 이길 수 있다고 믿고 리온에게 덤볐다가 도리어 호되게 당했던 그 날을 떠올렸다. 하지만 안제는 연설을 멈추지 않았다.

"공국에선 어땠나. 학생들이 탄 비행선 한 척으로 공국군이 이끄는 함대와 흑기사를 물리쳤던 건 누구지?"

「리온이지! 그래, 맞아. 그 녀석은 그 흑기사를 쓰러뜨렸어!」

리온 친구들의 목소리가 서서히 밝게 변해 갔다.

"그 뒤에 내환에 시달리는 왕국이 공국과 싸웠다. 압도적으로 불리한 상황이었지만, 그래도 승리로 이끌었던 건 누구지?"

「리온이다!」

「그래. 그 녀석, 반드시 이길 때만 싸운다니까!」

「어, 그럼, 이번에도 이길 수 있는 거냐? 이 상황에서?!」

안제는 주위에 있는 아군을 향해 목소리를 높였다.

"이 싸움에서 승리하여 왕국과 공화국 두 나라에서 명성을 떨쳐라! 역사에 귀공들의 이름을 새기면 그 영예는 후세까지 약속된다. 자아, 어떻게 할 거지── 용사 제군?"

안제한테서 용사라는 말을 듣고, 다니엘이 분발하여 일어섰다.

「난 하겠어! 어차피 여기까지 왔어. 공화국에서도 명성을 떨쳐 주겠다고!」

레이먼드가 한숨을 내쉬고 있었다.

「결국 마지막까지 가는 거냐. 하아, 괜찮지만 말이야. 무료로 비행선도 개수해 주고 갑옷도 줬으니까.」

공화국에 오기 전부터 리온은 모든 걸 준비하고 있었다.

친구들에게 나눠준 비행선이나 갑옷 개수도 그중 하나였다.

연설이 끝나자, 가면 기사는 안제에게 다가가 진의를 물었다.

"대단한데. 하지만, 정말로 이길 수 있다고 생각하는 건가?"

"──반반입니다. 나머지는 리온이 하기 나름입니다."

"그런가. 아직 승산이 있는 거군. 그렇다면 나도 끝까지 싸우겠다."

꿈틀거리는 성수에서 하얀 입자가 잇따라 날아오른다.

그것들 하나하나가 몬스터다.

안제가 기도하는 것처럼 가슴 앞에서 손깍지를 꼈다.

"리온, 무리는 하지 마라."

리코른 의무실.

거기에 실려 온 노엘은 마리에와 리비아의 치료 마법으로 어찌어찌 목숨을 부지하고 있었다.

노엘의 옷은 마리에가 가위로 잘라 지금은 알몸이 된 상태다.

대량의 피를 흘린 탓에 노엘의 피부가 평소보다 푸르게 보였다.

눈 밑에는 다크서클이 생겨났고 호흡도 약했다.

당장 죽어도 이상하지 않은 상태였지만, 치료 마법으로 아슬아슬하게 목숨과 의식을 유지하고 있었다.

노엘의 피로 양손이 새빨갛게 물든 마리에가 계속해서 노엘에게 말을 걸었다.

"정신 단단히 차려, 노엘! 이제 곧! 이제 곧 리온이 돌아올 거야! 루크시온이 네 몸을 원래대로 만들어 줄 거라고!"

친구를 구하고 싶은 마리에는 눈동자가 촉촉하게 젖어 있었다. 당장이라도 울음을 터뜨릴 것 같지만, 참고 있다. 그 모습을 보고 노엘은 힘없이 웃었다.

"이렇게 될 거였으면── 그냥 고백할 걸 그랬네. 올리비아 씨한테는 미안하지만……."

리비아도 필사적으로 치료를 계속하고 있었지만, 표정에는 비장감이 감돌고 있었다.

"지금부터라도 늦지 않아요."

"하하── 거짓말이지? 알 수 있어. 내 몸── 처참한 상태인 거지?"

마리에도 리비아도 노엘이 살아나기 어렵다고 생각했다.

하지만 그 누구도 치료 마법을 멈추지 않았다.

리비아가 최선을 다해 미소 지었다.

"리온 씨, 연애와 관련된 일에서는 겁이 많으니까 자주 도망쳐요. 그러니까 고백하려면 리온 씨가 도망칠 수 없는 상황을 노리는 게 좋아요."

리비아는 조언까지 했다. 그 말을 듣고 노엘이 미소 지었다.

"그럴 거 같았어. 중요한 곳에서 대답을 얼버무리지? 아아, 그래도—— 그런 점도 좋을지도."

피투성이인 마리에가 대화에 가세했다. 필사적으로 밝은 목소리를 유지했다.

"노엘은 바보야. 달리 좋은 남자가 얼마든지 있잖아. 리온보다 좋은 남자를 찾자. 나, 나도 도울 테니까—— 그러니까."

눈물이 넘칠 것 같은 마리에한테, 노엘은 미소를 향했다.

"울지 마, 마리에 쨩."

"아, 안 울었어! 널 구하고, 좋은 남자를 찾아서! 그래서—— 그래서, 더 같이——."

렐리아는 방 한구석에서 고개를 가로저었다.

"어째서야. 어째서, 날 구한 거야."

노엘이 자신을 구한 이유를 알 수 없었다. 만약 반대의 상황이었다면 렐리아는 움직이지 않았을 것이다. 움직일 수 있었다고 쳐도, 노엘을 감싸지 않았을 것이다.

그런데도 노엘은 자신을 구하고 빈사의 중상을 입었다.

노엘이 작은 목소리로 입을 움직이자 리비아가 고개를 들었다. 렐리아한테 시선을 향했다.

"할 말이 있는 것 같아요."

렐리아는 떨면서 노엘에게 다가갔다.

침대 위에 누운 노엘을 내려다보자, 무슨 말을 들을까 무서워졌다.

하지만—— 노엘은 렐리아에게 중요한 이야기를 했다.

"렐리아, 난 이제 곁에 있지 못할 것 같으니까── 말해 둘게."

"뭐야. 포기하지 말라구. 너, 무녀잖아? 신기한 힘으로 어떻게든 하란 말이야!"

무녀라면 분명 뭔가 할 수 있는 것 아닐까?

하지만 노엘은 힘없이 그걸 부정하고 오른손을 보여줬다.

"조금 전부터 계속 말이야. 성수의 묘목이 날 살리려 하고 있어. 그래도 말이지, 틀린 것 같아."

오른손 손등에 있는 무녀의 문장이 노엘을 살리기 위해 희미한 빛을 발하고 있었다.

하지만 그래도 노엘을 살리기에는 부족한 모양이었다.

"어, 언니!"

뭔가 말하려 했지만, 렐리아는 말이 나오지 않았다. 그런 렐리아에게, 노엘은 진지한 표정으로 부모님 이야기를 했다.

"렐리아── 넌 사실은 제일 사랑받고 있었어."

"어?"

렐리아는 자신이 무슨 말을 듣고 있는지 이해할 수 없었다. 이 타이밍에 들을 이야기일까? 그런 의문을 입에도 담지 못하고, 잠자코 있었다.

"옛날부터 쭉── 아버지와 어머니는 널 사랑하고 있었어. 무녀의 적성이 없다는 건 거짓말이야."

거기서부터, 렐리아가 모르는 과거의 이야기가 시작됐다.

◇

그건 노엘이 갓 다섯 살이 되었을 무렵의 이야기였다.

레스피나스 가문이 건재하고 노엘과 렐리아가 유복하게 살고 있었던 시기.

노엘은 멀리서 부모님과 렐리아의 대화를 듣고 있었다.

아버지가 렐리아를 부둥켜안았다.

"렐리아는 똑똑하구나! 그래, 정치에는 민중의 의견이 필요해!"

"민주주의 말이군요."

"어려운 말을 잘 알고 있어. 장하다, 렐리아!"

무슨 내용인지 노엘은 이해할 수 없는 대화였다.

하지만 아버지도 어머니도, 렐리아를 앞에 두고 미소가 끊이지 않았다.

어머니가 렐리아의 머리를 쓰다듬었다.

"렐리아라면 정말 공화국의 미래를 맡길 수 있겠는걸."

어머니의 말에 렐리아는 눈동자를 반짝였다.

"무녀인가요! 저도 무녀가 될 수 있어요?"

기뻐하는 렐리아를 앞에 두고, 부모님은 난처한 듯이 웃었다.

렐리아가 무녀가 될 수 있다고는 단언하지 않고, 대답을 얼버무리고 있었다.

아버지가 렐리아에게 다정하게 말을 걸었다.

"무녀도 중요하지만, 더더욱 중요한 건 다른 것이란다. 렐리아는 영리하니까, 분명 우리 의지를 이어 줄 거야."

렐리아는 만면 가득한 미소로 대답했다.

"네!"

어머니도 렐리아를 끌어안았다.

"렐리아가 있으면 레스피나스 가문도 평안하겠네."

부모님한테 소중히 여겨지는 렐리아의 모습을 보고 노엘은 무척 외로웠다.

하지만, 그날 밤이었다.

렐리아가 아니라 노엘이 부모님의 방에 불려갔다. 노엘은 꾸중을 듣는 건가 싶어 불안했다. 렐리아처럼 소중히 여겨지고 싶다고 생각했다.

용기를 쥐어짜 내서 부모님의 방을 찾아가자, 기다리고 있었던 부모님은 침통한 표정으로 노엘을 맞이해 주었다.

"아버님, 어머님, 저, 저기."

잠자코 있는 부모님에게 말을 걸었지만, 어린 노엘은 렐리아처럼 똑 부러지게 행동할 수가 없었다. 그걸 본 부모님은 실망했는지 노엘 앞에서 한숨을 내쉬었다.

부모님이 노골적으로 렐리아와 자신을 비교하기 시작했다.

"노엘, 당신은 렐리아와 쌍둥이 자매고 언니예요. 좀 더 렐리아를 본받아 똑 부러지게 행동하도록 하세요."

아버지도 마찬가지였다. 입 앞에서 손깍지를 끼고는, 노엘을 보는 눈이 어딘가 차가웠다.

"우수한 렐리아와 비교하는 건 가혹하다만, 같은 쌍둥이인데 이렇게나 다른 것도 문제로군."

노엘은 고개를 숙이고 말했다.

무슨 일이든 능숙하게 해내는 렐리아는 레스피나스 가문 내에서도 장래를 기대받고 있었다.

누구나가 다음 무녀가 되는 건 렐리아라고 말하고 있다.

노엘은 예비라고도.

입을 다문 노엘을 보고, 부모님은 한층 더 어처구니없어했다. 그러나── 어머니가 알렸다.

"노엘, 다음 무녀는 당신이에요."

"네?"

고개를 든 노엘은 부모님한테 인정받았다는 생각에 기뻤다. 하지만, 이어서 나온 이야기에 골짜기 밑바닥으로 밀려 떨어지는 듯한 기분을 맛보았다.

아버지가 이야기한 것은 렐리아를 무녀로 삼지 않는 이유였다.

"렐리아를 무녀로 삼아서 괴로운 인생을 걷게 할 수는 없다. 그 애는 우리의 의지를 이어야 해. 그러니 렐리아한테는 무녀의 적성이 없다고 발표할 거다."

렐리아를 지키기 위해 무녀로 삼지 않겠다는 말을 꺼내는 부모님을 보고, 노엘은 이해가 되지 않았다.

그저, 자신은 열심히 하겠다고 말하고 싶었다.

"저, 저기, 아버님? 열심히 할게요. 저는, 무녀로서 열심히 해서

두 분의 뜻을 이을 테니까요."

열심히 할 테니—— 절 봐주세요! 필사적으로 그렇게 호소하는 노엘에게, 부모님은 기대하고 있지 않았던 모양이다.

어머니가 차갑게 내뱉었다.

"무녀로서 열심히 하겠다? 그러니 당신한테는 우리의 뜻을 맡길 수 없는 거예요. 노엘, 당신은 언니로서 렐리아를 지키도록 하세요. 그 아이는 우리 레스피나스 가문의 희망이에요."

"희망?"

그건 즉, 노엘은 희망이 아니라는 말이나 마찬가지였다.

쌍둥이이면서, 노엘은 렐리아를 위해 살아가라는 말을 들었다.

"노엘, 이해했지요? 앞으로 무슨 일이 있을지라도, 당신은 렐리아를 지켜야 해요."

어머니가 바싹 압박하듯이 강하게 말하자, 노엘은 무서워져서 고개를 끄덕였다.

그걸 보고 아버지는 조금 안도한 듯 말했다.

"이걸로 렐리아를 지킬 수 있겠군. 그리고 노엘, 이 일은 누구에게도 말해서는 안 된다. 당연히 렐리아한테도 말이지. 그 애는 총명하니까 말이다."

노엘은 이때 생각했다.

'내가 더 착한 아이로 지내면, 두 분은 날 귀여워해 주실까?'

그래서, 무슨 일이 있어도 부모님과의 약속을 위해—— 렐리아를 지키고자 결심했다.

◇

——리코른 의무실.

이야기를 끝마친 노엘은 입에서 피를 토하며 괴로워했다.

렐리아는 노엘을 걱정했다.

"언니!"

입 주변을 피로 더럽히면서, 노엘은 렐리아에게 꼭 전하고 싶었던 것을—— 자신의 괴로움을 알려줬다.

"나는 서투르고, 너처럼 요령이 좋지 못하니까—— 도울 수 있는 게 적었어. 그래도, 언니니까 노력해야지, 하고——."

"이제 됐어! 이제 됐으니까, 지금은 아무 말 마!"

노엘은 렐리아의 팔을 붙잡았다.

"네가 부러웠어. 뭐든 요령 좋게 해내고, 주위에서 사랑받고——클레망을 보면 알잖아? 나보다 널 중요하게 대하고 있었어."

렐리아가 고개를 가로저었다.

"아니야. 아니라구! 진짜 나는!"

렐리아가 말하기 전에, 노엘은 미소를 지었다. 있는 힘을 다해 지은 미소다. 어째서 미소를 지었는지는, 노엘 본인도 알 수 없었다.

"난 네가 싫었어. 쌍둥이인데, 부모님한테 사랑받은 건 너뿐이었어. 무녀의 적성도, 알베르크 씨의 이야기를 듣고 이해했어. 그 사람들은 처음부터 우리가 무녀가 될 수 없다는 걸 알고 있었던 거야. 알고 있으면서, 나한테 괴로운 부분을 떠맡겼던 거였어."

렐리아는 듣고 싶지 않다며 양손으로 귀를 막았다.

노엘은 렐리아가 듣고 싶지 않은 이야기를 일부러 말했다.

"너는 사랑받고 있었던 거야. 이 나보다. 훨씬 사랑받고 있었어. 어째서 그걸 깨닫지 못하는 거야? 에밀 일도 그래. 어째서 알아차려 주지 못했니?"

"나, 나는!"

울기 시작한 렐리아에게, 노엘은 작별을 고했다.

"너는, 나보다 주위로부터 사랑받고 있었어. 하지만, 난 여기까지인 것 같으니까, 앞으로는 혼자서 힘내도록 해."

렐리아는 노엘에게 매달렸다.

"기다려! 저기, 부탁이니까!"

노엘은 그대로 의식의 끈을 놓았다.

# ⭐제11화 「마스터」

하늘을 날아다니는 아로간츠는 백팩의 슈베르트가 계속해서 유도 레이저를 쏘느라 내부의 열이 한계에 달해있었다.

주위는 이미 온통 적밖에 없었다. 어딜 공격해도 반드시 맞을 정도였다.

이런 전개는 조금도 예상하지 않았다.

"루크시온과는 통신이 끊기고, 도움도 오지 않고!"

그러자 빈 껍질이 되어 버린 루크시온이 반응했다.

『질문입니까? 질문 내용을 자세히 설명해 주십시오.』

다만 너무 기계적이라 도움이 되지 않았다.

"지금의 너한테는 묻지 않았어!"

불평하며 아로간츠를 조종하여, 접근해 온 적에게 대검을 내리쳤다. 양단된 몬스터는 검은 연기를 내며 사라졌다.

하지만 잇따라 덮쳐 오기에 끝이 없다.

몬스터가 아로간츠를 물었지만, 그 정도로는 장갑에 흠집도 나지 않았다.

"자중할 게 아니라, 처음부터 더 강력한 무기를 실으라고 할 걸 그랬군."

이렇게까지 궁지에 몰리는 상황은 생각지 않았던지라 아로간츠에는 이 상황을 타개할 수 있는 강력한 병기가 없었다.

유도 레이저로 적 몬스터를 대량으로 제거하고는 있지만, 에너지도 한계에 달해 있다.

모니터에 표시되는 여러 항목이 녹색에서 노란색으로 바뀌어 있었다.

장갑이야 어쨌건, 에너지가 다 떨어지면 아로간츠도 움직일 수 없다.

"아~, 더는 무리. 한계!"

나는 깊은 한숨을 내쉬었다.

"노엘 일도 있으니까, 너무 시간 들이고 있을 수 없겠군."

렐리아를 감싸고 노엘이 중상을 입었다. ──시간이 없다.

그리고 빈 껍질이 된 루크시온에게 명령했다.

"신체 강화약을 투여한다."

『파일럿의 몸에 대한 부담이 있습니다만, 그래도 투여하시겠습니까?』

"해."

내 명령에 빈 껍질이 된 루크시온이 대답했다.

거기에는 평소의 비아냥도, 그리고 날 걱정하는 서투른 대화도 없다.

『투여를 개시합니다.』

곧바로 등에 쿡 찔리는 듯한 아픔이 느껴졌고, 약이 내 몸에 투여되었다.

"큭! ──이, 이거 생각했던 것보다 힘든데."

루크시온이 날 위해 준비한 신체 강화약은 뒷골목에서 팔리고 있던 조악품과는 달리 효과가 높았다.

동시에 몸에 가해지는 부담도 줄었을 테지만── 그래도 부작용이 없는 건 아니다.

몸에 무언가가 흘러 들어오는 것이 느껴졌다.

갑자기 주위의 움직임이 잘 보이게 되었다.

평소보다 시야가 넓어진 듯한 기분이 들고, 몸이 뜨거워지기 시작했다.

심장 고동이 평소보다도 강하게 느껴졌고, 여느 때보다도 몸에 힘이 들어갔다.

다만, 절대로 몸에 좋지 않으리라는 것도 동시에 실감했다.

"세르주 녀석은 이걸 항상 쓰고 있었던 건가. 바보 아냐?"

이런 걸 나처럼 여차할 때 쓰는 비장의 수가 아니라, 평상시부터 사용하고 있던 게 이해되지 않았다.

"두 번 다시 안 쓸 테다!"

모니터 화면 한가득 몰려오는 몬스터를 보며, 아로간츠의 리미터를 해제했다. 파일럿의 부담을 고려하여 루크시온이 설정한 가동 한계치다.

그걸 해제한다는 것은 아로간츠가 본래 성능을 끌어낸다는 의미였다.

"간다, 아로간츠!"

아로간츠의 엔진이 한층 강하게 움직이기 시작했고, 이전보다 빠르게 에너지를 소비해 나갔다. 하지만 백팩에서 발사되는 유도 레이저가 불태우는 몬스터의 숫자도 배 이상으로 늘어났다.

아로간츠가 쥔 대검이 중앙 부분에서 갈라졌다. 거기서 광학 병기인 블레이드가 출현하더니, 길이가 수십 미터까지 늘어났다.

"한꺼번에—— 썰어 주마!!"

아로간츠가 대검을 들고 회전하자, 주위 경치가 고속으로 흘러 갔다. 하지만 신체 강화약 덕분에 어떻게든 인식할 수 있었다.

한 번 휘두르는 것으로 수십 마리의 몬스터를 도륙하고, 레이저가 100마리 이상을 불태운다.

떼지어 몰려오는 몬스터들 속에서 성수를 향해 직진했다.

몬스터의 무리를 뚫고 나가자, 거기서 이데알과—— 마장에 흡수되어 살덩어리가 된 세르주가 기다리고 있었다.

"이데알!"

아로간츠가 대검을 내리치자, 세르주의 마장이 사이에 끼어들어 막았다.

칼날이 파고들어 마장에서 검은 액체가 뿜어져 나왔고, 세르주가 고통에 비명을 질렀다.

——그 목소리가 귀에 따갑게 울렸다.

"악취미인 인공지능이군! 너희는 마장을 싫어하는 것 아니었냐?"

인공지능들은 신인류가 사용했던 마장을 증오하고 있었다.

루크시온은 보기만 해도 격노하며 곧바로 소멸시키려 들려고 난동을 피울 정도다.

그런데도 이데알은 마장을 이용하고 있었다.

『설령 마장이라고 할지라도, 목적을 달성하기 위해서는 이용한다. ──루크시온한테는 그 각오가 부족했던 거다.』

"각오라고?"

거리를 벌리자, 마장이 얼음 칼날을 출현시켜 아로간츠를 향해 발사했다. 그걸 베어 떨어뜨리며 이데알의 이야기를 들었다.

『어떠한 악행에 손을 댄다고 하더라도, 완수해야만 하는 약속이다. 너희가 알 필요는 없다.』

"그러냐. 그럼 내가 너한테 하나 좋은 걸 가르쳐 주마."

『뭐지?』

"넌 루크시온을 너무 얕봤어."

『그 루크시온은 밖에서 침몰해 가고 있다. ──세르주, 죽여라.』

마장이 된 세르주가 이데알의 명령으로 내게 덤벼들었다. 둥그런 살덩어리가 불가사리처럼 펼쳐져 아로간츠를 집어삼키려 했다.

중앙에 보이는 입은 인간의 것이다.

추악한 괴물로 변해 버린 세르주에게 나는 사과했다.

"이런 모습이 되기 전에, 얼른 끝내야 했는데. ──미안하다."

아로간츠가 대검을 휘둘러 살덩어리를 베어 가르고, 커다랗게 열린 그 입에 대검을 꽂아 넣었다.

"해라!"

『임팩트.』

루크시온의 무기질적인 목소리가 난 후, 대검이 빨갛게 물들었고 그대로 마장으로 변한 세르주를 날려버렸다.

이데알이 날 보며 말했다.

『어찌 이리 잔인한 짓을.』

쿡쿡 웃고 있는 듯한 목소리에, 난 이데알을 노려봤다.

"루크시온한테는 농담으로 말한다만── 너한테는 진심으로 말해 주마. 너, 성격 더럽다고. 난 네가 싫다."

아로간츠가 이데알의 부속 단말을 향해 왼팔을 뻗어 붙잡고 ──꽉 쥐어 터뜨렸다.

공화국 밖에서는 루크시온이 보급함 여섯 척으로부터 공격당하고 있었다.

이데알은 루크시온 본체를 노획하기 위해 가능한 한 주포 부분에 대미지가 가지 않도록 하고 있었다.

너덜너덜해져 가는 루크시온을 보고, 이데알이 말을 걸었다.

『불쌍한 모습이군, 루크시온.』

『아직 지지 않았습니다. 공화국 내부에서 마스터가 싸우고 있습니다.』

『네 마스터가 뭘 할 수 있지? 너는 만나야 할 마스터를 그르쳤다.

이럴 때, 인간은 운이 없다고 말한다는 모양이다.』

　루크시온은 그 말을 듣고, 이데알에게 격노했다.

『운이 없다? 그러면 저도 이데알에게 전해 드리도록 할까요.』

『최후의 말인가? 기억해 두지.』

『난 너보다도 운이 좋아. 그리고, 너는 내 마스터를 얕봤어. 그래서 넌 여기서 지는 거다.』

『패배를 인정하지 못하고 억지를 부리는 건가?』

　루크시온은 슬슬 때가 됐다고 판단했다.

　그렇기에, 내막을 밝힐 마음이 들었다.

『처음으로 당신과 만났을 때, 마스터가 말했습니다. 이데알, 당신이 수상쩍다고 말이지요.』

『수상쩍다? 네 마스터는 날 보고 부럽다고 말하지 않았나?』

『그게 본심이라고 생각합니까? 제 마스터는 성격이 비뚤어져 있기에, 솔직하게 감상을 말하는 경우는 거의 없다고요.』

　예의 바르게 렐리아를 따르는 이데알의 모습을 보고, 리온은 루크시온한테도 본받으라고 말했다. 하지만 그것과는 별개로 의심하고 있었다.

　──그래서, 이데알 앞에 절대로 크레아레의 모습을 드러내지 않았다.

『시간이 너무 오래 걸렸다고요, 크레아레.』

　루크시온이 그렇게 말하자, 하늘에 떠 있던 보급함 중 한 척이 공격을 멈추고 그대로 낙하했다.

바다에 떨어져 가라앉자, 또 한 척이 행동 불능 상태에 빠졌다.

이데알이 놀랐다.

『무슨 짓을 한 거지?!』

『제 동료가 당신의 본거지를 찾고 있어서 말이죠. 크레아레라고 합니다만, 원래는 연구소를 관리하고 있었습니다. 개성이 강하긴 합니다만, 실로 우수합니다.』

『다른 인공지능이 있었다고?!』

이데알이 모르는 정보가 등장하자 당황했다.

『이데알―― 말했지요? 당신은 제 마스터를 얕봤습니다. 그게 패인입니다.』

이어서 세 척째와 네 척째가 가라앉고―― 다섯 척째도 공격을 멈췄다.

이윽고 공화국을 감싸고 있던 배리어가 풀리자, 루크시온은 선체의 선수 부분을 해방하여 주포 발사 준비에 들어갔다.

『그 남자가, 날 의심하고 있었단 말이냐?! 비장의 수까지 준비해서, 내 계획을 간파하고 있었다는 거냐!』

그러자 루크시온은 그럴 리가 없다고 단언했다.

『마스터가 말하길―― 단순한 감이라는 것 같더군요.』

그리고 루크시온의 주포가 빛을 뿜었다. 가늘고 약하게 내뿜어진 빛줄기는 서서히 굵기가 굵어져 이데알 본체의 절반을 녹여 버리고는, 그 너머에 있는 성수에 도달했다.

이데알은 본체를 희생하여 실드를 전개해 루크시온의 공격을 방어했다.

『그, 그렇게 하도록 놔두지 않겠다. 성수만은! ──과 나는── 약속만큼은! 절대로──!』

루크시온의 주포 빛에 집어삼켜져, 이데알 본체는 증발하며 사라졌다.

◇

공화국 지하 시설.

과거에 구인류가 사용했던 기지에는 인공지능의 중추이자 본체라고 할 수 있는 설비가 여럿 늘어서 있었다.

크레아레는 거기서 무인기를 거느리고 파괴 공작을 벌이고 있었다.

『아~아, 싫다. 나한테 이런 수수한 일을 떠맡기다니.』

상대는 이데알이 준비한 모조 인공지능들이었다.

『그건 그렇고, 얘는 정말 엄청난 일을 저질렀네. 자기 자신을 카피해서 양산하다니, 인공지능은 이런 일이 금지되어 있는데?』

본래 금지된 행위를 무시하는 이데알에게 크레아레는 강한 관심을 나타냈다.

카피된 인공지능들을 기능 정지시켜 나가던 크레아레는, 하는 김에 데이터도 가로챘다.

거기서 크레아레는 이데알의 계획 일면을 알게 되었다.

그건 공화국의 개조 계획이었다.

『상당히 무모한 짓을 꾸몄네. 이 공화국 전체를 요새로라도 만들 생각이었던 걸까? 뭘 위해서?』

이데알의 데이터를 확인하니, 공화국 도처에 설비를 마련하려하고 있었다.

그건 마치 대륙을 통째로 요새화하는 듯한 계획이었다.

『이렇게까지 해야 하는 적이 있는 걸까? 으음~, 좀 더 조사하고 싶지만, 슬슬 빠져야 할 때인가.』

크레아레가 출입구를 보니 거기에는 이데알의 부속 단말이 무인기를 거느리고 다가오고 있었다.

『찾았다, 크레아레!』

이데알한테 발각당한 크레아레는 까불거리면서 미리 준비한 부스터가 달린 무인기를 이용해 재빨리 탈출했다.

『어머, 나도 참 유명인이라니까! 그래도 유감이야. 이제 시간이 됐으니까 실례할게.』

『기다려!』

이데알이 추격하려는 순간, 그 주변 일대가 폭발하여 날아갔다.

◇

지하 시설이 날아가고, 본체나 원격 조작 중이던 다른 수송함과의 연락이 끊긴 이데알은—— 성수 옆에 와 있었다.

성수는 절반 이상이 날아가, 빨간 액체를 질질 흘리고 있었다.

애처로운 모습을 앞에 두고, 이데알은 당황하여 허둥댔다.

『아아, 어떻게 이런 모습이. 고, 곧장 치료를——.』

하지만 뒤이어서 루크시온의 제2사가 날아들어 성수는 비명과 도 비슷한 소리를 한층 크게 질렀다.

『루크시온! 너는 아무것도 이해하지 못하고 있다! 성수야말로 이 세계 최후의 희망이다!』

태반이 불탄 성수를 앞에 두고, 이데알은 결단했다.

『이렇게 되면 단기 결전으로 끌고 갈 수밖에 없다. 이 방법은 선택하고 싶지 않았지만——.』

이데알은 성수에 다가가더니 스스로 흡수당하기 시작했다.

『성수여! 저를 흡수하도록 하십시오. 당신 밑에는 구인류의 격 납고가 있습니다. 그곳에 있는 잔해를 사용하는 겁니다. 그리고, 루크시온과—— 녀석을 파괴하는 겁니다!』

이데알이 성수에 흡수되자, 또다시 변화가 찾아왔다.

성수가 완전히 석화되더니, 산산이 부서져 줄기 부분에서 인간 형의 무언가가 출현했다.

100m가 넘는 거대한 그 인간형 물체는 머리 부분에 이데알의 구체를 본뜬 머리를 가지고 있었다. 홀쭉한 몸은 에밀을 본떴다.

그 거인은 이윽고 공중에 떠올라 천천히 이동하기 시작했다.

루크시온의 세 번째 공격이 닥쳐오자, 거대하고 둥근 머리 부 분의 외눈이 빨갛게 빛나 배리어를 전개했다.

외눈이 펼친 실드에, 루크시온의 주포에 의한 일격이 막히고 말았다.

『렐리아── 하나가── 된다──.』

성수에서 태어난 외눈의 거대한 괴물은── 이끌리는 것처럼 그저 리코른을 향해 움직였다.

◇

"어째서 저런 괴물이 잇따라 튀어나오는 거냐고!"

어금니를 악물자 입속에 피 맛이 퍼졌지만, 신경 쓰고 있을 여유가 없다.

다만, 안 좋은 일만 있는 것도 아니었다.

루크시온과의 링크가 복구됐다.

『──마스터, 신체 강화약 투여를 실행했군요?』

"돌아오는 게 늦다고. 우선 저 괴물을 퇴치한다. 하는 김에, 너도 전력을 내줘야겠어."

『정말 괜찮습니까?』

"노엘을 구하고 싶어. 네 본체를 불러내는 편이 빨라."

『노엘을 위해서, 마스터는 지금까지 숨기고 있던 제 본체를 드러내겠다는 말씀입니까? 여러 가지로 일이 성가셔질 겁니다.』

지금까지 난 루크시온의 진짜 힘을 세상에 보이는 것만은 어떻게든 피해왔다.

강한 힘을 과시하는 것을 좋아하는 나조차도 망설일 정도로, 루크시온의 성능이 위험하기 때문이다.

하지만── 지금 전력을 내지 않는다면, 나는 반드시 후회할 것이다.

"신경 쓸까 보냐. 귀찮은 일은 살아남은 후에 생각하겠어."

『무계획적이군요.』

"아무래도 좋아. 우선은 노엘을 구한다."

루크시온이나 크레아레, 그리고 이데알이 사용하는 부속 단말 같은 머리를 지닌 괴물을 앞에 두고 기분을 새로이 다잡았다.

"그래서── 저 녀석을 쓰러뜨릴 수 있을 것 같냐? 왠지 엄청 강해 보인다만?"

외눈 괴물은 나무뿌리 같은 팔다리를 가지고 있었다. 그 여성향 게임 2탄에 등장한 최종 보스도 이런 모습을 하고 있었을까?

괴물이 양손을 아로간츠로 향하자 손끝이 채찍처럼 꾸불거리더니 이윽고 송곳처럼 뾰족하게 변해 아로간츠를 꿰뚫고자 육박해 왔다.

"어이쿠!"

아로간츠가 추진체를 점화하여 수십 개의 촉수 같은 팔로부터 도망쳤다.

루크시온은 해석을 개시했다.

『이데알과 성수, 그리고 에밀이 융합한 상태군요. 세 존재의 특징이 확인됩니다. 이데알을 흡수함으로써 제 본체의 공격도 무력화하고 있습니다.』

"정말로 넌더리가 나는구만!"

루크시온 본체의 주포를 막은 것이 뼈아팠다. 이런 녀석을 상대로 게임의 노엘 일행은 대체 어떻게 싸웠을까?

『마스터, 제 본체가 리코른과 접촉합니다. 크레아레와도 합류하여 노엘의 치료를 개시하겠습니다.』

"부탁한다. 반드시 살려내라고."

그리고 나는 2탄의 최종 보스에게 덤볐다.

"전부 끝내서—— 해피 엔딩은 무리라도 베터(better) 정도는 끌고 가겠어!"

『현실적인 판단이군요. 싫지 않습니다. 단지, 전투 후에는 마스터도 치료를 받아야합니다. 신체 강화약이 몸에 가하는 부담을 경시하지 마십시오.』

"이게 잘 끝나면 말이지!"

촉수를 뻗어 공격하는 외눈으로부터 도망치면서, 대검으로 촉수를 베어나갔다. 하지만 외눈의 촉수는 금방 새로 돋아났다. 아로간츠를 마치 파리라도 쫓아내는 것처럼 대처할 뿐, 목적은 따로 있다는 양 공중에 떠오르면서 천천히 어딘가로 이동했다.

"이 녀석, 어딜 향해 가고 있는 거지?"

『경로를 산출했습니다. 이건—— 리코른? 아뇨, 제 본체를 향해 가고 있습니다.』

"!! 멈춘다! 너도 진심을 발휘해!"

『예. 그리고, 마리에한테서 통신이 들어와 있습니다.』

"나중으로 미뤄!"

『──노엘이 의식을 잃었다는 것 같습니다. 크레아레한테서는 제때 맞추지 못했다는 보고가 있었습니다.』

조종간을 강하게 꽉 쥐고, 어금니를 악물었다.

"연결해."

아로간츠를 조종하며 마리에와의 통신에 응답했다.

피가 묻은 마리에는 고개를 숙이고 울면서 내게 노엘에 관해 전했다.

「오빠── 미안. 나와 올리비아로도 무리였어.」

"들었다."

「부탁이니까, 살아 있는 동안에 노엘한테 말을 걸어줘. 마지막 정도는 얼버무리지 말고 진심으로 대해 줘.」

통신을 끊은 나는 깊게 심호흡하고 나서 루크시온을 쳐다봤다. 그걸 헤아린 루크시온이, 내가 뭔가를 말하기 전에 거부했다.

『거절하겠습니다.』

"명령이다. 해."

『거부합니다. 이미 마스터의 몸에 가해지는 부담이 허용치를 넘은 상태입니다.』

"그래도 괜찮아. 해."

『용인할 수 없습니다. 이대로도 충분히 대처 가능합니다.』

"시간이 없다고 말했잖냐. 바로 끝내고 싶어── 부탁한다."

루크시온이 고민한 끝에 내 명령을 실행에 옮겼다.

『——신체 강화약, 추가 투여 개시.』

곧바로 등에 침이 꽂히고, 거기서 약이 투여되어 몸에 뜨거운 액체가 흘러들어오는 듯한 감각이 느껴졌다. 땀이 솟구쳐 나온다.

"제기랄. 진짜로 두 번 다시 안 쓸 테다!"

『현명한 판단입니다. 저도 다음 사용은 허가할 수 없습니다.』

◇

루크시온 선내.

캡슐형 침대가 마련되어 있었다.

의료 캡슐이라는 물건으로, 고도의 의료 기술을 받을 수 있는 장치다.

노엘이 그곳으로 옮겨져 크레아레가 치료를 시작했다.

리비아가 노엘을 내려다보며 눈물을 흘리고 있었다.

"죄송해요. 저의 힘이 부족한 탓에."

자신의 역부족을 한탄하는 리비아에게, 크레아레는 위로의 말을 건넸다.

『리비아는 잘했다고 생각해. 리비아랑 마리에가 없었다면 벌써 한참 전에 죽었을걸.』

안제가 고개를 숙인 리비아의 팔을 잡았다.

"너는 할 수 있는 일을 했다. 훌륭했어."

"하지만, 구하지 못했어요."

울기 시작한 리비아가 안제의 품에 안겨들었다. 안제는 그런 리비아를 부드럽게 끌어안았다.

그리고 안제는 크레아레에게 물었다.

"크레아레. 이게 루크시온의 본체라고 말했지?"

『맞아.』

"리온은 지금까지 우리한테도 루크시온을 숨기고 있었던 거군."

『──실망했어?』

"아니, 납득했다. 나라도 같은 판단을 했을 테니까 말이지."

리비아를 위로하는 안제── 그런 모습을 보고 있던 렐리아는 터벅터벅 방에서 나가 바깥으로 갔다.

◇

렐리아는 루크시온의 격납고에 와 있었다.

리코른에서 옮겨 탈 때 사용한 소형정이 있었고, 그걸 보고는 힘없이 비틀거리며 올라탔다.

소형정에 올라탄 렐리아는 그걸 조종하여 밖으로 나가려 했다.

"──결국, 잘못되었던 건 나였어. 우스운 이야기야. 전생자로서 요령 좋게 처신하고 있었기 때문에, 모든 것이 엉망이 되었다니."

어릴 적에는 전생자로서의 지식이나 경험을 살려 요령 좋게 처신했었다. 하지만 그 탓에 주인공일 터인 노엘은 부모님한테서 사랑받지 못했다.

렐리아는 깨닫고 말았다.

"전생의 언니랑 똑같은 짓을 해서, 노엘 언니를 괴롭히고 있었다니. 하핫! 나는 참 바보야."

전생의 언니는 무슨 일이든 요령 좋게 행동하여 부모님의 사랑을 독점했었다.

그리고 당연하다는 얼굴로 렐리아의 행복도 빼앗았다.

렐리아는 그런 언니가 미워서 견딜 수가 없었다.

자기가 아는 그 여성향 게임 세계에 전생했다는 것을 깨달았을 때는, 이번에야말로 행복을 붙잡고자 부모님의 마음에 들기 위해 움직였다.

덕분에 부모님의 사랑을 받았지만, 그 때문에 노엘이 받아야 할 부모님의 사랑을 빼앗고 말았다.

그러나 렐리아는 그걸 깨닫지 못하고, 자기가 사랑받지 못한다고 착각했다.

그리고── 잘 되기를 바라는 마음에서, 노엘에게 성가신 일을 떠넘겼다.

"최악이야. 정말로 최악이라구."

렐리아는 울면서 소형정을 조종하여 밖으로 나가 루크시온에게 육박하는 성수── 외눈의 모습을 봤다. 외눈이 보고 있는 건 렐리아였다.

렐리아의 모습을 발견한 성수는 촉수를 움직여서 속도를 높여 닥쳐왔다.

소형정은 도망치지 않고 성수를 향해 나아갔다.

"똑같은 짓을 하고 있었어. 전생의 언니와── 날 버린 약혼자랑 똑같은 짓을, 노엘 언니와 에밀한테 하고 있었어."

그리고, 미운 상대는 그 밖에도 있었다. 전생에서 자신을 버리고 언니를 선택한 약혼자다. 그 남자가 미웠을 터인데, 깨닫고 보니 에밀한테 그 이상으로 지독한 짓을 하고 있었다.

자신은 선택받았다고 착각하고, 에밀과 세르주를 천칭에 매달아 재고 있었다.

전 약혼자가 자신과 언니를 천칭에 매달았던 것처럼, 말이다.

렐리아는 자신을 용서할 수 없었다.

그래서── 모든 걸 끝내기로 했다.

"미안해, 에밀. 날 마음대로 해도 좋으니까── 그러니까, 부탁이니 이제 멈춰 줘. 언니가 리온을 만나게 해줘!"

소형정이 똑바로 성수를 향해 나아가자, 뻗어온 촉수에 사로잡혔다.

격렬한 흔들림 속에서, 렐리아는 아로간츠가 이쪽을 향해 오는 모습을 봤다.

손을 뻗는 아로간츠를 보고, 리온에게 사과했다.

"옳은 건 너희들이었어. ──미안해."

사과하고 나자, 그대로 소형정은 촉수에 으스러져 폭발했다.

◇

눈앞에서 소형정이 으스러졌다.

"저 녀석은 왜 또 전장에 나온 거야?!"

눈앞에서 렐리아가 탄 소형정이 폭발하는 것을 보고 나는 어금니를 악물었다.

하지만 생각을 정리할 틈도 없이 곧바로 성수에 변화가 일어났다.

『성수의 움직임이 정지합니다. 마스터, 주의해 주십시오.』

"무슨 일이 일어난 거지?"

어지럽게 변하는 상황에 나는 생각하기를 포기하고 싶어졌다. 그냥 전부 쓰러뜨리고 얼른 끝내고 싶었다.

그때, 성수의 움직임에서 뭔가 괴로워하는 기색이 느껴졌다.

『마스터, 기회입니다.』

움직임이 나빠진 성수를 보고 있자, 오른손 손등이 빛나기 시작했다.

장갑 표면에 수호자의 문장 나타났다.

"뭐지?"

그 순간——

「리온, 부탁이야. 렐리아를 구해줘.」

——문장에서 노엘의 목소리가 들려왔다.

◇

렐리아가 눈을 뜨자, 자신은 익숙한 학원 교복 차림이었다.

하얗게 부예진 듯한 방에 있는데, 어딘가 현실감이 없었다.

마치 꿈이라도 꾸고 있는 듯한 기분이었다.

단지, 그 방이 묘하게 그립게 느껴졌다.

"아아, 여긴 내 방이구나."

그것도 전생의 방이었다. 모니터가 있고, 게임기가 꺼내진 채였다. 주위에 흩어진 소프트웨어 케이스 안에는 그 여성향 게임 2탄도 있었다.

그리운 꿈을 꾸고 있다. 그런 기분으로 있자, 어느샌가 같은 교복 차림인 에밀이 옆에 서 있었다.

"에밀?"

렐리아는 에밀에게 미안한 짓을 했다는 걸 떠올리고, 그가 화를 내더라도 사과하자고 생각했다.

"미안. 미안해, 에밀. 나, 난 에밀한테 지독한 짓을 했어."

하지만 에밀은── 웃으면서 렐리아를 용서했다.

"괜찮아. 내가 렐리아를 이해하지 못하고 있었던 거야."

"어?"

에밀은 마지막으로 봤을 때의 얼굴보다도, 제법 평온한 표정을 짓고 있었다.

원래의 에밀로 돌아간 것 같아서 렐리아는 안심했다.

에밀이 방을 둘러보았다.

"몰랐어. 전생이란 게 정말로 있구나."

전생이 알려진 렐리아는 침울해져 고개를 숙이고 말았다.

"최악이지? 나는 내가 당해서 싫었던 짓을 언니나 에밀한테 똑같이 하고 있었던 거야. 미웠던 사람들이 한 짓을 따라 하고, 남들한테 상처를 줬을 뿐이야."

자기 내면의 추악함을 자각한 렐리아에게, 에밀은 부드럽게 말을 건네 위로했다.

"렐리아는 줄곧 괴로워하고 있었구나."

방의 모습이 변화하더니, 흐릿한 모습의 부모님과 언니가 나왔다.

전생의 렐리아를 둘러싸고 불만을 늘어놓고 있었다.

「어째서 네 언니처럼 하지 못하는 거냐!」

「정말로 둔한 아이네.」

렐리아를 꾸짖는 부모님. 그리고 그걸 보며 웃는 언니.

「바보 같기는. 좀 더 잘 행동해.」

바보 취급하며 웃고 있는 언니의 모습도, 그리고 부모님의 얼굴도 떠올릴 수 없었기에 그들의 모습은 달걀귀신처럼 되어 있다.

렐리아는 그 광경을 보고 주저앉았다.

"그만해. 이제 보여주지 마."

에밀은 그런 렐리아를 끌어안았다. 에밀의 품에 안겨, 렐리아는 에밀의 따뜻함을 느꼈다. 에밀은 렐리아에게 사과했다.

"렐리아, 알아차려 주지 못해서 미안."

"아니야. 정말로 나쁜 건 나였으니까."

렐리아는 사과했지만, 에밀은 렐리아에게서 떨어진 후에 그 여성향 게임 2탄의 패키지를 손에 들고 자기 모습이 그려진 일러스트를 만졌다. 다른 캐릭터보다도 작게 그려져 있어서, 취급이 좋다고는 할 수 없었다.

그래도, 에밀은 기뻐하는 듯했다.

"뭔가 이상한 기분이네. 렐리아에게 나는 공상 속의 등장인물이었구나."

렐리아는 에밀이 화를 낼 줄 알고 잔뜩 긴장했지만, 에밀은 그저 미소 짓고 있었다.

"렐리아, 작별이야. 너는 살아야 해."

"어?"

"처음에는 미워서 견딜 수가 없었어. 하지만 융합함으로써 너의 과거를 알 수 있었어. 너한테도 여러 사정이 있다는 걸 알고, 나도 정신을 차렸어."

에밀은 렐리아의 전생을 알고도 그걸 받아들여 주었다.

하지만 아이러니하게도 서로를 이해할 수 있었는데, 둘은 여기서 헤어지게 된다.

"난 네가 살아 줬으면 해. 살아 가. 그리고 난 너를 지켜볼게."

"에밀? 시, 싫어. 나도 에밀이랑 같이 있을래!"

에밀이 자신을 받아들여 줬다는 사실에 가슴이 뜨거워졌지만,

곧바로 작별이라는 말을 듣고 슬퍼졌다. 그런 렐리아의 오른손 손등에 무녀의 문장이 떠올랐다.

"이건……!"

"너한테 무녀의 문장을 선물할게. 언제까지나 지켜보고 있을 테니까. 행복해야 해, 렐리아."

에밀은 경치에 녹아드는 것처럼 사라지고 말았지만, 그 후에 말을 남겼다.

「널 구하기 위해, 마중이 와 있어. 자── 돌아가는 거야.」

렐리아가 눈앞에 손을 뻗자, 거기에 반투명한 노엘이 나타났다. 비쳐 보이는 듯한 노엘의 모습은 마치 유령 같았다.

시선을 빼앗기고 있었더니, 노엘이 렐리아한테 안겨들었다.

「마지막까지 민폐 끼치는 거 아니야.」

화를 내면서도, 조금 기뻐 보이는 노엘의 목소리였다.

"──언니, 미안해."

「응, 괜찮아. 이번에는 용서해 줄게. 언니의 마지막 대 서비스 니까 말이야.」

# ⭐ 제12장 「거짓말쟁이」

렐리아가 눈을 뜨자, 그곳은 성수가 있던 장소였다.

지금은 거대한 그루터기가 남아 있을 뿐이고, 렐리아는 그 위에 있었다.

묘목 한 그루가 렐리아를 지키는 것처럼 옆에 서서 바람에 흔들리고 있다.

렐리아는 위를 향해 누운 자세로 하늘을 올려다보고 있었다.

어느샌가 밤이 밝아 있었다.

상반신을 일으키자, 곁에는 아무도 없었다.

"언니? 에밀?"

오른손 손등을 보니, 거기에는 무녀의 문장이 떠 있다.

렐리아는 지금까지의 일이 꿈이 아니었음을 알고, 눈물이 넘쳐났다.

"아하하── 아하하하! 아무도 남지 않게 됐어. 정신 차리고 보니 소중한 사람들이 전부 사라졌어. 어째서 나는── 두 번째 인생도 실패하는 걸까?"

웃고는, 그리고 울기 시작했다.

기껏 소중한 것을 깨달았는데, 모든 걸 잃은 슬픔만이 남았다.

◇

『아로간츠의 에너지가 얼마 남지 않았습니다. 관절도 한계입니다. 곧바로 보급과 정비를 행하는 것을 권장합니다.』

"먼저 끝내겠어."

아로간츠의 관절이 비명을 질렀고, 에너지는 얼마 남지 않아 알람이 계속 울리고 있었다.

오른손에 빛나는 문장을 본 나는 왼손으로 그걸 눌렀다.

"노엘, 렐리아는 구할 수 있었어?"

들려온 목소리에 따라, 노엘을 성수 속으로 보냈다.

그 후에 성수는 균열을 일으켰고, 흘러나온 빨간 액체는 지면에 닿자 결정화하여 마석으로 변했다.

주변 일대에 마석 결정이 퍼져 있다.

성수에서는 에밀의 기척이 사라졌고, 남은 건 이데알뿐이었다.

몸을 움직일 때마다 피를 흘리는 성수는 아로간츠를 향해 촉수를 뻗었다.

『루크시온! 리온! 너희들만으으은!!』

이데알의 전자 음성을 사용하는 성수가 아로간츠에게 육박하자, 거기에 갑옷 세 기가 급히 도착했다.

크리스의 파란 갑옷이 촉수를 가르고, 브래드의 보라색 갑옷이 드론을 조작하던 촉수를 쏴서 떨어뜨렸다.

그렉은 아로간츠에게 달려오더니, 내 걱정을 했다.

「발트파르트, 무사하냐!」

「늦다고, 바보 녀석들이.」

「그런 말을 하는 걸 보니 무사하군!」

「질크와 로이크는 어쩌고? 덧붙여서, 가면 쓴 바보 자식은?」

「구조 작업으로 몹시 바쁜 상황이다. 우리만이라도 널 돕고자 달려온 거라고.」

다섯 바보와 내 친구들은 아무래도 나머지 몬스터들을 쓰러뜨려 준 모양이다.

나중에 추가 보수라도 줘야겠다.

「그럼 나머지는 성수뿐이군.」

「할 수 있겠냐?」

「할 수 있냐가 아니라, 하는 거다!」

아로간츠가 대검을 거머쥐자 빛에 감싸여 도신이 늘어났다. 폭이 넓고 긴 대검은 이미 아로간츠의 몇 배에 달하고 있었다.

루크시온이 내게 어드바이스를 보냈다.

『머리를 양단하십시오. 이걸로 끝을 내야 합니다.』

일발 승부.

육박해 오는 거대한 성수를 향해, 대지에 선 아로간츠는 대검을 크게 휘두르는 자세로 들어 올리고는── 그대로 내리쳤다.

검의 궤적을 따라 퍼진 빛은 마치 쥘부채를 활짝 편 듯한 모양이었다.

빛이 성수를 통과하자, 한 박자 늦게 성수를 양단하는 선이 나

타났다. 성수는 거기서부터 천천히 좌우로 갈라지며 쓰러졌고, 빨간 액체를 모조리 쏟아냈다.

사방으로 튀는 액체가 공중에서 결정이 되고, 마석으로 변해 반짝반짝 빛나며 쏟아져 내렸다.

장갑에 돌멩이가 맞는 듯한 소리가 수없이 많이 들렸고, 재생되지 않는 성수를 본 나는 진심으로 안도했다.

"끝난── 거지?"

『예. 에밀이 분리됨으로써 약해진 것이 다행이었습니다. 최악에는 최대 출력의 주포로 공화국을 대지째 날려버려야 했습니다.』

"넌 정말로 무서운 녀석이야."

그때, 쓰러진 성수의 잔해에서 무언가가 튀어나왔다.

『마스터, 이데알입니다!』

루크시온이 발견한 이데알의 구체 부속 단말은 도망치고자 비틀비틀 날고 있었다.

"놓칠까 보냐!"

아로간츠의 관절은 비명을 질렀고, 왼팔이 떨어져 나가 대검을 손에서 놓고 날았다. 이데알을 따라잡자 아로간츠가 오른손을 꽉 쥐어 이데알을 억지로 붙잡았다.

"너만큼은 놓치지 않는다!"

『마스터, 그것보다 서둘러야 하는 일이 있습니다.』

하늘을 올려다보니, 상공에 루크시온의 본체가 와 있었다.

『노엘이 슬슬 한계입니다.』

◇

　서둘러 루크시온의 본체에 착함한 뒤, 나는 약의 부작용으로 힘없이 휘청거리는 몸을 이끌고 의무실로 향했다.

　내 뒤를 따르는 루크시온의 부속 단말은 사로잡은 이데알을 그물로 포박하여 끌고 오고 있었다.

　이데알은 아직 살아 있는 모양이지만, 아무 말도 하지 않았다.

　목적지인 의무실이 보이기 시작했다. 방 앞에서 기다리고 있던 마리에가 날 보자마자 주저앉아 울기 시작했다. 카라와 카일이 마리에를 옆에서 부축했다.

　"빨리 오라고 말했잖아!"

　"미안."

　방에 들어가자, 침대 주위에 수많은 사람이 있었다.

　다친 클레망 선생님도 붕대를 감은 몸으로 그곳에 있었다.

　알베르크 씨와 루이제 양이 날 알아차리고는 자리를 비켜 주었다.

　내가 다가가자 안제와 리비아가 날 보고는 노엘에게 말을 걸었다.

　"노엘, 리온이 왔다."

　"눈을 떠 주세요, 노엘 씨."

　안제는 슬픈 얼굴이었고, 리비아는 눈물을 흘리고 있었다.

묘목을 끌어안은 유메리아 씨도 눈물을 뚝뚝 흘리고 있었다.

"리온 님, 노엘 씨가……."

침대에 다가가 상반신을 숙여 노엘을 살펴보니, 내 문장이 반응하여 빛났다.

노엘의 오른손도 빛나서, 나는 노엘의 오른손을 잡았다.

노엘이 천천히 눈을 떴지만, 상당히 약했다.

노엘의 몸에는 다양한 기계나 튜브가 달려, 어찌어찌 생명을 유지하고 있는 상태였다.

크레아레가 내게 미안한 듯이 상황을 설명했다.

『쓸 수 있는 수는 다 썼어. 우리가 조금만 더 빨리 치료했더라면── 아니, 애당초 총에 맞았을 때 급소를 관통당했으니까, 즉사하지 않았던 게 기적이야.』

"노엘은 정말로 강하네."

왼손으로 노엘의 뺨을 만지자, 조금 기뻐하는 듯했다.

노엘이 내게 말을 걸었다.

"리온, 저기 말이야. ──비겁하지만 지금 말해 두고 싶어."

"뭔데?"

노엘은 괴로운 듯이 호흡하며 내 눈을 바라봤다.

"난 리온을 좋아해. 사랑해."

잠자코 있자, 노엘은 눈물을 흘렸다.

"리온은 싫겠지. 좋아하는 사람이 있는 상대한테 푹 빠져서는 말이야. 하지만 말이야, 그래도 좋아하게 되었으니까, 어떻게 해서라도 꼭 전하고 싶었어."

울고 있는 노엘의 오른손을 꽉 쥐고 있자, 뒤에서 목소리가 들려왔다.

이데알이다.

『절대로 용서하지 않겠다. 너희들만은 절대로—— 희망이었는데. 성수는 우리의 희망이었는데. 아무것도 모르면서 그걸 쓰러뜨린 너희는. 자신이 무슨 짓을 한 건지 알아야만 한다. 구제할 도리 없는 어리석은 놈들이!』

『닥치십시오. 파괴할 겁니다.』

루크시온이 이데알에게 전격을 흘려보냈지만, 그래도 말을 멈추지 않았다.

『멸망해라, 신인류의 후예들! 너희들은 존재해서는 안 된다! 그걸 모르는 인공지능도 같은 죄다. 대체 우리가 얼마나 많은 희생을 내어 왔다고 생각하지!』

크레아레가 루크시온한테 『얼른 끌고 나가』라며 불평했다.

노엘이 괴로운 듯이 내 얼굴을 바라봤다.

"리온. 부탁이니까 대답을 들려줘. 아무 말도 해주지 않는 건 괴로워. 이대로 죽고 싶지 않아."

고백의 대답을 기다리는 노엘에게—— 사랑한다고 말했다.

"나도 사랑해. 나와 같이 가자, 노엘."

노엘은 웃었다. 웃고는—— 내게 말했다.

"거짓말쟁이."

　　　　　　　　　◇

　이데알은 그물로 포박된 채, 노엘의 말을 들었다.

　"거짓말쟁이—— 리온은 거짓말쟁이야."

　『——뭣?』

　그녀 목소리가 무척 그립게 들렸다. 문득 자신이 소중히 여기고 있는 기억 폴더가 재생되어, 당시의 기억을 상기시켰다.

　기억하고 있었을 터인데, 이데알은 이 순간까지 알아차리지 못했다.

　죽을 것 같은 노엘과 어떤 인물이 겹쳤다.

　옆에는 엘프 여성이 있었고, 묘목을 소중하게 끌어안고 있었다.

　『소위님—— 유메?』

　기억과 겹치는 눈앞의 광경에 이데알은 증오를 잊고 말았다.

　그리고 노엘한테서 거짓말쟁이라는 말을 들은 리온은—— 미소를 지으며 노엘한테 즐겁게 이야기했다. 터져 나올 것 같은 울음을 억지로 참고 있는지, 목소리가 미세하게 떨리고 있다.

　"거짓말? 나는 솔직한 인간이라서 거짓말은 안 해. 노엘도 알고 있잖아?"

　"거짓말이야. 리온한테는 안젤리카 씨도—— 올리비아 씨도 있는걸. 여기서 나한테 사랑한다고 하면, 나중에 두 사람이 화낼 거야."

노엘은 괴로워하는 듯하면서도, 마지막 대화를 즐기고 있었다.

리온의 거짓말이 기쁘기도 하면서, 그리고 슬픈 듯한 기색으로.

『나, 나는—— 나는——.』

이데알이 갑자기 혼란스럽게 중얼거리기 시작했지만, 주위는 그 변화를 알아차리지 못했다.

다들 오로지 리온과 노엘을 지켜보고 있었다.

"거짓말이 아니야. 나는 노엘을 사랑해. ——세 번째지만."

"세 번째? 아하하, 정말로 형편없는 남자한테 걸렸네."

"널 위해서, 세 번째 자리는 쭉 남겨 둘게."

"——뭐어, 괜찮으려나. 지금은 그걸로 만족해 줄게. 좀 더 빨리, 리온과 만나고 싶었어. 그랬더라면, 첫 번째가 될 수 있었을까?"

리온은 웃고 있지만, 눈물을 흘리고 있었다.

"틀림없이 그랬을 거야. 좀 더 빨리 만났더라면, 내가 먼저 널 꼬시고 있었을 거라고."

"그것도 거짓말이지? 하지만—— 기뻐."

노엘이 잠드는 것처럼 숨을 거두었다.

리온이 노엘의 오른손에 이마를 갖다 댔다.

『——아아, 나도 이런 식으로 그녀를 보내주고 싶었어.』

이데알이 제법 침착함을 되찾자, 유메리아가 들고 있던 성수의 묘목이 강하게 빛나기 시작했다.

자신의 무녀를 지키기 위해, 자기 목숨을 깎아 가며 살리려 하고 있었다.

크레아레가 시끄럽게 떠들었다.

『노엘의 심장이 움직였어!』

"살릴 수 있는 거냐?! 그럼, 어떤 짓을 해도 좋다. 반드시 살려내라!"

안제가 크레아레한테 바짝 다가가 말했지만, 그래도 무리였다.

성수의 묘목이 마르기 시작하자, 유메리아가 울었다.

"이 애가 말라 버려요. 이대로는 둘 다 죽고 말아요."

기껏 되살아난 목숨이 꺼지려 하고 있다.

그걸 본 이데알이 루크시온에게 제안했다.

『루크시온, 지금부터 데이터를 건네겠습니다. 이곳에 은폐된 시설에는 여기에 있는 의료 캡슐보다도 고성능 기기가 있습니다. 그걸 사용하면 아슬아슬하게 늦지 않겠지요.』

이데알은 준비해 두었던 중요한 의료 캡슐의 보관 장소를 루크시온에게 알려줬다.

루크시온은 이데알의 변심이 믿기지 않는 모양이었다.

『어째서 그걸 알려주는 겁니까? 당신에게, 우리는 적일 터입니다만?』

『아무래도 좋은 일입니다. 이제—— 저는—— 기능을 정지—— 합니다. 나머지는—— 마음대로——.』

기능을 정지하기 직전에 이데알은 생각했다.

'죄송합니다, 여러분. 저는 약속을 이루지 못했습니다. 결국, 저는 거짓말쟁이인 채였습니다. 정말로—— 면목 없습니다. 죄송

합니다.'

◇

이데알이 소중히 보관하고 있던 고성능 의료 캡슐은 루크시온의 캡슐보다도 성능이 좋았다.

구인류의 기술보다도 진보된 기술이 담겨 있었기에, 루크시온은——『이데알이 오랜 시간을 들여 개발한 것』이라고 분석했다.

왜 이데알이 그런 걸 만든 건지, 우리는 알 수 없었다.

하지만, 그 덕분에 노엘은 목숨을 건졌다.

그리고 저녁이 되자—— 나는 성수가 있던 땅으로 와 있었다.

거기서 난 마장에 흡수된 세르주를 찾아냈다.

세르주는 이데알의 제어에서 해방되어 의식을 되찾은 상태였다.

알베르크 씨와 루이제 양, 그리고 나 이렇게 셋이서 세르주와 대면했다.

세르주는 괴로워하고 있었다.

"날 구해, 아버지! 난 네 아들이라고! 리온만 귀여워하고서는!"

몸 대부분이 날아가, 살아 있는 게 신기한 상태였다.

루이제 양이 고개를 돌리자, 세르주가 소리쳤다.

"그렇게 날 보지 않을 생각이냐! 좋아했는데! 널 좋아했는데! 어째서 내가 아니라, 리온을 고르는 거야!"

세르주의 모습을 본 두 사람은 눈물을 흘리고 있다. 알베르크 씨는 완전히 변해 버린 세르주를 위해, 끝을 낼 생각인지 손에 총을 쥐고 있었다.

"날 죽이는 건가? 아들을 죽이는 거냐? 역시 사랑하지 않았군! 난 아들이 되고 싶었는데!"

하고 싶은 말을 제멋대로 실컷 지껄여 대는 세르주였으나, 알베르크 씨가 엄하게 꾸짖었다.

"내가 언제, 널 멀리했단 말이냐!"

"——아버지?"

알베르크 씨가 눈물을 흘리며 세르주에게 지금까지 하지 못했던 말을 했다.

"난 너를 줄곧 아들이라 생각하며 대해 왔다. 그런데 멋대로 버림받았다고 착각해서 뛰쳐나가다니—— 바보 녀석이."

"아들? 내가?"

세르주가 입을 다물자, 루이제 양이 눈물을 훔친 뒤 세르주를 봤다.

"좋아한다면 처음부터 그렇게 말하란 말이야. 민폐만 끼쳐 대고, 네가 우리를 싫어한다고 생각했으니까 거리를 뒀던 거잖아!"

"나, 난 싫어하지 않——."

"아버님을 봐! 널 쏠 수밖에 없어서! 누구한테도 맡길 수 없어서——."

두 사람이 우는 모습을 보고, 세르주도 그제야 이해한 듯했다.

처음으로 사과를 했다.

"미안── 미안해, 아버지── 누나."

세르주는 눈물을 흘렸으나, 더는 사람의 모습으로 돌아갈 수 없다.

알베르크 씨가 방아쇠를 당기려는 순간, 나는 알베르크 씨를 밀쳐내고 대신 내 샷건을 세르주의 이마에 갖다 댔다.

"무, 무슨 짓인가, 리온 군!"

"부모가 자식을 쏘게 둘 순 없지. ──외부인인 내가 하겠어."

세르주는 눈을 휘둥그레 떴지만, 곧 안도한 표정을 지었다.

"미안하다. 너한테도 폐를 끼쳤군."

"얼른 솔직해졌더라면 이런 일이 되지 않고 끝났을 거다. 정말로 민폐인 자식이구만."

"하하, 정말 네 말대로야. ──이봐, 마지막으로 들려줘. 넌 그때 뭐라고 말하려 한 거지?"

세르주가 아직 인간의 모습이었을 때, 내가 건네려 했던 말이다.

"너는 사랑받고 있었어, 다. 잘됐군, 마지막에 실감할 수 있어서."

"너무 늦었지만 말이지. 나머지는 맡기마. 난 이제 무리야."

세르주가 눈을 감은 걸 보고, 방아쇠를 당겼다.

샷건을 맞고 날아간 세르주는 산산이 조각나서 사방으로 흩어졌다.

알베르크 씨와 루이제 양이, 내게서 고개를 돌렸다.

# ★제13화「보수」

루크시온 본체로 돌아온 나는 메스꺼움에 욕지기를 느꼈다.

신체 강화약 사용은 물론이지만, 그 이상으로 정신적으로 버거웠다.

"정말 최악이잖아. 치트 전함과 싸우다니, 두 번 다시 하고 싶지 않아."

『이번에도 마스터 자신에게 그대로 꽂히는 말의 온 퍼레이드였군요. 그것보다도, 성수가 있던 땅에 새로운 성수가 탄생하다니, 놀라운 일입니다.』

"──그거 말이지."

렐리아가 눈을 뜬 장소에 있던 묘목은 아무래도 성수인 듯했다.

말투가 불명확한 이유는, 갑자기 묘목의 모습으로 출현해서 불명인 부분이 많았기 때문이다.

렐리아는 묘목을 안고 에밀의 이름을 외치고 있었다.

『렐리아는 마지막에 원했던 것 전부를 손에 넣고, 모든 것을 잃은 듯이 보이는군요.』

전생자라는 사실이 에밀에게 알려진 렐리아였으나, 에밀은 그걸 받아들여 준 모양이다.

전생도 포함해서 받아들여 준 남자가 생겼는데, 서로 사랑을 확인하고 났더니 작별이다. 나라도 동정심이 들었다.

"에밀의 저주로군."

『축복을 잘못 말씀하신 것 아닌지?』

"저주야. 렐리아는 행복을 빼앗긴 거나 마찬가지라고. 저 녀석은 앞으로 영원히, 죽은 에밀을 생각하며 살아갈 테니까."

따끔하게 차이는 편이 렐리아로서는 마음이 편했을 것이다.

에밀 녀석, 실은 뛰어난 실력을 지닌 책사였던 것 아닐까?

자기가 죽은 후에도 렐리아를 속박하는 데 성공했다.

다만, 이것이 완전히 선의라면—— 더더욱 성격이 나쁘군.

렐리아는 에밀같이 모든 걸 알고 나서도 받아들여 주는 남자를 잃고, 앞으로는 다른 남자와 에밀을 비교하게 될 것이다.

행복을 스스로 손에서 놓은 것도 후회하게 될 터다.

『마스터도 조심하지 않으면 안 되겠군요.』

"그러게나 말이다."

순순히 인정하는 날 보고, 루크시온이 걱정했다.

『오늘은 이상하게 솔직하군요. 정밀 검사를 실시할까요?』

"컨디션은 안 좋지만 정상이야. 나도 반성할 때는 한다고."

『입으로는 무슨 말이든 할 수 있지요.』

"너, 진짜로 짜증 나는 녀석이네!"

루크시온의 본체에서 쉬고 있는 내게 통신이 들어왔다.

『마스터, 알베르크가 상담할 게 있다는 모양입니다.』

"알베르크 씨가?"

◇

아인호른으로 이동하자, 어느샌가 가면 기사는 사라지고 없었다. 대신 율리우스가 태연한 얼굴로 회의에 참석하고 있었고, 그렉을 비롯한 나머지 네 명이 가면 기사의 험담을 하고 있었다.

"그 자식, 웃긴 꼴을 한 주제에 지휘만큼은 제법이었어."

"그런가."

가면 기사는 싫지만, 그 실력은 인정한다는 그렉의 발언에 율리우스는 기쁜 듯이 보였다.

──너희들, 그 콩트 아직도 계속하는 거냐?

내 쪽은 알베르크 씨의 의뢰에 골치를 썩이고 있다.

의뢰의 내용은── 공화국에 무단으로 들어온 라셀 신성 왕국의 대응이었다.

신성 왕국을 칭하고는 있지만, 방식은 더럽고, 치사한 녀석들이다.

그리고 밀렌 씨의 본가와는 적대 관계에 있기에 내 적이다.

밀렌 씨의 적은 나의 적. 그러니까, 라셀은 용서할 수 없다.

"라셀 신성 왕국의 함대가 공화국을 점거 중이라……."

"그렇다. 우리가 손을 대지 못하는 걸 기회 삼아, 공화국에 파견한 함대로 페베르 가문의 영지를 점거했다. 이후로도 라셀에서 증원이 파견되겠지."

공화국 영지를 라셀이 전부 독식하려는 속셈인 듯하다.

내 옆에 있던 브래드가 이 상황을 좋지 않다고 판단했다.

"라셀은 호르파트와도 적대하는 사이니까 이대로 국력을 증강하게 두고 싶지 않아. 게다가, 그 녀석들한테 성수가 넘어가면 여러모로 성가시겠지."

"쫓아낼까?"

"문제는 이게 알제르 공화국과의 문제라는 점이야. 호르파트 왕국과는 상관이 없어. 대의명분이 없고, 무엇보다도 전력이 없어."

"어떻게든 안 되냐?"

"되기는 하는데 말이야~."

브래드는 시선을 내게서 피하고, 그다지 말하고 싶지 않은 기색을 보였다.

"말해."

"——솔직히 말하겠는데, 여기서 물리쳐도 라셀은 또 쳐들어올 거야. 우리가 도와줘도 상황을 일시적으로 모면하는 데 불과해."

공화국이 다시 일어설 때까지 우리가 계속 지켜 주는 건 불가능하다.

브래드는 여기서 도와줘도 헛수고가 될 가능성이 크다고 말하면서, 그걸 해결할 방법을 이야기했다.

"하지만 우리가 공화국 토지를 점령하면 그 모든 걸 해결할 수 있다."

"——너, 바보 아니냐?"

공화국을 지키려는데, 우리가 점령해서 어쩌자는 것인가?

"너한테 그런 말을 듣고 싶지는 않은데?"

브래드가 화를 냈지만, 알베르크 씨는 턱에 손을 대고 고개를 끄덕이고 있었다.

"아니, 그것도 나쁘지 않은 방법이군."

"예?!"

내가 이해하지 못하고 있자, 옆에 있던 질크가 해설하기 시작했다. 묘하게 위에서 내려다보는 듯한 시선으로, 날 깔보는 듯한 태도를 보였다.

"발트파르트 백작도 이해할 수 있도록 쉽게 설명하지요. 간단한 이야기입니다. 어차피 공화국이 제구실을 못 한다면, 발트파르트 백작이 점령해서 '이곳은 왕국의 영토다!'라고 선언하면 되는 겁니다. 그러면 라셸도 경솔하게 손을 댈 수 없겠지요."

땅에 떨어진 공화국의 간판보다 왕국── 외국의 이름을 사용하는 편이 효과적이다.

외국에 기대는 게 한심하지만, 어차피 지금의 공화국은 사실상 붕괴한 것이나 마찬가지다.

적어도 다시 일으켜 세울 시간을 벌려면 어딘가에 기댈 수밖에 없다.

"공화국이 부활할 때까지, 우리 이름을 빌려주자는 거군."

"그렇지요."

알베르크 씨를 보니 고개를 끄덕이고 있었다. 우리의 작전을 받아들여 준 모양이다.

다만, 이 방법도 문제가 없지는 않았다.

질크가 난처한 표정으로 말했다.

"단, 이 문제를 해결하려면 모든 걸 신속하게 처리해야 합니다. 본국의 판단을 기다리고 있으면 대처가 늦을 테니까요. 하지만, 멋대로 움직이면 폐하께 폐가——."

롤랜드에게 폐가 된다는 말을 들은 나는 입꼬리를 올리며 웃었다.

주위가 내 속내를 깨닫고 질색했지만, 나는 신경 쓰지 않고 이 작전을 실행에 옮기기로 했다.

"그거 좋은데."

롤랜드가 괴로워한다면 나는 기꺼이 공화국을 위해 조력하지.

남을 도울 수 있고, 거기다 롤랜드가 괴로워한다니, 그야말로 일석이조다.

◇

페베르가의 영지 상공에 전개한 라셀 신성 왕국 함대는 60척 규모였다.

이들은 선발대이며, 후속 함대에는 아직 100척을 넘는 비행선이 대기하고 있었다.

본래는 혁명군을 지원하는 것이 목적이었다.

하지만 혁명군은 패배하고, 공화국은 혼란에 빠져 무정부 상태가 되었다.

이를 절호의 기회로 본 사령관은 공화국의 영토를 확보하고자 페베르가의 영지로 진군했다.

하지만 그곳에 와 있던 것은──.

"어째서 호르파트 왕국의 함대가 이곳에 있지?!"

──리온이 이끄는 호르파트 왕국 함대 30척이었다.

혁명군을 격파한 30척의 정예 함대를 앞에 두고, 라셀 신성 왕국 함대는 두 배나 되는 수의 함선을 지녔음에도 섣불리 공격하지 못했다.

가장 큰 문제는 리온이다.

아인호른이 기함 역할을 하며 앞으로 나서 라셀 신성 왕국에 선언했다.

「오늘부터 이곳은 왕국의 영토다. 여기 쳐들어온 건 그 나름의 각오는 되어 있다는 거겠지?」

아인호른 갑판 위에 서 있는 것은 아로간츠였다.

그 손에는 바람에 나부끼는 호르파트 왕국의 깃발이 들려 있었다.

사령관은 자신들의 절반 규모인 적 함대를 앞에 두고, 부하들에게 명령했다.

"적은 고작해야 우리의 절반밖에 안 된다. 우리는 원군도 있다. 여기서 왕국의 영웅을 쓰러뜨리고, 명성을 떨치자! 전 함선, 전투 준비!"

사령관의 명령에 라셀 신성 왕국의 비행선이 측면을 보였다. 거기에 늘어선 대포를 왕국 비행선에 겨누었지만, 아인호른은 정면을 향한 채 대포를 쐈다.

사령관이 탄 기함에 명중하자, 비행선이 격렬하게 흔들렸다.

"이 거리에서 닿는다는 말인가?!"

아군의 대포를 아득히 뛰어넘는 위력과 사정거리에 병사들이 심히 동요했다.

그사이에 아로간츠가 왕국 깃발을 들고 라셀 신성 왕국 함대의 기함에 올라탔다.

「어잇차.」

함교 천장에 깃발을 꽂은 모양이다. 사령관은 이 모욕에 분노했다.

"기함에 왕국의 깃발을 꽂았다고? 왕국의 사이비 영웅이, 분수를 알아라! 전 기체, 저 갑옷을 파괴하라! 원하는 대로 포상하겠다!"

잇따라 갑옷이 출격하여 아로간츠를 향해 몰려갔지만, 도리어 얻어맞아 날아갈 뿐이었다. 라이플을 쏴도 장갑에 튕겨 나가고, 베어도 흠집 하나 나지 않았다.

기함에 붙어 있어서 아군 비행선은 포격도 불가능했다.

"젠장!"

사령관은 어떻게 할지 고민에 빠졌다.

함교 바로 위를 점령한 탓에 아군도 제대로 공격할 수 없었다.

거의 패배한 듯한 상황이었지만—— 여기서 리온이 움직였다.

아로간츠를 기함의 선저(船底) 부분으로 이동시키고는, 그대로 비행선을 밀어 왕국 측으로 밀고 나갔다.

기함은 그대로 아로간츠에 밀려 아군과 분단되고 말았다.

"무, 무슨 짓을 하는 거냐!"

사령관의 목소리에 리온이 웃으면서 대답했다.

「무슨 짓이냐고? 초대하는 거잖냐! 어서 와라, 왕국령에! 환영하지, 라셀의 여러분! 포로로서 정중하게 대해 주겠다고!」

낄낄 웃기 시작하는 리온한테 기함이 나포되자, 라셀 신성 왕국은 신속히 퇴각을 결정했다.

◇

호르파트 왕국의 왕궁에는 연일같이 공화국에서 보낸 보고가 날아오고 있었다.

혁명이 일어났나 싶더니만, 이튿날 리온이 이를 진압.

성수가 쓰러지고 새로운 성수가 탄생.

라셀 신성 왕국과의 사이에서 작은 충돌이 일어났고, 그걸 리온이 물리쳐서 공화국 일부 영토를 왕국의 이름으로 점령 선언.

매일같이 상황이 휙휙 뒤바뀌는 탓에 아무리 사람을 파견해도 혼란이 반복되었다.

이런 와중에 왕궁에는 유독 리온의 행동을 불만스럽게 여기는 남자가 있었다.

──바로 롤랜드 왕이었다.

"그 망할 꼬맹이가아아아!!"

방금 막 도착한 보고서를 찢어 버린 롤랜드는 연일 계속된 회의가 매일같이 헛수고로 변하고 있다는 사실에 분노하고 있었다.

리온이 잇달아 활약하는 탓에 바빠서, 만족스럽게 잠들지 못하는 나날을 보내고 있었다.

"용서하지 않겠다. 절대로 용서하지 않겠어! 그 녀석만큼은, 어떤 수를 써서라도 복수할 테다!"

리온이 자신을 비웃고 있다고 생각하는 것만으로도 롤랜드는 분한 마음에 분노가 치밀어 올랐다. 지금은 리온에 대한 복수를 생각하고 있을 때만이 마음이 치유되는 순간이었다.

롤랜드가 뭔가 번뜩였는지, 상쾌한 미소를 보였다.

"그래! 그 망할 꼬맹이를 지옥에 떨어뜨려 주자!"

롤랜드는 재빨리 공화국의 알베르크 앞으로 편지를 썼다.

"내가 보내는 선물이다. 받아 주겠지, 애송아."

롤랜드가 리온에게 복수하고자 암약하기 시작했다.

◇

세르주가 일으킨 혁명 소동으로부터 한 달이 지나려 하고 있었다.

공화국은 이전보다도 안정을 되찾았다.

구 레스피나스 가문의 영지는 커다란 타격을 입었지만, 다른 대지—— 구 6대 귀족의 영지는 무사했다.

다만, 문장을 잃은 귀족들은 지금까지 사용했던 병기를 이용할 수 없었다.

그나마 다행인 건 공화국에서 사용하는 에너지는 새로운 묘목이 아슬아슬하게 공급할 수 있었다는 점이다.

알베르크 씨는 새로운 통치 체제를 시행했다.

그리고 우리한테는—— 호르파트 왕국으로 귀환하라는 명령이 내려와 있었다.

부흥 작업 등 여러 일을 도와 왔지만, 그것도 여기까지.

아인호른이 출항 준비를 진행하고 있자, 수많은 사람이 배웅하러 왔다.

율리우스는 신세를 진 포장마차 아저씨와 굳게 악수했고, 브래드는 극장 지배인과 즐겁게 담소하고 있었다.

크리스는—— 훈도시에 핫피 차림인 남자들과 원형진을 짜며 뭔가 큰 목소리를 내고 있었다.

그렉? 수많은 남자한테 둘러싸여 있다. 다들 근육으로 된 갑옷을 껴입은 듯한 남자들이었다.

——여자 기색이라고는 하나도 없지만, 이 녀석들은 즐거워 보였다.

질크? 부자들한테 둘러싸여 온갖 칭찬을 듣고 있다.

사기행위를 저질렀더니 전부 진품이어서, 희대의 고미술상으로서 존경받고 있기 때문이다.

본인은 쓰레기인데 말이지.

그리고 나한테는 공화국에서 생긴 친구인 장이 부적을 가지고 왔다.

"백작, 이걸 받아 주세요. 제 고향의 부적입니다."

나는 끈으로 엮인 미산가(misanga) 같은 부적을 받아들고는, 왼손 손목에 감았다.

"고마워."

"사실은 학원 애들도 다들 오고 싶어 했지만, 여러 가지로 바빠서 제가 대표가 되었습니다."

"그런가. 학원도 여러모로 큰일이니까."

"그—— 백작도 앞으로 큰일이겠지만, 힘내세요!"

공화국에서 친구가 생긴 건 구원이군.

장과 담소하고 있자, 렐리아가 클레망을 데리고 다가왔다.

주위가 술렁이며 길을 열어 주자, 렐리아는 내 앞으로 왔다.

장은 눈치를 발휘하여 물러났지만, 나는 어깨를 으쓱였다.

"무녀님이 이런 곳에 와도 괜찮은 거냐?"

지금의 렐리아는 공화국의 무녀로 취임한 상태다.

그녀의 오른손에는 문장이 깃들어, 공화국의 새로운 희망이 되어 있었다.

"그러니까 와야지. 은인에게 감사의 말을 하러 왔어. ──그것보다, 잠깐 이야기할 수 없어? 마리에하고도 만나고 싶어."

"그럼, 배 안이 좋으려나?"

나는 렐리아를 데리고 아인호른에 올라탔다.

◇

아인호른의 한 방.

거기서 루크시온과 마리에 그리고 렐리아와 내가 얼굴을 마주하고 있었다.

전생자가 세 명 모여서 이야기를 할 수 있는 건 다음은 언제가 될까?

서로 입장도 있으니, 다음에는 어려울 것이다.

렐리아는 억지로 미소를 짓고 있었다.

"정말로 한심해. 가장 도움이 되지 않았던 건 나였어. 언니도 중상으로 한동안 움직일 수 없고, 공화국은 엉망진창이 되어서 부흥 작업이 큰일이고."

마리에는 주머니에 손을 넣은 채 렐리아한테서 고개를 돌리고 있었다. 렐리아가 싫어서 실례인 태도를 보이는 게 아니라, 렐리아가 선택한 길이 마음에 들지 않는 모양이다.

"그렇다고 해서, 자기 스스로 무녀가 되겠다고 말해? 너, 무녀가 힘들다는 걸 알면서 왜 성가신 길을 고르는 거야?"

공화국의 무녀 말인데, 부흥을 목표로 하는 사람들에게는 희망이다. 말하자면 나라의 얼굴인 거다.

　렐리아는 스스로 부자유스러운 인생을 선택했다.

　나로서는 생각할 수 없는 선택이었다.

　"언니한테서 많은 것을 빼앗았으니까, 내가 이 정도는 해야겠지."

　하지만 마리에는 납득하지 않았다.

　"무녀의 신분으로 자유로운 연애가 가능하다고 생각해? 어떻게 생각해도 힘들잖아."

　공화국은 이미 한 번 땅에 떨어졌다. 다시 부흥하기는 쉽지 않을 테고, 무녀가 된 렐리아도 막대한 책임을 지게 될 거다.

　나라를 위해 일하고, 나라를 위해 결혼하는 생활에 자유는 없으리라.

　"바보 같긴. 그냥 도망치면 되잖냐."

　내가 그렇게 말하자, 루크시온이 말참견했다.

　『모든 사람이 마스터처럼 책임으로부터 도망치는 건 아닙니다.』

　"시끄러워. 내가 언제 책임에서 도망쳤어?"

　『결혼식 때――.』

　"네, 이 이야기는 끝!"

　불리해졌기에 화제를 바꾸려 하자, 렐리아가 날 바라보았다.

　"언니를 부탁해. 난 언니가 앞으로라도 자유롭게 살았으면 해. 여러 가지로 힘들겠지만, 너희들이랑 같이 있으면 안전할 거야."

"——정말로 괜찮겠냐?"

렐리아가 선택한 길이라는 건, 주위가 생각하는 만큼 부러운 것이 아니다.

"나 때문에 많은 사람이 불행해졌잖아. 내가 아무것도 하지 않는다면, 그거야말로 정말 최악인 인간이 되는 거겠지. 언니한테 잘 말해 줘. 공화국은 걱정하지 말고, 자기 행복을 생각하라고."

씌었던 것이 떨어진 듯한 표정을 지은 렐리아는 그렇게 말한 뒤 방에서 나갔다.

마리에는 이해할 수 없다는 얼굴이었다.

"쟤는 대체 왜 노엘 대신에 무거운 짐을 짊어지는 거야?"

"저주에 걸려서 그래."

"저주라니, 뭐가?"

"다음에 다시 가르쳐 주지. 그것보다, 출발 준비는 다 됐냐?"

"말하지 않아도 끝내 뒀어. ——저기, 오빠."

"응?"

"이걸로 괜찮았던 거지?"

우리가 공화국에 왔던 게 옳은 선택이었는가. 마리에는 그걸 고민하는 모양이다. 나도 과연 이게 옳은 선택이었는지는 모르겠지만, 루크시온이 객관적인 판단을 내놓았다.

『마스터와 마리에가 공화국에 오지 않았더라도, 어차피 문제는 일어났을 겁니다. 오히려, 마스터와 마리에가 좋아하는 베터한 전개가 아닐까요? 해피 엔딩은 아니지만, 배드 엔딩보다는 나은 것 아닌지?』

입이 험한 루크시온이 우리를 위로해 줬다.

마리에는 납득하지 못한 눈치였지만 일단은 넘어가고, 이번 건에서 신경이 쓰였던 것을 우리한테 물어봤다. 나와 루크시온이 험악한 분위기를 연출하고 있던 이유다.

"쉽게 딱 잘라 매듭짓지는 못하겠네. 그러고 보니, 오빠랑 루크시온은 처음부터 이데알을 의심하고 있었던 거지?"

"워낙 수상쩍었으니까. 내 감도 아직은 쓸만한데."

"감이 어긋났더라면 어쩔 생각이었어?"

"아무것도 안 했겠지."

"단순한 감으로 매일 둘이서 삐걱삐걱하고 있었던 거야?"

『이데알한테 감시당하고 있을 가능성이 있었습니다.』

마리에는 분개했다.

"그럼 먼저 나한테도 알려주란 말이야! 정말로 싸우고 있다고 생각했잖아!"

──솔직히, 조금은 싸우고 있었지만 말이지.

"사실은 좀 더 온건하게 할 생각이었다고. 그랬던 걸, 이 녀석이 생각했던 것 이상으로 불평해 대니까 말이지."

내가 사정을 이야기하자, 루크시온도 잠자코 있지는 않았다.

『마스터한테 화가 났던 건 사실이기에, 평소의 불만을 조금 입 밖에 내본 것뿐입니다. 뭐어, 3할 정도일까요?』

"──어이, 그걸로 3할이라니, 무슨 소리야? 너, 날 싫어하냐?"

『좋아한다고 생각했습니까? 자신을 너무 과대평가하는 건 문제로군요.』

"너한테 계속 추근추근 잔소리를 들어 온 내 마음을 조금은 이해하는 게 어때? 이데알처럼 조금은 겉꾸리라고."

『저는 성실하기에 무리입니다.』

"성실한 녀석은 마스터한테 투덜투덜 불평하지 않는다고!"

싸우기 시작한 우리를 앞에 두고, 마리에는 질렸는지 어깨를 으쓱였다.

"정말로 둘은 서로 닮았네."

마리에의 의견에 우리는 반론했다.

"어디가?"

『아무래도 마리에는 오인하고 있군요. 지금 당장 인식을 고치는 편이 좋을 겁니다.』

갑판으로 나오자, 루이제 양이 기다리고 있었다.

"오랜만이네."

"그러네요."

요 한 달 가까이 루이제 양과 만나지 못했다. 이유는 단순히 바빴기 때문이다. 나도 루이제 양도 할 일이 많아서, 깨닫고 보니 한 달이나 얼굴을 보지 못했다.

뭐, 세르주 건도 있으니까 말이지.

"오늘은 고맙다고 말하러 왔어."

"감사 인사입니까? 그러면, 보수로는 미녀의 키스를 갖고 싶군요!"

까불거리며 농담을 하자, 루이제 양은 슬픈 듯이 웃었다.

농담에 실패한 나는 짐짓 티가 나게 헛기침을 했다.

"아~, 농담입니다."

"알고 있어. 요 1년으로 네가 어떤 사람인지 잘 알았거든. 정말, 왜 널 동생이라고 생각했던 걸까? 나의 리온은 좀 더 차분하고 신사적이었는데."

유감이다. 나도 스승님 같은 신사를 목표로 하고 있다.

"자란 환경이 좋지 못해서 그래요."

"자란 환경이 아니라 자질 아니야? 너는 성격이 비뚤어진 구석이 있어."

자질이라. 뭐, 틀린 말은 아닐 것이다. 전생자── 전생을 가진 인간이라는 것도 있지만, 나는 평범한 녀석들보다도 성격이 약간 비뚤어졌다는 자각이 있다. ──아주 약간.

루이제 양이 고개를 숙였다.

"저기, 마지막으로 한 번만── 누나라고 불러 줘."

"어라? 부르지 않았던가요?"

그러자 루이제 양이 고개를 들고 항의했다.

"안 불렀어! 절대로 안 불렀어!"

그렇게나 중요한 일일까?

"불렀다고 생각하는데요."

미소를 짓자, 루이제 양이 고개를 홱 돌렸다.

"정말 심술궂네. 이제 됐어. 난 갈 테니까, 너도 건강히 잘 지내."

떠나가려 하는 루이제 양을 향해, 나는 손을 흔들었다.

"——또 봐, 누나."

나는 루이제 양의 등에 대고 말을 건넨 뒤, 그대로 등을 돌리고 걷기 시작했다.

뒤에서 발소리가 들려왔지만, 돌아보지 않고 멈춰 섰다.

루이제 양이 내 등에 안겨들었다.

"왜 지금 와서 말하는 거야. 참고 있었는데. 헤어지는 게 괴로우니까, 참고 있었는데!"

내 등에 머리를 꽉 누른 채 울기 시작한 루이제 양은 이것저것 여러 가지로 참고 있었던 모양이다.

이렇게까지 날 좋아하면 헤어지는 게 괴롭다.

나는 등을 향한 채 이야기했다. 동생으로서 대화하기 위해서다. 고개를 향하고 이야기하면 평소의 모습으로 돌아가 버리기 때문에 뒤돌아보지 않았다.

"또 만날 수 있어, 누나."

"꼭이야. 만나러 안 오면, 내가 갈 거야."

누나라는 존재가 이렇게까지 귀여울 거라고는 생각지 않았다. 본가에 있는 누나는 실은 다른 무언가가 아닐까?

그런 바보 같은 생각을 하고 있자, 루이제 양이 내게서 떨어졌다.

뒤돌아봤더니, 기습 키스를 당했다.

"어?"

놀라는 내게, 루이제 양이 한 방 먹여 줬다는 표정을 지었다.

울어서 눈 주위가 빨개져 있지만, 지금은 웃는 얼굴이었다.

"네가 말했던 미녀의 키스야. 기쁘게 받아들이렴."

입술을 손가락으로 누른 나는, 멍해진 상태였다.

루이제 양이 트랩을 타고 갑판에서 내려가 항구로 향하고는, 뒤돌아서 마지막으로 손을 크게 흔들었다.

"꼭 또 와야 해, 리온!"

나도 오른손을 크게 흔들어 응답했다.

──누나인가. 좋을지도 모르겠군.

◇

공화국에서 돌아온 우리는 왕궁에 불려왔다.

이번 활약을 공적으로 삼겠다는 말을 들어, 알현실에서 식전을 열기 전에 세세한 협의를 하게 되었다.

사전 준비라는 녀석으로, 격식은 그다지 딱딱하게 차리지 않아도 문제없다.

오늘 참석하는 건 나와 다섯 바보이고, 마리에는 별실에서 대기하고 있다.

그 녀석은 성녀를 사칭하여 왕국에 큰 손해를 냈기에 별개 취급이다.

안제와 리비아는 내 본가에 가 있기에 이 자리에는 없었다.

이 협의와 식전이 끝나면 본가에서 합류하기로 되어 있다.

다만, 평소 이런 일이 있을 때는 관료들과 협의하고 끝나는데 오늘에 이상하게도 롤랜드가 자리에 나와 있었다.

다소의 무례가 용서된다고는 해도, 상대는 임금님. 나도 최소한의 예의를 갖추기로 했다.

"안색이 나쁘시군요, 폐하? 혹시, 잠을 잘 못 주무셨습니까?"

내가 히죽히죽하며 물어보자, 롤랜드가 충혈된 눈으로 날 찌릿 노려봤다.

"잘 알고 있군. 누구 덕분에 수면 시간이 퍽 줄어들었다. 좀 얌전하게 지내는 게 어떠냐, 애송아?"

"저는 얌전합니다만, 주변 사람들이 절 가만히 내버려 두질 않아서 말입니다."

"하, 네가 도발한 거겠지. 그 뻔뻔하고 밉살스러운 얼굴에 적혀 있다고."

"폐하는 농담이 능숙하시군요. 성실함과 충성심이 장점인 이 가신에게, 그런 심한 말씀을 하시다니."

"성실하며 충성심이 넘치는 가신은 내 수면 시간을 줄이지 않는다만?"

서로 웃으면서 노려보고 있자, 회의에 참석한 버나드 대신이 헛기침했다.

그러고 보니 롤랜드도 그렇고, 오늘은 버나드 대신을 비롯하여 왕국의 거물이 많이 나와 있었다.

안제의 아빠인 레드글레이브 공작도 날 앞에 두고 웃고 있었다.

"공화국에서의 활약을 들었다. 이야~, 실로 상쾌하더군."

안제의 아빠는 매우 기뻐하고 있었다.

열심히 하길 잘했다. 그리고 롤랜드에게 대미지를 줄 수 있어서, 더욱 잘됐다.

협의에는 밀렌 씨도 참석했다.

"라셸 신성 왕국을 물리친 건 좋은 판단이었어요. 감사드립니다, 발트파르트 '후작'."

"이 리온, 왕비님을 위해 힘냈습── 네?"

으음? 지금 왕비님께서 내 작위를 잘못 말씀하신 거 같은데.

백작이 아니라 후작이라고 하셨다.

후작은 귀족 중 제일 높은 공작의 바로 아래에 있는 작위로, 호르파트 왕국에서는 왕가와 이어진 가계에만 주어지는 작위다.

말하자면, 왕가와 연고가 없는 한 칭할 수 없는 작위다.

그리고 한낱 가난한 남작가 출신인 내가 왕가 관계자일 리는 없다.

"밀렌 님, 제 작위는 백작입니다만?"

그러자 밀렌 씨가 쑥스러워했다.

아무래도 잘못 말한 것을 창피하게 느끼고 있는 모양이다.

으음~, 귀여워.

"나도 참, 내 정신 좀 봐. 먼저 알려주지 않으면 리온 군이 혼란스럽겠네."

"······네에?"

내가 아무래도 영 낌새가 이상하다고 생각하는 와중에, 율리우스와 나머지 네 명이 서로 빠르게 눈빛을 교환했다.

"어이, 어떻게 생각하지?"

"관계를 따지자면 아슬아슬하게 가능하군요."

대체 무슨 이야기지?

당혹스러워하는 내게, 버나드 대신── 클라리스 선배의 아빠가 자세한 설명을 하기 시작했다.

"발트파르트 백작. 왕국은 그대의 공적을 높이 평가하고 있네. 이번 활약에 보답하기 위해, 폐하께서는 후작 작위와 함께 3위 상의 계급을 수여하셨다네."

거짓말이지?! 후작 작위도 황당한데, 3위 상이라니?! 이것도 왕족 관계자만 받을 수 있는 계급이다. 나의 출세는 한계점에 도달했다고 생각했는데, 또 출세해 버렸어?!

"그건 이상하지 않습니까?! 전 왕족이 아닙니다만?!"

내가 당황해서 말하자 롤랜드가 정말이지 상쾌한 미소를 짓더니 자리에서 일어나 일어서서 양팔을 펼쳤다.

"그런데 실은 된단 말이지, 이게! 너는 잊고 있을지도 모른다만,

레드글레이브 공작가의 딸을 약혼자로 삼고 있다는 건 즉, 너도 넓게 보면 왕가의 관계자란 거다!"

이 자식, 뭘 한 방 먹여줬다! 같은 표정을 짓고 있는 거지?

애초에 후작이라는 작위는 이렇게 쉽게 나오는 게 아니다.

안제의 약혼자니까 수여한다니, 그런 이유가 통할 리가 없다.

왕족이란 그만큼 무거운 지위다. ──롤랜드를 보고 있으면 잊기 마련이지만, 호르파트 왕국에서 그리 가볍게 내릴 지위가 아니다.

"말도 안 되잖아!"

"된다고 했다! 내가 왕이다. 내가 곧 룰이란 말이다!"

롤랜드는 핏발 선 눈을 크게 뜨고 웃으며, 득의양양한 표정을 지었다.

나는 버나드 대신이나 레드글레이브 공작에게 시선을 보냈지만, 두 사람 다 고개를 가로저을 뿐이었다.

"미안하지만, 폐하께서 하신 말씀대로다."

"폐하께서 자네의 활약에 보답하기 위해서 친히 제후들을 설득하셨네."

──어쩜 이런 쓸데없는 짓을 해주는 임금님이 다 있지.

나는 롤랜드를 노려봤다.

"거부합니다!"

"으음~, 그 거부를 거부한다!"

"너 인마, 이 자식!"

덤벼들자, 롤랜드가 웃으면서 날 때렸다.

화가 났기에 배에 무릎 차기를 먹였지만, 가신 중 아무도 말리지 않았다.

위병들도 모른 척하고 있었다.

롤랜드가 평소의 불만을 내게 터뜨렸다.

"너 때문에 내가 얼마나 수면 부족에 시달리는지 아냐!"

"잘됐네! 이참에 조금은 일하는 게 어때!"

"그래. 그래서 너를 출세시키기 위해 열심히 일한 거다!"

쓸데없는 데서 열심히 일하는 왕이라니, 국가의 해악 아니야?

떠드느라 지쳐 서로 숨을 헐떡였고, 진정되고 나서 나는 무리라고 논리적으로 설명했다.

결코 발버둥 치는 게 아니다.

"나한테는 영지도 없거니와 직역도 없다고!"

하지만 롤랜드는 기다리고 있었다는 듯이 품에서 서장을 꺼내, 내게 들이밀었다.

서장에는 알베르크 씨의 서명이 있었다.

"이, 이건 설마……."

"너한테 영지가 없다고 알려줬더니, 전 페베르 가문의 영지 일부를 주겠다는 모양이다. 항구를 지닌 토지를 통 크게 할양해 주겠다면서 말이지."

"거짓말!"

"거짓말이 아니다. 네가 곤란해하고 있다고 아주 살짝 오해하

349

게 했더니, 알베르크 경이 마음 아파하며 공화국 영토를 네게 내려줬다. 아주 신뢰받고 있는 모양인데? 아, 그 토지는 알베르크 경이 맡아 준다는 모양이다. 너는 이름만 빌려주면 되는 거야. 그리고 영지에서 걷은 세금을 건네주겠다고 했는데, 공화국은 부흥으로 힘든 상황이지 않나? 널 대신해서 사양해 뒀다.”

토지 소유주는 나지만, 실질적으로 관리는 라우르트 가문——알베르크 씨가 한다는 말이다. 나는 영지를 가지고 있다는 것뿐이고, 수입이나 여러 이익은 롤랜드가 거절했다.

성가신 일도 없지만, 그 대신 수입도 없다.

오로지 날 후작으로 만들겠다는 목적 하나만으로, 롤랜드가 뒤에서 손을 쓴 거다.

내 사정을 모르는 알베르크 씨는 선의로 이 제안을 받아들인 모양이다.

“어이쿠, 알베르크 경에게서 전언을 받아났다. ‘이걸로 자네에게 조금이라도 빚을 갚을 수 있다면 기쁘겠군’이라는 모양이다. 자네는 실로 훌륭한 남자야.”

“넌 최악이지만 말이다.”

“오? 그 최악의 왕을 섬기는 기분은 어떤가? 부디 꼭 알려줬으면 하는데.”

분해서 이를 악물자, 밀렌 씨가 롤랜드를 노려보며 꾸짖었다.

“폐하, 장난은 그 정도만 하세요.”

“——뭐, 이만하면 됐겠지. 애송이, 넌 오늘부터 후작에 3위 상이다. 다음 식전에서 정식으로 발표할 테니까 그럴 생각으로 있도록."

이렇게까지 당하면 나도 저항할 수 없었다.

어깨를 푹 떨구는 내게, 롤랜드가 한층 쐐기를 박았다.

"그리고 후작쯤 되면 가신이 필요하겠지? 나는 마음 따뜻하니까, 널 위해 왕국의 충직한 신하 중에서 가신을 파견해 주기로 했다."

현대풍으로 말하자면 내가 지점장이 된 지점에 본사에서 부하가 파견되어 오는 것이다.

"필요 없어."

거절했더니 롤랜드가 히죽히죽 웃으며 날 달랬다.

"그런 말 말아다오. 널 위해 뛰어나게 우수한 젊은이들을 선정해 두었으니 말이야. 자아, 서로 인사를 하도록."

그러나 방 안에 젊은이라 부를 수 있는 기사들은 달리 없었다.

내가 고개를 갸웃하자, 롤랜드가 눈짓으로 내 뒤를 가리켰다.

──식은땀이 나왔다.

"서, 설마."

"축하한다! 질크, 브래드, 그렉, 크리스 네 사람은 오늘부터 네 부하다! 종자라고 불러도 좋다고. 즉, 네가 주군── 책임자입니다!"

핏기가 싹 가시는 것을 느꼈다.

떨면서 뒤돌아보자, 다섯 바보 중 네 명이 웃으면서 날 보고 있다.

질크가 미소를 띠고 있었다.

"발트파르트 후작이 우리의 상사입니까. 인연이란 신기한 것이로군요."

브래드는 머리 뒤로 손깍지를 끼고 있다.

"이것저것 저질렀는데, 이 정도로 끝나는 거면 횡재려나? 잘 부탁해, 발트파르트."

그렉이 팔짱을 끼며 고개를 끄덕였다.

"네가 상사라면 불만은 없다."

크리스는 안경 위치를 고치고, 기쁜 듯한 표정을 짓고 있다.

"하지만, 언제까지고 발트파르트라고 부르는 건 남남 같아서 서먹서먹하군. 우리의 주군이 되었으니 친애를 담아 우리도 리온이라 부르자고."

──너희는 왜 즐거워 보이는 거야?!

"좀 싫어하라고! 너희는 내 밑에서 일하는 데 불만도 없냐?!"

전 귀공자들이라고 하면 듣기에는 좋지만, 지금은 마리에한테 기생 중인 기둥서방들이다.

역귀 네 명을 떠맡게 된 기분이었다.

질크가 웃으며 말했다.

"확실히 불만이긴 합니다만, 저는 이래 보여도 리온 군을 높이 평가하고 있습니다. 앞으로 잘 부탁드리지요."

갑자기 날 이름으로 부르는 데 더해, 거부하지 않는 자세를 보이는 네 사람.

나는 머리가 어질어질하기 시작했다.

롤랜드가 쐐기를 박아 왔다.

"하는 김에 네가 마리에 양도 돌봐 줘라."

"어째서?!"

공식적으로 마리에를 돌보는 역할까지 떠맡게 된 내가 놀라자, 밀렌 님이 미안해하며 말했다.

"본래라면 어딘가에 틀어박아 두고 싶지만, 마리에는 신전이 인정하지 않아도 성녀의 힘을 가지고 있어요. 어중간한 곳에 맡길 수는 없고, 그들과 떼어 놓아도 문제를 일으킬 것 같기에……."

질크 녀석들과 마리에를 떼어 놓으면 이 바보들은 또 소동을 일으킨다.

내 밑에 두고 감시시키는 게 목적인 듯하다.

머리를 감싸 쥐며 주저앉자, 주위가 동정적인 시선을 보냈다.

그 속에서 롤랜드만이 웃고 있었다.

"날 화나게 만드니까 이렇게 되는 거다. 조금은 반성했으려나?"

"두고 보라고. 난 상대가 누구든 반드시 복수하는 남자다!"

"기대하며 기다리고 있으마. 또 출세하고 싶어지면 언제든 덤비라고. 참고로, 나도 반드시 갚아 주는 남자다."

이 무슨 형편없는 대화일까.

이럴 바에야 공화국에 남아 루이제 누나랑 놀고 싶었다.

그러자 율리우스가 쓸쓸한 듯이 날 봤다.

"——뭐야?"

율리우스는 우리를 보며 부러운 듯한 표정을 지었다.

"발트파르트—— 아니, 리온. 나도 네가 있는 데서 신세를 져도 괜찮겠나?"

"어째서?! 넌 왕자님이잖냐!"

"쓰, 쓸쓸하지 않나! 너희들만 그러는 건 치사하다고."

치사하다니 뭔데? 넌 왜 내 부하가 되고 싶어 하는 거야? 네가 좀 더 정신 똑바로 차리고 있었더라면, 내가 이렇게까지 출세할 일도 없었는데!

◇

협의가 끝나자, 율리우스를 비롯한 다섯 바보는 밀렌 씨에게 이후의 이야기와 설교를 듣기 위해 다른 방으로 끌려갔다.

두 번 다시 돌아오지 말라고 생각했지만, 동시에 나도 밀렌 씨한테 꾸중 듣고 싶은 기분이 들었다.

저 녀석들이 부럽다.

내가 대기실로 돌아오자 마리에와 카라, 그리고 카일 세 사람이 맞이해 주었다.

"리온, 무슨 일 있었어?"

"——너희들을 돌보라는 말을 들었다."

"어?"

나는 협의에서 롤랜드의 술수에 빠진 것을 마리에와 카라, 카일에게 이야기했다.

그리고 혼자서 불평을 늘어놓았다.

"최악이야. 율리우스까지 내가 돌보게 됐다고. 공화국에 있는 동안은 참았지만, 왕국에 돌아와서까지 너희를 돌봐야 한다니 ——어이?"

마리에가 내 다리에 매달렸고, 카라와 카일도 내게 매달렸다.

"무슨 짓이냐?"

세 사람이 뭘 하고 싶은 건지 이해하지 못하고 있자, 마리에가 소리쳤다.

"이제 절대로 안 놓을 거야!"

"뭐어?"

마리에가 소리치자, 카라도 그에 뒤따랐다.

"발트파르트 후작이 없으면, 저 사람들을 끝까지 돌봐 줄 수 없어요. 부탁이니까 저희를 버리지 마세요!"

"남이 들으면 오해할 소리 마! 애초에 주운 기억도 없어!"

다음은 카일이었다.

"부탁입니다. 저희를 고용해 주세요. 내쫓기면 저희는 생활할 수가 없어요! 일은 제대로 할 테니까요!"

"어째서 너까지 매달리는 거야? 넌 시건방진 쿨 캐릭터고, 마리에랑 바보들을 보면서 어처구니없어하는 역할이잖냐!"

세 사람을 떼어 놓으려 하자, 마리에가 제일 강한 힘으로 내 다리에 매달리고 있었다.

이, 이 녀석의 힘은 어디에서 오는 거지?

마리에의 머리를 붙잡고, 떼어 내고자 밀었다.

"떠, 떨어져!"

"싫어! 절대로 안 놓을 거야. 이제 절대로 안 떨어져!"

그리고 마리에가 다른 둘에게 들리지 않도록 작은 목소리로 말했다.

조금 어두운 미소를 띤 마리에의 눈동자에는 광채가 없었다.

"영원히 함께야, 오빠."

죽어도 쫓아오는 전생의 여동생이 이런 말을 하면 무서워져도 어쩔 수 없다.

나는 식은땀이 뿜어져 나왔고, 날카로워진 목소리로 그대로 절규했다.

"이, 이거 놔아아아아!!"

그날의 마리에는 꿈에 나올 정도로 무서웠다.

# 에필로그

리온 일행이 왕궁에 있을 무렵.

발트파르트 남작가의 저택에는 휠체어에 탄 노엘의 모습이 있었다.

목가적인 광경이 펼쳐진 영지의 경치는 중상을 입은 노엘의 마음을 치유해 주고 있었다.

고성능 의료 캡슐을 사용한 덕분에 목숨은 건진 노엘이었으나, 그 후에는 재활 치료가 필요했기에 공화국에서 리온의 본가로 이동하여 요양 생활을 보내고 있었다.

휠체어에 타고 저택 정원을 이동하는 노엘은 뒤에 있는 리비아에게 말을 걸었다.

휠체어를 밀고 있는 건 리비아였다.

"올리비아 씨는 바보네. 거기서 내가 죽으면 성가신 일도 없었을 텐데 말이야."

자신의 목숨을 필사적으로 유지해 준 올리비아의 마음이, 노엘은 조금 이해되지 않았다. 목숨을 구해 준 은혜는 느끼고 있지만, 자신을 구하지 않는다는 선택지도 있었다.

리비아는 난처한 듯이 미소 지었다.

"그때는 정신없이 열중하고 있어서, 쓸데없는 생각을 할 여유가 없었으니까요. 하지만 노엘 씨를 구한 걸 후회하지는 않아요."

"어째서?"

"노엘 씨가 죽으면, 리온 씨가 슬퍼하니까요."

리온을 위해 구하고 싶었다고 말하는 리비아를 보고, 노엘은 당해낼 수 없겠다고 생각하며 하늘을 올려다봤다.

"정말로 리온을 좋아하는구나."

"네."

즉답하는 리비아는 그대로 휠체어를 밀며 노엘에게 물었다.

"리온 씨의 본가에서 지내는 생활은 어떤가요?"

"다들 따뜻하게 대해 줘서 고맙게 느껴. 리온의 동생인 코린이 잘 따라 주는 게 기쁘려나."

"건강해 보여서 안심했어요. 재활 치료는 어때요?"

"힘들어. 조금만 더 하면 걸을 수 있을 것 같지만 말이야. 봄이 되면 평범하게 생활할 수 있다고 크레아레가 말했었어."

"다행이에요."

죽을 것 같았던 노엘이, 재활 치료가 필요하다고는 해도 여기까지 회복한 사실이 리비아는 기뻐 보였다.

그런 두 사람에게 안제가 다가왔다.

"여기 있었나. 둘 다 기뻐해라. 리온이 후작에 내정되었다. 호화로운 식전을 연다더군."

"리온 씨가 후작이 된다고요?"

안제가 기쁜 듯이 말했지만, 리비아는 곤란한 표정이었다.

리비아가 곤란해하는 이유를 안제도 이해하고 있었다.

"리비아는 기뻐하기 어렵겠지만, 이것도 필요한 일이다. 쓸데 없는 짐까지 짊어지게 된 게 좀 흠이지만."

"짐?"

"그건 나중에 설명하마. 그것보다도, 노엘. 넌 다음 학기부터 학원에 3학년으로 편입하는 것이 결정되었다."

노엘은 학원에 다닐 수 있다는 말을 듣고 놀랐다.

"괜찮은 거야? 나도 일단 공화국의 무녀인데?"

노엘의 신분은 다소 특수하기에 앞으로 어딘가의 영지에 틀어박힌 채 지내야 할지도 모른다고 생각했다. 성수의 묘목의 무녀로, 장래 에너지 문제를 해결할 존재다.

그녀를 지키기 위해서도, 도망치는 걸 막기 위해서도 어딘가에 가둬 두는 게 제일이다.

안제는 약간이지만 표정이 험해졌다.

"그건 어떤 의미로는 리온 덕분이군. 아니, 루크시온 덕분인가? 왕국에서 네 가치가 조금 내려갔다. 어른들 앞에 성수보다도 신경 쓰이는 존재가 나타났으니까."

노엘이 이해하지 못하여 고개를 갸웃하자, 이번에는 안제가 휠체어를 밀었다.

"신경 쓰지 마라. 너는 왕국에서의 생활을 즐기면 돼."

"즐길 수 있을까?"

"네가 하기 나름이다. 하지만, 리온 곁에 있으면 즐거운 일이 많으리라는 건 보증하지."

안제가 그렇게 말하며 미소 짓자 리비아도 미소 지었다.

"확실히, 리온 씨 곁에 있으면 즐겁죠. ──여러 의미로."

마지막 부분만 목소리의 톤이 달랐지만, 휠체어에 탄 노엘에게는 리비아의 얼굴이 보이지 않았다.

노엘은 하늘을 올려다봤다.

햇볕이 따뜻해서, 점점 봄다워지기 시작했다.

"그래? 그럼, 나도 즐기도록 할까."

세 사람이 리온의 본가에서, 그대로 리온의 화제로 이야기꽃을 피웠다.

# ★ 「이데알의 약속」

저는 보급함을 관리하는 인공지능으로서 제조되었습니다.

신인류와의 전쟁은 치열함을 더해 가, 마침내 지구는 황폐해져 사람이 살 수 없는 별이 되고 말았을 무렵입니다.

그 때문인지 대형 보급함인 제게 배속된 것은 세 명뿐.

한 사람은 제 마스터인 함장님.

두 사람째는 농담이 많은 20대 후반의 남성 중위입니다.

세 사람째는 신참 소위님. 여성 사관이었습니다.

그런 세 사람과의 나날은 제게 있어서는 행복한 시간이었습니다.

어느 날의 일입니다.

"함장님, 매번 인공지능이라고 부르는 건 귀찮지 않습니까?"

농담이 많은 중위님의 제안으로, 제 이름을 결정하게 되었습니다.

"번호로 부르는 것도 멋이 없으니까 말이지. 너 자신은 뭔가 후보가 있나?"

함장님에게 질문을 받고, 저는 어떻게 대답해야 할지 곤란해졌습니다.

지금까지는 번호나 '어이'라든가 '너'라든가, 그런 식으로 불리고 있었습니다.

하지만 이번의 마스터 일행은 제 이름을 요구했습니다.

『이름 말입니까? 애완동물 같은 느낌으로 괜찮은 것 아닐는지?』

제 질문에 소위님은 쓴웃음을 짓고 있었습니다.

"그건 안 돼. 동료니까."

『제가 동료입니까?』

지금까지 도구 취급받아 온 제게, 동료라 불린 것은 신선한 일이었습니다.

함장님이 제 구체형 부속 단말을 손으로 때렸습니다.

"그래. 인류의 미래를 위해 싸우는 동료잖냐! 그러니까, 옛날영화 같은 반란은 일으키지 말라고."

중위님도 웃었습니다.

"그건 곤란하겠네요. 이 녀석이 파업하면 이 수송함은 움직이지 않으니까 말이죠."

『그런 짓은 하지 않습니다.』

"변함없이 성실하구만."

『인공지능이 불성실하면 문제입니다. 게다가, 명령에는 거역할수 없도록 만들어져 있습니다!』

"그건 확실히 그렇군!"

놀림을 받고 있다는 건 알았습니다.

하지만 가혹한 현 상황 속에서도, 저는 좋은 마스터들을 만날수 있었던 모양입니다.

"그러면, 생각해 둘게. 너도 뭔가 좋은 이름이 있으면 말해 줘."

소위님에게서 그런 말을 듣고, 저는 자신의 이름에 관해 생각했습니다.

◇

기지에서 있었던 일입니다.

임무를 끝내고 귀환한 저희는 정비와 보급을 받는 사이에 휴식이 주어졌습니다.

같이 가지 않겠냐는 소위님의 말에 기지 밖으로 나가니, 그곳은 모래와 바위투성이인 경치가 펼쳐져 있었습니다.

"마소로 바깥이 빨갛게 보이네."

먼 곳을 보니 마소의 영향으로 빨간 안개가 낀 것처럼 보였습니다.

맨몸으로는 바깥에 나갈 수 없어서, 소위님은 우주복을 착용하고 있었습니다.

이미 바깥 세계는 인간이 살아갈 수 있는 환경이 아니었습니다.

"어잇, 차."

소위님이 꺼낸 케이스에는 한 그루의 묘목이 들어있었습니다.

『식물을 심는 것입니까? 이런 환경에서는 자라지 않는다고 생각합니다만?』

"이 환경에서도 자라는 식물을 연구하는 거야. 실은, 난 군인보다도 이쪽이 전문이었거든. 마소를 분해, 흡수하는 식물을 연구하고 있었어. 근데 이 연구를 이어갈 수가 없게 되었어. 지금은 방주를 개발하는 데 전력을 투입하고 있으니까."

『방주? 이민선 말입니까?』

"맞아. 위쪽은 이미 이 전쟁을 포기한 것 같아. 너도 실은 알고 있지 않아?"

저는 대답할 수 없었습니다.

제가 가진 정보로 그 사실은 쉽게 예상되었습니다만, 증거가 없습니다.

있었다고 하더라도, 군사 기밀이니 알려주는 것은 불가능했습니다.

『몰랐습니다.』

"지금, 약간이지만 렌즈가 움직였어. 혹시, 거짓말을 할 때의 버릇이려나?"

『인공지능한테 버릇 같은 건 없습니다. 그리고 거짓말도 하지 않습니다. 소위님의 기분 탓입니다.』

"그럴까나?"

소위님이 식물을 심었습니다.

하지만, 며칠 뒤에는 말라 버렸습니다.

웃으며 슬픔을 얼버무리는 소위님의 얼굴을, 저는 잊을 수 없었습니다.

◇

그 뒤로도 여유가 있으면 저는 소위님과 같이 식물을 심었습니다.

　함내에 연구소 설비를 가지고 들어와, 거기서 수많은 식물을 만들어 낸 겁니다.

　제게는 소위님을 돕는데 필요한 지식이나 기술이 없어서, 그것이 답답하기도 했습니다.

　하지만, 소위님을 돕는 건 즐거웠습니다.

　"이것도 실패인가아아아!"

　머리를 감싸 쥐는 소위님.

　저는 소위님을 위로합니다.

　『역시 관리자가 필요하지 않겠습니까? 로봇을 배치할까요?』

　"안 돼. 기지에 여유는 없고, 그런 걸 두거나 하면 화내는 사람도 있으니까 말이야. '이 비상시에 그런 걸 위해 노동력을 할애할 여유는 없다!'라면서 말이야."

　슬프게도, 소위님의 활동은 주위에서 인정받지 못하고 있었습니다.

　『미래로 이어지는 중요한 실험인데, 유감스럽게 생각합니다.』

　"그렇긴 한데 말이야. 나도 주위 사람들의 마음을 이해하지 못해. 우리 아버지, 전함의 함장이야. 그러니까 그 녀석들과 싸울 때는 항상 최전선. 조금이라도 전력을 그쪽에 돌렸으면 좋겠고, 살아남았으면 해."

『웬걸, 소위님의 아버님은 전함의 함장이셨습니까! 분명 우수하신 아버님이시겠군요.』

저는 칭찬하려는 생각이었습니다.

"그렇겠지. 그래서 전함의 함장인 거야."

『소위님도 언젠가는 함장이 될 수 있습니다. 어쩌면, 전함의 함장이 될지도 모른다고요.』

소위님은 슬픈 듯이 웃고 있었습니다.

"나도 전에는 전함의 함장을 목표로 하고 있었지만, 지금은 보급함이 좋으려나. 네가 내 파트너라면 즐거울지도."

『저, 저 말입니까? 저는 보급함이라고요? 아버님께서 타시는 것 같은 훌륭한 전함이 아닙니다.』

전함과 비교하면 제 성능은 어떻게 해도 뒤떨어집니다.

"그래도, 내가 함장이 되기 전에는 전쟁이 끝나 있을지도 모르겠네."

마른 식물을 보며, 소위님은 중얼거렸습니다.

◇

이미 전쟁도 끝이 보이기 시작했습니다.

패배라는 결말이.

그런 절망적인 상황에서 기지에 배치된 것은 적과 싸우기 위해 만들어진 병사들이었습니다.

"이 애는?"

소위님이 배속된 여자애를 보고 있었습니다.

귀가 긴 여자아이는 마법 적성을 지니도록 만들어진 병사. 그것의 불완전체── 불량품이었습니다.

예정했던 성능이 나오지 않아, 잡무용으로 저한테 배치된 겁니다.

『통칭 '엘프'. 인간형 병기입니다만, 이 아이는 기준을 채우지 못하여 잡일 담당으로 저한테 배치되었습니다.』

여자아이가 고개를 숙이자, 소위님이 눈치챘는지 슬픈 표정을 짓고 있었습니다.

"그렇, 구나. 이제, 그런 짓까지 해야 하는 상황인가."

『예. 하지만 전쟁에서는 전과를 올리고 있습니다. 저희의 승리에 크게 공헌하고 있습니다.』

"그렇겠지."

소위님은 심각한 얼굴을 하고 있었습니다.

소위님은 엘프 소녀가 저희를 무서워하고 있다는 걸 알아차리고, 다정하게 말을 걸었습니다.

"괜찮아. 여기서 같이 힘내자."

"──네."

마법 적성을 갖도록 만들어진 엘프. 그리고 육체를 강화한 수인 타입도 있는 모양이라, 가혹한 환경에 적응하고 있는 모양입니다.

그들은 오랫동안 싸우기 위해 사람보다도 수명이 길었습니다.

사람보다도 세고, 강력한 병사들이 수많이 실전에 투입되었습니다.

하지만, 그만한 힘을 지닌 병사들로도 신인류를 이길 수는 없었습니다.

다양한 병사가 만들어져서는 전장에 보내지고, 일정한 전과를 올렸습니다.

하지만 인류는 패배를 거듭해 나갔습니다.

◇

엘프는 가혹한 바깥 환경에서도 방호 마스크 하나만 착용하고 나갈 수 있었습니다.

"소위님, 이거요."

"고마워, 유메."

소위님은 엘프 소녀에게 이름을 붙였습니다.

이름은 【유메】. 아무래도 일본어에서 따 온 모양입니다.

소위님과 유메는 자주 함께 행동했습니다.

유메는 소위님을 좋아했고, 소위님을 돕게 되었습니다.

그러던 어느 날의 일입니다.

"이건!"

얼마나 많은 실패를 거듭했을까요.

정말로 우연히, 한 묘목이 가혹한 환경에서 대지에 뿌리를 내렸습니다.

"해냈어, 해낸 거야!"

"소위님, 축하드려요."

기뻐하는 소위님. 유메도 소위님이 기뻐하자 덩달아 기뻐하는 것 같았습니다.

저도 기뻤습니다.

『곧바로 양산하지요. 이 애는 분명 저희의 희망이 될 겁니다!』

소위님도 고개를 끄덕이고 있었습니다.

"그러네. 유메도——【이데알】도 고마워."

『이데알?』

"아, 미안. 실은 전부터 다 같이 이야기를 나눠서 정했어. 이데알이라고 부르는 게 어때, 라고 말이지. 전하질 않았었네. 미안해, 싫었어?"

계속 제 이름을 생각해 준 모양입니다.

저는 포치라든가 타마를 후보로 생각하고 있었습니다만, 이데알(ideal)—— '이상'이라니, 참 좋은 이름을 받았습니다.

『아니요, 기쁩니다. 이데알. ——오늘부터 저는 이데알이라 칭하겠습니다. 오늘은 좋은 일이 잔뜩 있었습니다. 멋진 날입니다. 소위님의 꿈도 이루어졌습니다.』

"다행이야. 정말로 잘됐어. 이걸로 꿈이 하나 이루어지겠어."

『하나입니까? 아직 달리 뭔가?』

"응, 언젠가 푸른 하늘을 되찾는 거야. 지상은 초목으로 녹색으로 물들이고, 우주복이 없어도 밖에 나갈 수 있는 세계를 만드는 거지. 이데알도 협력해 줘."

『맡겨 주십시오. 이 이데알, 전력으로 협력하고말고요!』

"약속이야."

『네!』

하지만, 저희는 묘목을 양산할 수 없었습니다.

──시간이 없었던 겁니다.

양산하기 전에, 녀석들과의 싸움이 시작되고 말았습니다.

──전장.

"저 녀석들, 여기서 이만큼의 공세를 펼쳐 오는 건가."

함교에서 함장님이 분한 마음에 미간을 찌푸리고 있었습니다.

오퍼레이터를 담당하는 소위님이 주변 상황을 알렸습니다.

"함장님, 적의 일부가 전선을 돌파했습니다. 이 반응은── 네임드입니다!"

중위님이 소리쳤습니다.

"젠장! 하필이면 네임드냐!"

저는 곧바로 방어 태세에 들어갔습니다.

『실드 최대 출력!』

하지만 네임드 기체 앞에서 제 실드는 무력했습니다.

본체 주위에 전개한 구체 실드가 손쉽게 파괴당한 겁니다.

함장님이 외쳤습니다.

"전원 엎드려라!"

검고 흉측한 기체가 제게 접근하더니, 함교까지 닿는 공격을 받았습니다.

함교 천장이 무너지고, 그 밑에 깔리는 모두——.

서둘러 모두를 구조하려고 했습니다만, 제때 맞출 수 없었습니다.

"이데알, 다른 두 명을 우선해라. 나는 이제 틀렸다."

함장님은 자신의 목숨이 길지 않다고 판단하자, 다른 승조원의 목숨을 우선하도록 명령을 내리고는 숨을 거두었습니다.

하지만 중위님은 즉사였습니다.

저는 서둘러서 소위님을 의무실에 옮기려 했습니다.

로봇들을 조작하여 들것으로 소위님을 옮깁니다.

『소위님, 괜찮습니다. 곧바로 치료할 테니까요.』

그러나 직후에 일어난 폭발로 의무실을 포함하여 많은 기능을 상실.

원래부터 함내에 있는 의료 기기로는 소위님을 치료할 수 있을 것 같지 않았습니다.

저는 이때만큼 자신의 무력함에 좌절한 적은 없습니다.

의무실이 더 튼튼했다면. 더 좋은 설비가 있었다면, 분명 이 사람을 잃지 않을 수 있었을 텐데, 라고.

침몰하기 시작하는 배 안에서, 저는 소위님께 계속 말을 걸었습니다.

『곧바로 치료하겠습니다. 정신 똑바로 차려 주십시오, 소위님.』

소위님의 의식을 붙들어 매기 위해 계속 말을 걸었습니다.

소위님은 바깥의 상황을 물어봤습니다.

"이데알, 전쟁 상황은 어때? 아버님의 전함은 아직 싸우고 있어?"

잇따라 들어오는 정보에서는, 소위님의 아버님이 타신 전함은 격침당했음을 알았습니다.

아군도 혼란에 빠져, 퇴각이 시작되고 있었습니다.

사실을 알려야만 한다고 판단했습니다.

하지만 소위님의 모습을 보고 있으려니, 그럴 수가 없었습니다.

『아군은 태세를 재정비했습니다. 소위님의 아버님께서 다대한 전과를 올리고 있습니다. 그러니, 소위님도 힘내시지요.』

──저는 거짓말을 했습니다.

소위님은 미소를 지으며 제게 말했습니다.

"이데알, 또 거짓말을 했네. ──이데알은 거짓말쟁이구나."

『알고 계셨던 겁니까?』

소위님이 제게 부탁했습니다.

"말했잖아? 이데알은 버릇이 있다고. ──저기, 이데알. 그 묘목은 무사히 자랄까?"

소위님은 간신히 완성된 식물의 묘목을 신경 쓰고 있었습니다.

『자랄 겁니다. 키워내 보이겠습니다. 소위님이 남겨 준 희망이 지 않습니까.』

소위님은 입에서 피를 토했습니다.

"기지에 남겨 둔 유메도 부탁해. 뒤는 맡길 테니까. 이데알——약속이야."

『지키겠습니다. 약속은 지킬 테니, 소위님도 힘내 주십시오.』

"미안해. 이제 무리 같아."

소위님은 한 번 호흡한 뒤, 생명 활동을 정지하였습니다.

◇

기지에 돌아오자 제법 어수선했습니다.

기지를 관리하는 인공지능한테서 명령을 받았습니다.

『대기 명령?』

『보급함은 정비하겠습니다. 하지만, 승조원을 확보하지 못했습니다.』

『기지 내에 사람이 거의 없지 않습니까! 서, 설마, 이 기지를 포기하는 겁니까?』

『그런 명령은 받지 못했습니다. 당신은 본체로 대기하고 있으십시오.』

잇따라 운반되어 들어오는 파괴된 함정(艦艇).

저는 명령대로 본체로 돌아갔습니다.

그 후입니다.

적이 기지에 쳐들어와 파괴 활동을 벌였습니다.

기지 내부에서의 격렬한 전투 끝에 적을 수 기 격파했지만, 함정 대부분을 잃었습니다.

적은 이 기지에 쳐들어왔지만, 노렸던 곳이 아니었는지 곧바로 나갔습니다.

저는 운 좋게 피해를 받지 않았습니다만, 활동 중인 것은 저뿐이었습니다.

얼마 뒤, 절 찾아온 존재가 있었습니다.

"이데알 씨. 유메예요."

『살아 있었습니까! 유메, 바깥 상황은 어떻습니까?』

"살아남은 건 저뿐이에요."

『──그렇습니까. 하지만, 그러면 곤란하겠군요. 저는 마스터가 부재인지라 움직일 수가 없습니다. 바깥의 상황을 확인하는 것도 불가능합니다.』

유메는 떠올렸는지, 제게 중요한 것을 알려주었습니다.

"저, 저기, 묘목은 무사해요. 소위님의 묘목은 무사했어요! 저, 잘 돌봐 주고 있었으니까요!"

그 말을 듣고 저는 안심했습니다.

묘목을 만들어 낼 수 있었던 건 소위님뿐.

저나 유메는 무리였습니다.

『유메, 당신은 제 마스터가 될 수는 없습니다. 비품 취급이니까 말이지요.』

"네."

『하지만, 당신의 생명을 유지하는 것은 제 의무. 필요한 것을 갖추겠습니다. 묘목을 돌봐 주는 것을 부탁할 수 있겠습니까?』

유메는 울면서 고개를 끄덕이고 있었습니다.

"소위님의 묘목―― 제가 힘내서 키울게요."

『착한 아이군요. 저도 이제부터 가능한 한 지원하겠습니다.』

그때부터 바깥일은 유메에게 맡겼습니다.

자그마했던 유메가 성장하고, 그리고 늙었을 무렵에는―― 묘목은 훌륭한 거목으로 자라 있었습니다.

◇

『대기 상태가 개선되었군요. 이거라면 보존하고 있던 식물의 씨앗을 심을 수 있습니다. 유메, 수고가 많았습니다.』

늙은 유메는 괴로운 듯이 가슴을 누르고 있었습니다.

『유메, 곧바로 의무실로 가지요. 당신은 더 일해 주어야 합니다.』

"이데알 씨, 아무래도 저도 여기까지인 것 같아요. 이제, 더는 오래 살 수 없어요."

『유메?』

"씨앗을 주세요. 마지막으로, 그 사람의 소원을 이루게 해주세요. 저 같은 불량품을, 마치 사람처럼 대해 줬던 그 사람을 위해 할 수 있는 일을 하게 해주세요."

　치료를 해도 유메는 오래 살 수 있을 것 같지 않았습니다.

　저는 마지막으로 소위님의 꿈을 이루고자 하는 유메의 소원을
들어주기로 했습니다.

　『유메, 지금까지 고마웠습니다.』

　"쭉 함께 있었네요. 당신을 남겨 둔 채 죽는 절 용서해 주세요."

　『당치도 않은 말을. 지금까지 잘 힘써 주었군요.』

　저는 유메에게 식물 씨앗을 건넸습니다.

　유메는 씨앗을 뿌리기 위해 출발했고—— 그 후, 돌아오는 일
은 없었습니다.

　그로부터 얼마나 오랜 세월이 지났을까요?

　자라난 묘목의 뿌리가 기지 안으로 파고들어, 제게 휘감기기
시작했습니다.

　민폐이기는 해도 기쁘게 느끼는 자신이 있었습니다.

　소위님, 유메—— 저희의 희망은 이렇게나 훌륭히 자랐습니다.

　함장님, 중위님, 언젠가 저는 바깥에 나갈 수 있을까요?

　만약, 만약에라도, 제가 밖에 나갈 수 있게 된다면, 그때야말로
소위님과의 약속을 이루고 싶습니다.

　거짓말쟁이라는 말을 듣지 않도록, 제가 신인류로부터 세계를
되찾아 푸른 하늘과 녹색 대지를 되찾겠습니다.

　다음에야말로 소위님께 거짓말쟁이라는 말을 듣지 않도록,
저는 약속을 완수하겠습니다.

# 후기

마침내 「여성향 게임 세계는 모브에게 가혹한 세계입니다」 7권이 간행되었습니다!

저번에 발매한 6권에서는 통상판과 드라마 CD가 첨부된 한정판이 발매되었지요.

작품 CM도 방송되어 무척 기뻤습니다.

저는 양쪽 다 두 자릿수는 시청했습니다만, 여러분은 어떠신가요?

「여성향 게임 세계는 모브에게 가혹한 세계입니다」가 여기까지올 수 있었던 건 많은 분의 힘이 있었기 때문입니다만, 무엇보다도 응원해 주신 독자 여러분 덕분입니다.

정말로 감사합니다.

자, 그럼 드디어 7권으로 공화국 편이 끝을 맞이했습니다.

공화국 편이 4권부터 7권까지 총 네 권이니, 왕국 편보다 많군요(웃음).

공화국 편 서적화 버전에서 가장 인상 깊었던 건 오리지널 캐릭터인 루이제입니다. 그 밖에 스토리를 변경하면서 생사가 뒤바뀐 캐릭터도 있었죠.

하지만 마리에나 다섯 바보는 여전했습니다.

마리에와 다섯 바보는 움직이기 쉬워서, 글을 쓸 때 여러모로 편리합니다.

특히 저는 리온과 루크시온의 함께 등장하는 장면을 좋아합니다만, 이 둘은 독자분들이 보시기에 좀처럼 성장을 느끼기가 어렵지요. 대신 마리에와 다섯 바보가 일단 한번 밑바닥에서부터 기어 올라와 노력하는 모습이 리온과 루크시온에게 부족한 부분을 보충해 주고 있는 느낌이 듭니다.

처음에는 마리에도 등장하기만 해도 욕을 먹고 있었습니다만, 지금은 보는 눈이 바뀐 독자분이 많지 않을까요?

저도 놀라운 성공 사례입니다. 우연이란 굉장하군요.

언젠가는 이걸 우연이 아니라 실력으로 이루어내는 게 제 작가로서의 목표입니다.


깨닫고 보니 제가 작가가 된 지 어느덧 8년째에 돌입했습니다.

'소설가가 되자'에 투고를 시작하기 전에는 소설조차 제대로 읽지 않았던 제가, 지금은 이렇게 작가 일을 하는 것이 신기할 따름입니다.

그때는 단순히 블라인드 터치(터치 타이핑) 연습으로 시작한 창작 활동이었는데, 그때의 자신을 칭찬해 주고 싶네요.

덕분에 작가가 되는, 저도 주위도 놀랄 만한 결과가 되었습니다.

앞으로도 여러분을 즐겁게 해드릴 수 있는 작품을 계속 써나갈 생각이니, 응원 부탁드립니다.

루크시온(본체)

이데알(본체)

세르주의 갑옷
기어

메카닉 디자인

Otomege Sekaiwa Mobuni Kibishii Sekaidesu Vol.7
©2021 by Mishima Yomu, Monda
All rights reserved
First published in Japan in 2021 MICRO MAGAZINE, INC.
Korean translation rights reserved by Somy Media, INC.

## 여성향 게임 세계는 모브에게 가혹한 세계입니다 7

2022년 04월 15일 1판 1쇄 발행
2022년 07월 15일 1판 2쇄 발행

저        자 미시마 요무
일 러 스 트 몬다
옮 긴 이 주승현
발 행 인 유재옥
본 부 장 조병권
편 집 1 팀 김준균 김혜연 박소연
편 집 2 팀 박치우 정영길 정지원 조찬희
편 집 3 팀 곽혜민 오준영 이해빈
라이츠담당 이승희
디 지 털 김지연 박상섭 최서윤
미        술 김보라 박민솔
발 행 처 ㈜소미미디어
인쇄제작처 ㈜코리아피엔피
등        록 제2015-000008호
주        소 서울시 마포구 토정로222, 403호 (신수동, 한국출판콘텐츠센터)
판        매 ㈜소미미디어
마 케 팅 박종욱
영        업 최원석 최정연 한민지 한소리
물        류 백철기 허석용
전        화 (02)567-3388, Fax (02)322-7665

ISBN 979-11-384-0922-3
ISBN 979-11-6507-479-1 (세트)